DuMont's Kriminal-Bibliothek

Lee Martin, eigentlich Anne Wingate, 1943 geboren, stammt aus Ost-Texas und studierte an der Texas Woman's University in Denton. Sie arbeitete selbst viele Jahre lang als Polizistin in Georgia und in Fort Worth, Texas, versteht sich aber nach eigener Aussage eher als Mutter.

Ihre Kriminalromane spiegeln die Wirklichkeit der Polizeiarbeit ebenso wider wie die Spannungen, die zwangsläufig zwischen Beruf und Privatleben entstehen. Heute lebt sie mit ihrem Mann und ihren beiden Kindern in Salt Lake City, Utah.

Von Lee Martin sind in der DuMont's Kriminal-Bibliothek bereits erschienen: »Ein zu normaler Mord« (Band 1053), »Das Komplott der Unbekannten« (Band 1055) und »Tod einer Diva« (Band 1061).

Herausgegeben von Volker Neuhaus

Lee Martin

Mörderisches Dreieck

DUMONT

In Erinnerung an
Barbara Elizabeth Linington
Freundin und Mentorin

Die deutsche Bibliothek – CIP-Einheitsaufnahme

Martin, Lee: Mörderisches Dreieck / Lee Martin. [aus dem Amerikan. von Ulrike Wasel und Klaus Timmermann]. – Köln : DuMont, 1997
(DuMont's Kriminal-Bibliothek; 1067)
ISBN 3-7701-3009-X

Umschlagmotiv von Pellegrino Ritter
Aus dem Amerikanischen von Ulrike Wasel und Klaus Timmermann

Die der Übersetzung zugrundeliegende amerikanische Originalausgabe erschien 1988 unter dem Titel »Death Warmed Over« im Verlag St. Martin's Press, New York.
Satz: DuMont Buchverlag, Köln
Druck und buchbinderische Verarbeitung: Clausen & Bosse GmbH, Leck

Printed in Germany ISBN 3-7701-3009-X

Dieser Roman ist reine Fiktion. Alle Figuren und die meisten Schauplätze sind frei erfunden. Ich möchte besonders betonen, daß das »Fort Worth« dieses Romans fiktiv ist und daß weder seine Beamten noch die Inspektoren der fiktiven Postaufsichtsbehörde reale Menschen darstellen sollen, die für die reale Stadt Fort Worth oder die Postaufsichtsbehörde arbeiten.

In Wirklichkeit bin ich noch nie einem Postinspektor begegnet, der mir nicht auf Anhieb sympathisch gewesen wäre und den ich nicht noch mehr schätzen gelernt hätte, je länger ich ihn kannte.

Kapitel 1

Aus der Luft, wenn man niedrig fliegt, wie es mit einem kleinen Privatflugzeug möglich ist, gleicht Fort Worth einem Flickenteppich, Flächen mit Bäumen und Flächen mit Weiden und Flächen mit Häusern und Flächen mit Firmengebäuden – und überraschenderweise viele, viele Flächen mit Wasser. Es gibt mehr Häuser mit Swimmingpool, als man meint; überall sind Wasserläufe, und in den ländlichen Gegenden – von denen es viele gibt, auch innerhalb der Stadtgrenzen – hat jede kleine Farm ihren Teich, meist sogar zwei oder drei Teiche. Ich schaute nach unten, bewunderte das Blau und Grün und Türkis des Wassers, das sich von den dunkel- bis gelbbraunen Blättern abhob, und sah eigentlich nichts anderes.

Bis mein Mann Harry sagte: »Heh! Da unten brennt was.«

»Wo da unten?« Ich hatte einfach bloß einen meiner seltenen freien Nachmittage genossen, doch meine Stimmung schlug jäh um. Natürlich fallen Brände nicht in meinen Zuständigkeitsbereich – ich bin bei der Polizei, nicht bei der Feuerwehr –, aber oft kommt es mir so vor, als würde alles Ungewöhnliche am Ende doch in meinem Zuständigkeitsbereich landen.

»Da«, wiederholte Harry wenig hilfreich und drehte das Flugzeug in einem engen Kreis. »Siehst du es jetzt?«

»Ja ... bleib auf diesem Kurs.« Ich tastete nach dem Fernglas, das Harry stets im Flugzeug hat, und stellte es scharf. »O Gott!«

»Was ist das? Erkennst du schon was?«

»Ja. Flieg tiefer ran.«

In einem Hubschrauber – wie Harry sie bei seiner Arbeit als Testpilot fliegt – hätten wir direkt daneben runtergehen können. In dieser Maschine hätten wir vermutlich sicher landen können, falls nötig, doch bei den tiefhängenden Ästen, den dünnen, fast unsichtbaren Strom- und Telefonleitungen wären wir vermutlich nicht wieder hochgekommen. Aber Harry flog so nah er konnte an die schwarze Rauchsäule heran; wir streiften fast die Wipfel der höchsten Bäume. Der Rauch stieg von einem Auto auf. Kein neueres Modell. Dunkelgrün. Mehr konnte ich zunächst nicht erkennen. Aber schließlich schenkte ich dem in hellen Flammen stehenden Fahrzeug auch keine große Beachtung. Ich hatte den Lieferwagen im Auge, der gegenüber auf der anderen Straßenseite parkte. Der Lieferwagen mit dem Schild im Fenster: U.S. Mail.

Die Fahrertür des Lieferwagens stand offen. Aber der Fahrer war nicht draußen, um das Feuer zu löschen. Er lag nach hinten gesunken, die Füße zur offenen Tür herausgestreckt, den Körper gegen die Konsole gelehnt, die die Vordersitze teilte. Und selbst aus der Luft, mit Harrys ausgezeichnetem Fernglas, konnte ich den roten Fleck sehen, der sich langsam auf seinem ehemals weißen Hemd ausbreitete.

»Lande«, sagte ich zu Harry und griff nach dem Handmikro des Funkgeräts.

»Wo?« wollte Harry vernünftigerweise wissen.

»Egal. So nah dran, wie du kannst.«

Wir haben das Ganze später rekonstruiert, nach dem, was uns der Mörder erzählt hat, nach dem, was uns die Spurensicherung erzählt hat, nach dem, was uns niemand erzählt hat, aber anders konnte es nicht gewesen sein, und jetzt, manchmal, sehe ich in meinen Träumen, wie es immer und immer wieder passiert, und es ist, als könnte ich die Gedanken des Mörders nachvollziehen, wie es keiner von uns an jenem ersten Tag, in jenen ersten Wochen konnte.

Zunächst einmal hatte er nicht geahnt, daß es so schwer sein würde, ein Auto in Brand zu setzen. In Filmen sieht es so aus, als würde die geringste Kleinigkeit einen Wagen in einen Feuerball verwandeln. Aber er hatte festgestellt, daß das Motoröl sich einfach nicht entzündete. Auch nicht die Bremsflüssigkeit oder das Kühlwasser. Die Polsterung wollte überhaupt nicht brennen. Und sogar die erste kleine Pfütze Benzin hatte bloß zwei Minuten zaghaft geflackert, bevor sie erlosch.

Es war ein so guter Plan gewesen, wenn er ihn nur hätte in die Tat umsetzen können.

Sein Wagen und der von Kelly waren genau gleich – identische waldgrüne Chevrolets Bel Air, Baujahr 1957 –, und natürlich gab es 1957 noch keine Identifizierungsnummern für Fahrzeuge. Man kannte damals zwar schon Motornummern, mit dem Ergebnis, daß die Zulassung, wenn man den Motor austauschte, nicht mehr mit dem Fahrzeug übereinstimmte. Das war allgemein bekannt, und deshalb überprüfte es auch niemand, solange Modell und Baujahr übereinstimmten.

Das erste Problem waren daher die Nummernschilder, und das war einfach. Er hatte seine abgenommen und die von Kelly an seinen Wagen geschraubt. Somit würden wir, wenn wir den Wagen ausgebrannt am Straßenrand fanden, denken, es wäre Kellys und nicht seiner – ganz einfach –, und der einzige mögliche Nachteil für ihn wäre der, daß wir Kelly deshalb ein wenig eher finden würden. Aber das war eigentlich egal, denn früher oder später würden wir Kelly ohnehin finden. Kelly und die andere. Am Geruch, daran ganz bestimmt.

Aber zu diesem Zeitpunkt wäre der Wagen – mit dem riesigen, verräterischen Blutfleck auf dem Rücksitz und den anderen Spuren im Fahrzeug, die es eindeutig als seines auswiesen – längst nur noch ein ausgebranntes Etwas, das niemand mehr mit ihm in Verbindung bringen konnte.

Der Wagen hatte nämlich schon den dritten Motor. Als er ihn gekauft hatte, war der zweite kurz davor gewesen, den Geist aufzugeben, und er hatte sich auf einem Schrottplatz in Tyler einen Ersatzmotor besorgt. Er hatte bar bezahlt, und niemand hatte nach seinem Namen gefragt. Ohne Fahrzeugidentifizierungsnummer oder Prüfplakette, mit einer Motornummer, die nur zu einem gelöschten Eintrag bei der Zulassungsstelle führte, würde niemand je feststellen können, daß es in Wirklichkeit sein Wagen war.

Damit blieb noch Kellys Wagen. Der hatte noch immer den ersten Motor mit der ursprünglichen Motornummer. Er ließ sich zurückverfolgen, falls jemals irgend jemand Grund sähe, sich die Arbeit zu machen. Aber er würde ihn einfach irgendwo stehenlassen, mit abgekratzter Prüfplakette ohne Nummernschilder. Falls einer auf die Idee kam, nach der Motornummer zu suchen und sie zu überprüfen, tja, dann hatte der eben ein kleines Rätsel zu knacken.

Denn dann hätte man es mit zwei identischen waldgrünen 1957er Chevrolets Bel Air zu tun, der eine ausgebrannt und der andere unversehrt irgendwo stehengelassen, und beide offenbar ein und derselbe Wagen. Das wäre verwirrend, und natürlich würde man versuchen, den Widerspruch aufzuklären.

Aber es war absolut unmöglich, einen der beiden Wagen mit ihm in Verbindung zu bringen. Und deshalb würden sie nie rauskriegen, was sonst noch dahintersteckte.

Das hoffte er. Das war sein Plan. Er hatte bloß nicht damit gerechnet, daß es so verdammt schwer ist, einen Wagen in Brand zu stecken.

Der stand da, schimmernd in der Mittagssonne, das Wachs auf dem glatten Lack makellos, die blanken Chromteile spiegelten die spätherbstlichen Farben der Roßkastanien und der Sumachbüsche, das ewige Grün der Mesquitbäume. Keine Frage, es war einer der schönsten Wagen, die jemals gebaut wurden; eine Schande, daß er ihn zerstören mußte. Aber er mußte es tun. Selbst Kelly hätte das inzwischen eingesehen.

Er öffnete die Beifahrertür und schnupperte, während er erneut die verkohlten Stellen auf dem Sitz musterte. Keine von seinen Ideen hatte funktioniert. Aber jetzt würde es klappen. Da war er sicher. Er hatte die Sitze mit Benzin getränkt und dann die Tür geschlossen, damit der Benzindunst sich im Wagen ausbreiten konnte, und jetzt war der Geruch erstickend stark.

Jetzt würde es sich bestimmt entzünden.

Er trat einige Schritte zurück und wog die Handvoll Mottenkugeln, die er in einen benzingetränkten Lappen gewickelt hatte. Nicht sehr schwer. Aber schwer genug, um sie an diesem windstillen Spätherbsttag zu werfen. Und besser als ein Molotowcocktail, eine Flasche, auf der vielleicht seine Fingerabdrücke oder auch nur Markierungen von seinen Handschuhen wären. So dumm war er nicht. Er hielt das Feuerzeug vorsichtig an den Zipfel des Lappens und warf ihn mit der behandschuhten Hand in einer schwungvollen, gekonnten Bewegung.

Es gab einen satten dumpfen Knall, und Flammen schossen aus allen Fenstern. Es hatte geklappt.

Er drehte sich um, um zu Kellys Wagen zurückzugehen, den er im sicheren Abstand auf der anderen Seite der Teerstraße geparkt hatte.

Und dann sah er den Postwagen.

Als wir um den brennenden Wagen herumgingen, wußten wir weder von ihm, von Kelly und der anderen noch von dem zweiten dunkelgrünen 1957er Chevrolet Bel Air.

Als es anfing, wußten wir von gar nichts ... als es anfing. Aber wann hat es angefangen? Diesen Fall konnte man beliebig lange zurückverfolgen. Aber als er und Kelly an dem Morgen, der zu Kellys Tod führen sollte, losfuhren, war ich bei Deborah Mossberg, hatte Kopfschmerzen und wünschte mir sehnlichst, irgendwo anders zu sein, bloß nicht hier, und nicht an einem Fall arbeiten zu müssen, der offensichtlich gar kein Fall war.

»Also, ich hätte nicht länger bei ihm bleiben können«, sagte sie in einem Tonfall, der wohl sehr vernünftig klingen sollte. »Ich meine, na ja, er hatte schließlich erwartet, daß ich ihn unterstütze.« Sie zündete sich mit zitternden Händen eine Zigarette an, legte das Einwegfeuerzeug mit der falschen Cloisonnéhülle wieder auf den vollgestellten kleinen Tisch neben dem Sofa, nahm einen großen Schluck Wodka mit Orangensaft und blickte mich erwartungsvoll an.

»Verstehe«, sagte ich. »Wo sind Sie beschäftigt?« Sie war der Frage bereits dreimal ausgewichen, und allmählich wollte ich wirklich wissen, warum.

»Was tut das zur Sache?« Mit einem rauchgefüllten Seufzer wiegte Deborah die brennende Zigarette zwischen zwei langen, dünnen, bleichen, teuer manikürten Fingerspitzen.

Ich bin schwanger. Ich kann Rauch zur Zeit nicht vertragen. Aber es gelang mir, nicht zu husten oder zu würgen, während sie weitersprach: »Also, schön. Ich bin Barkellnerin. Im Rig.«

»Rig?« Ich hatte noch nie von einem Lokal dieses Namens gehört.

»Ja. Das ist so eine Art Club. Da verkehren jede Menge Leute aus der Ölbranche, und sie geben dicke Trinkgelder, bloß zur Zeit –« Sie zuckte die Achseln und nahm einen weiteren Schluck. »Also, ich verdiene nicht so viel wie sonst, wegen der schlechten Lage auf dem Ölmarkt und so. Und dann bildet er sich ein, er könnte auf meine Kosten leben – und hat noch dazu den Nerv zu sagen, komm, wir ziehen nach Dallas! Einfach so, wir ziehen nach Dallas. Ich meine, da hört sich doch alles auf!«

»Verstehe«, sagte ich, während ich eine Perle in die Austernschale zeichnete, die ich auf meinem Klemmbrett gemalt hatte. Die Einsatzleitung hatte mich wegen eines angeblichen Entführungsfalles hergeschickt. Es hörte sich immer weniger danach an. »Wieso wollte er nach Dallas ziehen?«

»Also, er hat gedacht, er würde dort vielleicht einen Job finden. Hören Sie, er hätte hier einen Job finden können, wenn er wirklich gewollt hätte. Ich meine, ich habe schließlich auch einen gefunden.«

Ich verkniff mir den Hinweis darauf, daß Rick Mossberg vermutlich nicht die augenfälligen Qualifikationen seiner Exfrau besaß. »Die Flaute im Ölgeschäft hat vielen Leuten geschadet«, bemerkte ich in der Hoffnung, unvoreingenommen zu klingen. Ich war aber nicht unvoreingenommen. Ich mochte Deborah Mossberg nicht, und ich mochte vor allem nicht, daß ihr Vorname so große Ähnlichkeit mit meinem hatte. Aber Polizeibeamte können einen Fall nicht deshalb ablehnen, weil ihnen die Nase der Leute nicht gefällt, die Anzeige erstattet haben. Ich hörte weiter zu.

»Ja, aber die meisten davon wohnen in der Gegend von Houston und Lubbock«, schmollte Deborah. »Nicht hier. Nicht in Fort Worth. Und ich bin schließlich auch immer bis nach Arlington zur Arbeit gefahren. Er hätte ruhig auch ein bißchen mit dem Auto fahren können.«

Von wo wir saßen waren es 20 Meilen bis nach Arlington. Sie hatte mir bereits gesagt, daß die Ölfirma, bei der ihr Mann gearbeitet hatte, in ganz Westtexas Bohrstellen betrieb; das hieß, daß Rick Mossberg sehr viel herumgefahren war, bis die Bohrungen eingestellt wurden. Doch die Krise der Ölbranche hat sich bereits verheerend auf die texanische Wirtschaft ausgewirkt. Orte, die seit den dreißiger Jahren einen gewaltigen Aufschwung erlebt haben, sind heute fast zu Geisterstädten geworden; sogar Großstädte mit stark diversifizierter Wirtschaft wie Dallas, Houston und San Antonio leiden darunter, und zwar nicht nur in der Ölindustrie selbst, sondern auch in allen Zulieferbranchen – Werkzeuge, Chemikalien, Stahlwerke, die die Pipelines bauen. Viele Männer sind arbeitslos. Einige von ihnen sind alt; einige von ihnen finden vielleicht nie wieder Arbeit.

Rick Mossberg war jung. Aber bei der großen Arbeitslosigkeit würde er nicht von heute auf morgen einen Job finden.

Natürlich hatte Deborah Mossberg nicht ganz unrecht. Ich fand es auch vernünftiger, erst in Dallas oder sonstwo einen Job zu suchen und dann umzuziehen.

»Gut, Sie konnten also nicht mit ihm zusammenleben. Also, was haben Sie gemacht?« fragte ich sie. Früher oder später würden wir schon noch auf das vermißte Kind zu sprechen kommen. Aber sonnenklar war inzwischen, daß wir es auf Deborahs Art machen würden; jede Frage nach dem Kind hatte sie augenblicklich abgewehrt.

»Also, ich habe mich natürlich scheiden lassen.«

»Natürlich. Und dann?«

»Und das Gericht hat mir Unterhalt für das Kind zugesprochen. 500 im Monat. Und der Scheißkerl will nicht zahlen.«

»Wenn er keine Arbeit hat –«

»Er hätte sich Arbeit suchen können!«

»Okay«, sagte ich. »Und dann?«

»Und dann habe ich natürlich gesagt, wenn er keinen Unterhalt zahlt, hat er auch kein Besuchsrecht. Finden Sie nicht, daß das fair ist?«

Ich beschloß, die Frage nicht zu beantworten. Meine Antwort hätte ihr nicht gefallen. »Schön, Sie wollten also nicht, daß er das Besuchsrecht wahrnimmt. Und dann?«

»Also, ich sehe Candy abends natürlich nie, weil ich genau um die Zeit zur Arbeit muß, wenn sie aus der Schule kommt, und natürlich macht sie sich das Frühstück selbst, weil ich erst so spät nach Hause komme, daß ich morgens einfach nicht aus dem Bett kann. Aber vor einer Stunde hat ihre Lehrerin angerufen und hat gefragt, ob sie immer noch krank ist, weil sie nämlich ein Picknick gemacht haben, und Candy war nicht da.«

»Wie lange ist sie schon krank?«

»Hören Sie, ich habe nicht mal gewußt, daß sie krank ist!« sagte Deborah mit Nachdruck. »Ich meine, wenn ich es gewußt hätte, wäre ich natürlich zu Hause geblieben. Ich weiß schon, was meine Pflicht ist. Aber ich weiß, daß sie gestern gefrühstückt hat; weil sie nämlich den ganzen Tisch vollgesaut hat, mit Corn-flakes und so, und sie hat die Milch wieder draußen stehenlassen. Das Mädchen vergißt einfach immer, die Milch in den Kühlschrank zu stellen. Und was das Zeug kostet –« Sie verdrehte die Augen und goß sich einen weiteren großzügigen Schuß Wodka in den inzwischen stark verdünnten Orangensaft. »Das Zeug hier kostet natürlich auch was.«

»Klar«, sagte ich, weil sie eine Pause eingelegt hatte, offensichtlich in Erwartung einer Antwort.

Das schien ihr als Antwort zu reichen, denn sie fuhr fort. »Und dann hat die Lehrerin mir erzählt, daß es Candy gestern nachmittag in der Schule übel geworden ist, und weil sie mich nicht erreichen konnten – ich war wohl gerade auf dem Weg zur Arbeit, weil ich gestern früher angefangen habe –, haben sie ihren Daddy angerufen. Und der ist zur Schule gefahren, um sie zu holen.«

»Um wieviel Uhr war das?«

»Gegen halb zwei, hat die Lehrerin gesagt. Und ich frage mich echt, wieso er sie noch immer nicht nach Hause gebracht hat. Der weiß doch genau –«

»Haben Sie ihn angerufen?«

»Er hat kein Telefon.«

»Wie hat die Schule ihn dann erreicht?«

»Also, der lungert da an dieser heruntergekommenen alten Tankstelle herum, ich meine, sie zahlen ihm ein paar lausige Dollar, damit er sagen kann, er arbeitet, und da haben sie ihn angerufen. Aber heute war er nicht da. Ich meine, ich habe da angerufen, und die haben gesagt, sie würden heute nicht mit ihm rechnen.«

Wenn sie noch einmal »also« oder »ich meine« sagt, fange ich an zu schreien, dachte ich. »Waren Sie schon dort?«

»Nee.« Sie schnippte Asche in einen magentaroten Aschenbecher. »Nein. Was soll ich denn da?«

»Nachsehen, ob Candy da ist.«

Ihre Augen wurden groß. »Oh, aber er darf Candy doch gar nicht haben, also wenn er sie bei sich hat, ist das doch Kidnapping, oder?«

Meine Kopfschmerzen wurden eindeutig schlimmer. Der Arzt hat mir Aspirin, Nuprin oder ähnliches während der Schwangerschaft verboten. Vielleicht Tylenol? Aber zuerst mußte ich Deborah Mossbergs Frage beantworten.

»Nein, das ist nicht Kidnapping. Gibt es einen Gerichtsbeschluß, daß er sie nicht haben darf?«

»Also, nein, aber –«

»Gibt es einen Gerichtsbeschluß über die Besuchsregelung?«

»Also, ja, aber –«

»Halten Sie es für möglich, daß er mit ihr die Stadt verlassen hat?«

»Vielleicht sind sie zelten gefahren«, sagte sie unsicher.

»Mrs. Mossberg, haben Sie irgendeinen Grund zu der Annahme, daß Ihr Mann –«

»Ex –«

»Exmann«, verbesserte ich, »vorhaben könnte, Ihre Tochter nach dem Wochenende nicht zurückzubringen?«

Wieder machte sie große Augen. Hatte irgend jemand ihr erzählt, das sähe niedlich aus? Hatte irgend jemand ihr erzählt, genau so müßte man einen Cop ansehen? Falls ja, dann hatte dieser Jemand nicht daran gedacht, daß vielleicht ein weiblicher Cop zu ihr käme. Aber ihre Stimme klang echt schockiert. »Sie meinen, sie dabehalten, nicht nach Hause zurückzuschicken? Oh, nein, so was würde Rick nicht machen!«

Ich stand auf und klappte den Deckel des Klemmbretts zu. »Dann verschwenden Sie die Zeit der Polizei, Mrs. Mossberg, weil hier kein Gesetzesverstoß vorliegt. Ich würde vorschlagen, wenn Sie sich Sorgen wegen Ihrer Tochter machen, daß Sie zu Ihrem Mann nach Hause fahren und nachsehen, ob sie dort ist.«

»Aber – aber was, wenn sie nicht dort ist? Ich meine, im Gerichtsbeschluß steht bloß was von alle zwei Wochen, nichts darüber, wohin er sie mitnehmen darf, und früher sind sie immer gern zum Zelten gefahren.«

»Ich werde Ihnen was sagen, Mrs. Mossberg: Heute ist Samstag; rufen Sie uns Montag an, wenn sie dann immer noch nicht da ist, okay?«

Ich ging zur Haustür und versuchte, die quengelige Stimme zu ignorieren, die immer wieder sagte: »Also, aber was, wenn –«

Im Auto massierte ich mir müde die Schläfen und fragte mich, welcher übereifrige Streifenbeamte wohl zu dem Schluß gekommen war, daß für diesen Nicht-Fall ein Detective erforderlich sei. Und noch dazu vom Sonderdezernat.

Natürlich, bei einer echten Entführung wäre jemand vom Sonderdezernat erforderlich gewesen. Aber eine geschickte Vernehmung von wenigen Minuten hätte deutlich gemacht, daß es sich hier keinesfalls um eine echte Entführung handelte. Und ich hatte den leisen Verdacht, daß sie auf einen männlichen Officer sehr viel besser reagiert hätte als auf mich.

Zum erstenmal blickte ich etwas weiter nach unten auf dem Formblatt mit der Anzeige, vorbei an dem Namen der Anzeigeerstatterin, und las den Namen des Officers.

D. Shea.

Ich hätte es wissen müssen.

Danny Shea ist ein Idiot, und mir ist absolut unerklärlich, wie er es überhaupt zur Polizei geschafft, geschweige denn die sechs Monate Probezeit überstanden hat.

Nun, Deborah Mossberg würde bald wieder Besuch von Danny Shea oder einem anderen Streifenpolizisten bekommen, in Begleitung eines Beamten vom Jugendamt. Ich hatte nämlich beschlossen, daß ich zwar diese Meldung als gegenstandslos einstufen, dafür aber eine neue machen würde.

Candy war nämlich sechs Jahre alt. Und Candy wurde sieben Nächte in der Woche alleingelassen, weil Deborah die zwei Nächte, die sie nicht arbeitete, mit Männern ausging. Candy sah ihre Mutter – gelegentlich – am Wochenende.

Obwohl Deborah – jedenfalls laut Deborah – gewissenhaft darauf achtete, daß Candy saubere Sachen, Milch, Taschengeld hatte. (Wieviel Taschengeld braucht eine Sechsjährige?) Und natürlich, so versicherte Deborah mir selbstgerecht, wohnte nebenan ja noch Mrs. Greer, für den Notfall.

Vielleicht war Rick ja wirklich so faul und ohne jeden Ehrgeiz, wie Deborah behauptete, vielleicht aber war er ein anständiger Mensch, dem die wirtschaftlichen Probleme über den Kopf gewachsen waren. Das würde ich später entscheiden, falls nötig. Aber sehr wahrscheinlich würde ich keinen Gedanken mehr daran verschwenden müssen, denn sehr wahrscheinlich würde Candy pflichtgemäß wieder zu Hause abgeliefert werden – so, wie die Sache aussah – irgendwann am Sonntag abend.

Ein Zuhause, von dem sie, mit etwas Glück, irgendwann am Montag weggeholt werden konnte, um in einer anständigen Pflegefamilie untergebracht zu werden.

Ich habe Freundinnen, die alleinerziehende Mütter sind. In gewisser Weise war ich selber eine, bevor Harry bei den Marines seinen Abschied nahm; während seiner Zeit in Übersee war ich zu Hause in Fort Worth und arbeitete in einem Job, der erheblich schwieriger und erheblich weniger lukrativ war als der Job einer Barfrau. Meine Kinder waren nie allein zu Hause, nicht in dem Alter, nicht, bevor sie alt genug waren, um ein einigermaßen vernünftiges Verhalten an den Tag zu legen.

Kein Kind sollte so allein gelassen werden wie Candy.

Nicht mit sechs Jahren.

Kurz vor Mittag. Ich fragte mich, wann Deborah wohl gemerkt hätte, daß ihre Tochter vermißt war, wenn die Lehrerin nicht angerufen hätte, oder ob ihr überhaupt aufgefallen wäre, daß Candy am Sonntagabend aus Ricks Pick-up statt aus dem Bus der Baptisten-Kirche gestiegen wäre.

Kurz vor Mittag.

Mittag hatte ich Feierabend. Mittag konnte ich nach Hause.

Also fuhr ich zu unserem hübschen, neuen, schon wieder aus allen Nähten platzenden Polizeipräsidium, parkte meinen Dienstwagen, ging hinein und teilte Captain Millner mit, daß diese Anzeige unbegründet sei und ich jetzt nach Hause führe.

Und ich fuhr nach Hause, und auch Harry war zu Hause, und er sagte: »Komm, wir fliegen ein bißchen, bevor Hal von der Party bei den Pfadfindern zurückkommt.«

Und das taten wir.

Und jetzt, um ein Uhr, blickte ich auf das noch immer brennende Wrack eines alten grünen Chevrolets und auf einen Postwagen mit einem toten Postboten auf dem Vordersitz.

Harry blickte währenddessen auf sein Flugzeug, das er auf einer schmalen Landstraße gelandet hatte, und fragte sich, wie er es wieder hochkriegen sollte. Zu mir sagte er so gut wie nichts.

Das war wahrscheinlich auch gut so. Ich war mir ziemlich sicher, daß ich nicht hören wollte, was er dachte.

Aber aus der Luft hatte ich nicht erkennen können, daß der Mann tot war. Ich hatte erkennen können, daß er verletzt war, und ich hatte mit einiger Sicherheit sagen können, daß er angeschossen war, aber ich hatte nicht wissen können, daß er tot war. Und ich hatte gehofft, daß ich, wenn Harry das Flugzeug ganz in der Nähe landen könnte, schneller bei ihm wäre als ein Krankenwagen, der bis hierher mindestens zehn oder 20 Minuten brauchen würde. Ich hätte ihm vielleicht irgendwie helfen können.

Ich hatte gehofft, ihm helfen zu können.

Nicht nur, weil er Postbote war. Ich kannte ihn. Selbst aus der Luft hatte ich ihn erkannt, weil ich den Lieferwagen erkannte hatte. Ich dachte, er wäre inzwischen Rentner.

Berichtigung: Ich wußte, er war Rentner.

Roy Bassinger war 50 Jahre lang Postbote auf dem Land gewesen. Er war erst letzten Juli in Rente gegangen, sehr stolz, daß er in den ganzen 50 Jahren, die er im nordöstlichen Winkel von Tarrant County, Texas, Dienst getan hatte, nicht einen Tag gefehlt hatte. Aber selbst als Rentner konnte er nicht aufhören. Immer mal wieder hatte er ausgeholfen, weil er verhindern wollte, daß alles im Chaos versank. Das hatte er mir noch vor zwei Wochen erzählt, als ich ihn im Postamt getroffen hatte; er sagte, er habe darum gebeten, als Aushilfe eingesetzt zu werden, wenn mal jemand krank wurde.

Was, wie er sagte, anscheinend ziemlich oft vorkam.

Roy Bassinger war 72.

Und jetzt war Roy Bassinger tot, erschossen mit einer Schrotflinte auf dem Vordersitz seines eigenen, selbst lackierten, grell rot-weiß-blauen Pick-ups, des Wagens, an dessen Frontscheibe er stolz ein eigenhändig beschriftetes US-Mail-Schild angebracht hatte.

Ich kannte mal einen Postinspektor, der meinte, es gebe keinen besseren Job als Postbote auf dem Lande. Aber in diesem Fall konnte man das nicht behaupten.

Ein Wagen kam holpernd über die Straße, bremste scharf ab, und eine Tür schlug. Ich drehte mich um und sah Otto Castillo – ein komischer Name für einen Postinspektor –, eigentlich für jeden ein komischer Name; er hatte mir erzählt, daß sein Vater Kubaner und seine Mutter Deutsche sei –, der sich einen Weg um das Flugzeug herum suchte. Er hatte dahinter geparkt.

Der Verkehr wurde auf beiden Seiten umgeleitet. Zum Glück gab es nicht viel Verkehr zum Umleiten.

Na schön, ich hatte Mist gebaut. Wie Harry sagen würde – falls Harry jetzt zufällig mit mir sprechen würde –, Mama hat's vermasselt.

Aber auch Harry hatte Mist gebaut.

Wir hatten uns keinen sehr guten Platz ausgesucht, um ein einmotoriges Privatflugzeug zu landen, und ich hatte so eine Ahnung, daß ich das von einer ganzen Menge Leute noch eine ganze Weile zu hören bekommen würde.

Otto interessierte sich im Moment nicht dafür, wo irgendwer ein Flugzeug gelandet hatte. Er ging zu dem Pick-up, blickte hinein und sagte: »Verdammt.«

Ansonsten sagte er zunächst nichts. Er stand bloß da und schaute.

Dann sagte er: »Den Scheißkerl kriegen wir.«

»Klar«, sagte ich. Weil mir nichts Besseres einfiel. Ich meine, was soll man auch auf so eine Behauptung erwidern?

Er blickte mich an, kalt.

Mittlerweile gibt es Postinspektorinnen. Polizistinnen gibt es in einigen Städten (natürlich nicht in Fort Worth) bereits seit Anfang des Jahrhunderts.

Aber Otto Castillo hält nichts von Gleichberechtigung, und er war nicht darauf erpicht, mit mir zusammenzuarbeiten. Er würde trotzdem mit mir zusammenarbeiten müssen. Bei der Polizei von Fort Worth bekommt der erste Detective am Tatort den Fall – es sei denn, es gibt einen zwingenden Grund, der dagegen spricht, und Otto Castillos Vorurteile würden nicht als zwingender Grund durchgehen. Und in einer Situation wie dieser war die Kooperation von Bundesbehörde und städtischer Polizei erforderlich.

Nicht, daß Otto Castillo mich nicht leiden konnte, verstehen Sie. Er mag mich ganz gern. Er hat es selbst gesagt, schon häufiger. Er findet bloß, ich sollte da bleiben, wo ich hingehöre. Und das ist, seiner Meinung nach, nicht ein Polizeidepartment. Und wenn ich idiotischerweise unbedingt Polizistin sein will, dann sollte ich doch in einem etwas weniger rauhen Ressort arbeiten, zum Beispiel in der Abteilung Jugenddelikte.

Muß ich erwähnen, daß Otto in letzter Zeit nicht viel mit Jugendlichen zu tun hatte?

Er funkelte mich noch immer an. In seiner Wut hatte er bislang weder auf meine Kleidung noch auf meine Bauchgegend geachtet. Ich fragte mich, wie er reagieren würde, wenn ihm klar wurde, daß er nicht nur mit einer Frau zusammenarbeiten mußte, sondern noch dazu mit einer schwangeren Frau.

»Klar«, wiederholte er. »Klar. Klar, sagen Sie. Das klingt sehr einleuchtend. Hören Sie, Deb Ralston, wir sind hier nicht auf einem Kaffeekränzchen. Wir haben ein ganzes Heer von Postboten. Sie sind zu

Fuß unterwegs, allein, tragen Schecks mit sich herum, während die Polizei zu zweit unterwegs ist und bewaffnet ist. Wenn wir nicht ein Exempel statuieren, sobald es einen von ihnen erwischt, wie lange –«

»Ich verstehe Sie«, sagte ich zu ihm.

»Und wenn es eine Million Dollar kostet, wenn es vier Millionen Dollar kostet, wenn wir ein ganzes Laborteam aus Memphis einfliegen lassen müssen, wenn wir Hunde einfliegen lassen müssen, wenn wir –«

»Ich habe gesagt, ich verstehe Sie«, wiederholte ich.

»Schön. Sie verstehen mich. Also was, verdammt noch mal, beabsichtigen Sie in dieser Sache zu tun?«

»Ich werde jede Menge in dieser Sache tun, Otto«, sagte ich zu ihm. »Ich habe den Kopf voller Ideen, was ich tun werde. Und was werden Sie in dieser Sache tun?«

Er antwortete nicht. Er funkelte mich noch einmal kurz an und marschierte dann zurück zu seinem Wagen, wo er vermutlich per Funkgerät oder Autotelefon erörterte, was er tun würde.

In den meisten Städten arbeiten Postinspektoren allein, aber in Fort Worth befindet sich eins ihrer Regionalbüros, und falls nötig, könnte er ein ganzes Bataillon von Postinspektoren mobilisieren. Schön, wohl nicht gerade ein Bataillon. Vielleicht zehn oder zwölf. Aber für Postinspektoren ist das viel. Sie sind meist cleverer als Leute vom FBI oder Secret Service, zum Teil wohl auch deshalb, weil sie es gewohnt sind, allein zu arbeiten.

Auch netter, in der Regel. Vor allem netter als die Leute vom FBI.

Natürlich gibt es Ausnahmen. Es gibt immer Ausnahmen.

Ich blieb stehen und betrachtete den noch immer rauchenden alten Wagen. Endlich rückte die Feuerwehr an. Ich hatte zwischendurch immer mal wieder ihre Sirenen gehört, während sie versuchten, einen großen Löschwagen über unbefestigte Feldwege zu manövrieren, um an Harrys Flugzeug vorbeizukommen (jaja, schon gut, ich habe doch zugegeben, daß ich Mist gebaut habe) und zu dem Feuer zu gelangen, das mittlerweile ohnehin fast ausgegangen war.

Wenn die Bäume Feuer gefangen hätten, hätten wir dick im Schlamassel gesteckt. Aber glücklicherweise taten sie es nicht.

Ein Streifenwagen war bereits vor Ort, er stand auf der anderen Seite von dem Flugzeug neben Ottos Wagen, mit zwei Polizisten drin.

Ich konnte kaum glauben, daß wir uns noch innerhalb der Stadtgrenzen von Fort Worth befanden – ich hätte den Fall liebend gern den Kollegen von der County-Polizei übergeben –, aber der Kollege in der Zentrale, mit dem ich vom Streifenwagen aus über Funk gesprochen hatte, hatte mir versichert, daß es unser Fall war, ob wir nun wollten oder nicht. Die Stadtgrenzen, sagte er, benehmen sich manchmal merkwürdig.

Ich nahm an, daß die Streifenbeamten den Tatort abriegelten.

Nicht, daß es nötig gewesen wäre, ihn groß abzuriegeln; hierher verirrt sich kaum eine Menschenseele. An der Four Mile Road stehen vielleicht ganze sechs Häuser; am Ende biegt die Straße nach links und wird zu einem Fußpfad, der hinunter zu einem der x Arme von einem der x Bäche führt, die schließlich in den Trinity River fließen. Dieser Arm ist ein ziemlich unnützer kleiner Bach – es gibt zwar einen kleinen Teich, aber man kann darin weder fischen noch schwimmen, weil er voller Hornhechte ist. Harry und Hal haben einmal darin gefischt und einen fast zwei Meter langen Hornhecht gefangen, und Hal war so aufgeregt, daß er nicht auf Harrys Warnung gehört hat und dem Fisch mit einer Axt den Kopf abschlagen wollte, und natürlich ist die Axt zerbrochen. Ein Hornhecht, falls Sie das noch nicht wußten, hat ein Gebiß wie ein Alligator mit rund einer Million rasiermesserscharfer Zähne. Ich habe mal gesehen, wie einer ein Ruder durchgebissen hat. Ein gutes, neues Ruder. Obendrein sind Hornhechte gepanzert. Sie haben sich, so habe ich mir sagen lassen, seit der Zeit der Dinosaurier kein bißchen verändert. Ich kann mir denken, wieso. Nichts liegt mir ferner, als mich mit einem Hornhecht anzulegen. Ich vermute, so vermessen wäre höchstens ein ausgewachsener *Tyrannosaurus rex*.

Jedenfalls, obwohl ich mein ganzes Leben in Fort Worth verbracht habe, hatte ich keine Ahnung, daß es eine Straße gab, die nach links von der Four Mile Road abging. Ich erinnere mich nur an eine schmale Zufahrt –, so eine Zufahrtsstraße, die eigentlich ein Privatweg ist und zu einer Farm führt.

Aber die Zufahrtsstraße war geteert, und laut Stadtplan hieß sie jetzt Kelly Road, obgleich sie eigentlich nur zu der alten Joe-Kelly-Farm führte, die, soviel ich wußte, seit mindestens 15 Jahren verlassen war. Ich hatte damit gerechnet, daß sie irgendwann wegen Steuerrückständen zwangsversteigert würde und dann dort, wo einst die Kelly-Kühe grasten, Wohnanlagen aus dem Boden gestampft würden.

Das alte Farmhaus stand wahrscheinlich noch, obwohl es nach all den Jahren bestimmt unbewohnbar war, und bislang hatte niemand etwas anderes dort hingesetzt.

Doch aus irgendeinem Grund war der Postwagen in die Kelly Road eingebogen, und er hätte dort wohl einen Monat stehen können, mit

Bassinger tot auf dem Vordersitz, wenn Harry und ich nicht den Rauch gesehen hätten und der Sache auf den Grund gegangen wären.

Im Grunde bestand doch die Möglichkeit, daß man mir verzeihen würde, Harry zur Landung auf der Kelly Road bewegt zu haben, denn zumindest hatten wir das Verbrechen schnell entdeckt. Natürlich wäre es besser gewesen, er hätte das Flugzeug auf der anderen Seite von dem brennenden Wagen gelandet, also dort, wo die Kelly-Farm liegt, und nicht auf der Seite, wo die Four Mile Road verläuft.

Aber das konnte ich jetzt auch nicht mehr ändern.

Endlich war der Löschwagen da, er kam mit großem Trara und lauter Sirene und Gehupe heran, alles, um von der Tatsache abzulenken, daß er behäbige 15 Meilen die Stunde fuhr. Ich winkte dem Fahrer anzuhalten, und er ignorierte mein Zeichen, rumpelte schnurstracks an mir vorbei, um genau dort anzuhalten, wo der Täter – wer immer der Täter war – vielleicht Reifenspuren hinterlassen hatte.

Ich ging natürlich davon aus, daß der Täter motorisiert gewesen war. Ich hatte allerdings keine Reifenspuren gesehen, und er konnte genausogut zu Fuß gegangen sein. Vermutlich war er das, wenn das da sein ausgebranntes Fahrzeug war, was wahrscheinlich der Fall war. Na schön – auf diesem sandigen Straßenstück wären die Spuren ohnehin nicht zu gebrauchen gewesen, selbst wenn der Löschwagen nicht auf ihnen geparkt hätte.

Die Feuerwehrleute gingen mit großem Elan ans Werk und spritzten Wasser und irgendwelche Chemikalien auf das jetzt kaum noch brennende Auto, und ich stand da und sah ihnen zu. Sie zu beobachten war wenigstens eine gute Möglichkeit, nicht ständig auf Bassingers Leiche zu gucken.

Ich vermutete, daß Bassinger auf die Straße eingebogen war – aus welchem Grund, konnte ich mir nicht vorstellen – und einen Brandstifter auf frischer Tat ertappt hatte. Und der Brandstifter hatte Bassinger in Panik getötet, damit der niemandem erzählen konnte, was er gesehen hatte.

Mittlerweile hätten wir bereits wissen müssen, wem der Wagen gehörte, doch leider war Samstag, und die Kraftfahrzeugzulassungsstelle des County war nicht besetzt, und der Computer des Texas Crime Information Center war abgestürzt. Früher oder später würden wir es herausfinden; das Verbrechen war ein ganz einfacher Fall.

Und absolut sinnlos.

Der alte Mann, dessen schütteres weißes Haar nicht mehr ganz die rosa Kopfhaut bedeckte, lag ausgestreckt in der Fahrerkabine des

Postwagens, der Körper etwas nach rechts gerutscht und zurückgelehnt. Die Fahrertür war noch immer weit geöffnet, genau wie zu dem Zeitpunkt, als ich sie zuerst aus der Luft gesehen hatte, so daß wir das Ausmaß der Verletzung leicht erkennen konnten. Es war eine Brustwunde, eine große; Genaues würden wir erst wissen, wenn der Gerichtsmediziner fertig war, aber ich tippte schon jetzt auf eine Schrotflinte. Die Wunde war zu groß für ein Gewehr oder eine Handfeuerwaffe. Aber andererseits stammte sie auch nicht von einer besonders großen Schrotflinte, vorausgesetzt, die Waffe war nicht aus nächster Nähe abgefeuert worden.

Und das war sie nicht, sonst wären auf dem weißen Hemd schwarze Pulverrückstände zu sehen gewesen, selbst durch das Blut hindurch.

Also eine kleine Schrotflinte. Vielleicht eine .410er, vielleicht eine Signalpistole. Oder vielleicht, nur vielleicht, eine sehr feinkörnige Ladung in einer .38er oder einer .357er.

Ein überflüssiger Mord an einem harmlosen Opfer, um ein ganz gewöhnliches Verbrechen zu verschleiern. Bloß Brandstiftung. Und selbst wenn es Brandstiftung aus Profitgier gewesen war, was für eine Versicherungssumme würde man für ein so altes Auto bekommen? 200 Dollar? 300 Dollar? Dafür lohnte es sich kaum, die Prämien zu bezahlen.

Warum also die Mühe, es abzufackeln?

Das dachte ich damals.

In gewissen Dingen bin einfach erstaunlich schlecht informiert.

Kapitel 2

Es tut mir leid«, sagte ich zu Harry.

»Das sollte es auch.« Er starrte noch immer auf sein Flugzeug. »Wie zum Teufel soll ich das Ding nun wieder hochbringen?«

Die Antwort lag auf der Hand, und das wußte er genauso gut wie ich. Er würde eine Polizeieskorte brauchen, die ihm die Straße frei hielt, während er die Maschine den ganzen Weg zur Four Mile Road und bis zu einem langen Stück ohne Stromleitungen rollen ließ, damit er starten konnte.

Er würde es ohne mich machen müssen. Und auf alle Fälle würde er noch eine ganze Weile warten müssen. Nach der Landung des Flugzeugs, bei der Staub aufgewirbelt wurde, und der Ankunft des Löschwagens, bei der noch mehr Staub aufgewirbelt wurde, waren möglicherweise wenige, aber wertvolle Beweismittel auf dem Boden liegengeblieben. Doch diese wenigen Beweismittel wollten wir sicherstellen können. Otto Castillo, der Flüche auf englisch, spanisch, deutsch und, wie ich annahm, aztekisch ausstieß, war kurz weggefahren, nachdem er mir und den Streifenbeamten, die den Tatort abschirmten, gedroht hatte, uns den Kopf abzureißen, falls unbefugte Personen in die Nähe des Postwagens kämen.

Unter die Rubrik »unbefugte Personen« fiel, so Castillo, auch Harry. Deshalb konnte er nicht nur nicht weg, er konnte auch nicht nahe genug heran, um zu sehen, was los war. Im Moment konnte er sogar nicht einmal zurück zum Flugzeug. Er war durch den Bereich des Tatortes gegangen, auf einer absolut nichtssagenden befestigten Straße, zu dem Streifenwagen, und Castillo hatte ihn angewiesen, dort zu bleiben. Mittlerweile spazierten eine ganze Menge anderer Leute an ihm vorbei, darunter Captain Millner, der stellvertretende Leiter der Gerichtsmedizin Andrew Habib, sein Ermittler Gil Sanchez und Irene Loukas von unserer eigenen Spurensicherung. Habib pfiff fröhlich vor sich hin, wie es seine Gewohnheit ist, wenn er zu einem Mordopfer gerufen wird; später würde er anfangen, leise zu summen. Nicht summen im Sinne von Singen ohne Worte, sondern Geräusche machen wie »hmm« und »äh-hä« und »mm-hä« wie ein Zahnarzt mit dem Kopf im Mund seines bedauernswerten Opfers.

Ich finde Habib etwas sonderbar. Aber er ist unbestreitbar ein guter Gerichtsmediziner.

Sanchez, der fast am Postwagen war, drehte sich um. »Heh, Deb«, rief er, »komm doch mal her und erzähl uns, was du hier zu suchen hast?«

»Tut mir leid«, sagte ich wieder zu Harry.

Er antwortete nicht; zumindest antwortete er nicht mir. Er sagte leise etwas zu Bill Livingston, der noch immer am Steuer des Streifenwagens saß (soviel Abschirmung brauchte der Tatort), und ich hörte Bill lachen, als ich wieder die geteerte Straße hinunterwanderte.

Habib blieb direkt vor mir stehen, starrte auf das verbrannte grüne Auto und pfiff. »So ein Scheißkerl«, sagte er.

»Hä?« sagte ich.

»Was für ein Vandale –« Habibs Stimme bebte vor Wut, während er sachte eine schwarz angelaufene, ehemals grüne Heckflosse berührte.

»Hä?« wiederholte ich. Auch ich betrachtete das Auto. Es sah für mich noch immer wie ein altes – sehr altes – grünes Auto aus.

»Deb, das ist ein 57er Chevrolet!«

»Okay«, sagte ich. »Na und? Das heißt, er ist über 30 Jahre alt, stimmt's?«

Er brummte etwas, das sich anhörte wie ein ziemlich mißratener Werbespruch. »Projektgruppe 57er Chevrolets, Test auf der Alcan Rennstrecke.«

»Hä?« sagte ich zum drittenmal, diesmal, glaube ich, verzeihlicherweise. »Andy, wovon um alles in der Welt reden Sie?«

Er sah mich an. »Sie wissen es wirklich nicht?«

»Nein. Ich weiß es wirklich nicht. Alles, was ich sehe, ist ein altes Schrottauto. Offenbar sehen Sie etwas, was ich nicht sehe.«

»Donnerwetter. Ja. Offenbar sehe ich was, was Sie nicht sehen.« Er setzte seine Oberlehrermiene auf. »Also schön, wollen mal sehen, etwa um 55, 56, so um den Dreh, wurden die ersten Autos mit Heckflossen gebaut, und später, um 59, 60 herum, waren die Heckflossen richtig monströse Dinger geworden. Aber der 57er Chevrolet, Deb, hatte die allerbesten Heckflossen. Er war – ist – ein schöner Wagen. Ein Klassiker. Ein Sammlerstück. Das ist nun mal kein Auto, das jemand für das Geld von der Versicherung verbrennen würde, oder weil er eine alte Schrottkarre loswerden will, das ist alles.«

»Es sei denn, er wußte nicht –«

»Er kann es unmöglich nicht gewußt haben. Wer einen 57er Chevrolet fährt – oder wer einen aufgebockt hinter dem Haus stehen hat –, wird dauernd von Leuten angesprochen, die ihn kaufen wollen.«

»Aber wenn –«

»Jedenfalls«, fügte Habib mit Bestimmtheit hinzu, »hat jemand diesen hier liebevoll gepflegt. Hier, sehen Sie, wie glatt er hier ist, wo das Feuer nicht an die gewachsten Stellen gekommen ist?«

Ich guckte. Er hatte recht. Jemand hatte diesen Wagen gut gepflegt.

»Die Sache ist die«, sagte er weiter, »man könnte dieses Schätzchen jederzeit für verdammt viel mehr verkaufen, als man von der Versicherung bekommen würde. Und man würde den Wagen mit Sicherheit nicht wie Müll verbrennen, denn er ist kein Müll. Allein für die Karosserie bekäme man –«

»Okay«, unterbrach ich ihn. Ich bezweifelte nicht, daß er recht hatte. Ich kann mich nicht erinnern, daß Andrew Habib, mit seinen zahllosen Hobbys, irgendwann mal nicht recht hatte. Aber wenn der Wagen nicht wegen der Versicherung verbrannt worden war und auch nicht, um ihn einfach loszuwerden – »Der Wagen ist nicht von allein in Brand geraten. Jemand hat ihn in Brand gesteckt. Da bin ich mir sicher, der ist nämlich innen völlig ausgebrannt, und der Motorraum hat kaum was abbekommen. Und Andy, es ist um einiges schwieriger, den Innenraum eines Wagens in Brand zu setzen.«

»Ja?« Habib klang skeptisch. Dann zuckte er die Achseln. »Sie müssen es ja wissen.«

»Ich weiß es. Ich habe einige Kurse über Brandstiftung belegt. Und ich habe einige Fälle von Brandstiftung bearbeitet.«

Habib blickte noch immer auf den Wagen. »Dann war er ein Riesenscheißkerl.«

»Weil er einen 57er Chevrolet verbrannt hat? Ist ja egal, daß er auch einen alten Mann ermordet hat.« Meine Stimme muß ziemlich sarkastisch geklungen haben.

»Na ja, deshalb auch«, sagte Habib und richtete seine Aufmerksamkeit widerwillig auf die Leiche.

Das konnte er jetzt auch; alle notwendigen Fotos von der Leiche und dem Postwagen waren im Kasten, und die notwendigen, aber fruchtlosen Bemühungen, Fingerabdrücke von dem Lieferwagen zu nehmen – notwendig, weil sie nun mal zur Arbeit am Tatort gehörten, fruchtlos, weil es für den Mörder nicht die geringste Veranlassung gegeben hatte, überhaupt zum Postwagen hinüberzugehen –, waren abgeschlossen.

Habib werkelte eine Weile vor sich hin und hmmmte eine Weile vor sich hin, bis ich ihn daran erinnerte, daß er das Opfer für tot erklären mußte. Er wandte sich um und nickte verdutzt. »Hä? Oh, ja, natürlich ist er tot.«

»Danke, Doktor, für diese rechtliche Formalität.« Ich machte mir eine Notiz auf einem Fetzen Papier, den ich vom Boden des Flugzeuges aufgelesen hatte. Auf privaten Flügen nehme ich mein Notizbuch nicht mit; im Moment war ich noch nicht mal bewaffnet. »Opfer von Dr. Andrew Habib um –«, ich blickte auf meine Uhr, »– 14 Uhr zwei am Tatort für tot erklärt.«

Ich sah beklommen zu, wie Habib weiter vor sich hinwerkelte und hmmte. Ich arbeite nicht gerade gern an Fällen, bei denen ich das Opfer kenne, weil es mir schwerfällt, den Fall nur als einen Fall zu sehen, das Opfer nur als ein Opfer, einen namenlosen Teil der Hintergrundszenerie, der erforderlich ist, um aus einem Ort einen Tatort zu machen. Ich erinnere mich, wie zwei Polizeibeamte, die ich gut kannte, bei einer Hausdurchsuchung angeschossen wurden. Zum Glück haben beide überlebt, aber daß sie überleben würden, wußten wir erst zwei Tage später. Ich gehörte damals zum Team der Spurensicherung.

Ich gehörte gerade zum Team der Spurensicherung, und ich war in der Elk's Lodge, spielte Bingo und trank Bier, und jemand – ein Sergeant – kam und holte mich aus dem Bingo-Saal, und wir fuhren zusammen los, doch nach einer Weile beschlossen wir, bis zum nächsten Morgen zu warten und den Tatort bei Tageslicht zu untersuchen. Also lieferte der Streifenbeamte mich wieder in der Lodge ab, wo Harry geduldig auf mich wartete, und ich ging wieder zu ihm in die Bar, weil das Bingospiel zu Ende war, und ich ging von Bier zu Cocktails über. Sie waren ziemlich stark, aber an dem Abend war es, als würde ich Wasser trinken.

Schließlich gingen wir nach Hause, und am nächsten Morgen stand ich früh auf und fuhr zum Tatort. Die Opfer hatten Undercover gearbeitet, und daher führten Beamte von der Undercover-Abteilung die Durchsuchung durch, während der Erkennungsdienst den Tatort bearbeitete.

Wir haben es alle durchgestanden – haben alle durchgehalten –, indem wir ihre Namen nicht aussprachen. Ihren Rang nicht aussprachen. Sie immer nur als die Opfer bezeichneten. Die Opfer. Solange sie nur die Opfer waren, nicht Steve und Dale, konnten wir weitermachen.

Und das haben wir getan, bis am späten Nachmittag, als einer von den Undercover-Kollegen durch den Vorgarten ging, bemüht, nicht auf die blutgetränkten Verbandsstücke und sonstigen Utensilien zu achten, die die Leute vom Rettungsdienst liegengelassen hatten, und aus den Augenwinkeln etwas Goldenes auf dem Boden funkeln sah. Er ging in die Hocke. »Was ist denn das?« fragte er.

Und eine seiner Kolleginnen, die direkt hinter ihm stand, trat hinzu und hockte sich ebenfalls hin. »Das ist Steves heiliger Christophorus«, sagte sie, richtete sich wieder auf und stand da, mit der gerissenen Kette und dem kleinen goldenen Medaillon in der Hand.

Und wir alle, die fünf Polizeibeamten, die noch am Tatort waren, standen da und starrten auf die gerissene Kette mit dem kleinen goldenen Medaillon daran. Steves heiliger Christophorus, den wir immer an Steves Hals gesehen hatten, wobei das Medaillon genau in dem V seines Unterhemdes hing. Jetzt waren es nicht mehr »die Opfer«. Es waren Steve und Dale, die uns wichtig waren, und wir wußten nicht, ob sie leben oder sterben würden.

Schließlich sagte Gina, fast tonlos: »Ich bringe es ihm.«

Es gehörte zum Tatort. Ich hätte das Medaillon wieder ins Gras legen müssen. Ich hätte es fotografieren und in eine kleine Plastiktüte tun und die versiegeln müssen bis nach dem Prozeß.

Aber ich brachte es nicht übers Herz. »Ja«, sagte ich, »ja, mach das. Bring es ihm.«

Wir hatten kugelsichere Westen bestellt, für Beamte, die in eine gefährliche Situation geraten könnten. Als wir wieder im Büro waren, mit all unseren Fotos und all unseren Beweisstücken und Steves Heiliger-Christophorus-Kette, lieferte der Mann von UPS gerade die Westen. Wir machten die Kartons auf, und der Sergeant von Steve und Dale nahm eine von den Westen heraus und hielt sie lange in den Händen und sah sie an. Er sagte nicht, daß die Lieferung drei Wochen Verspätung hatte. Er sagte nicht, daß Steve und Dale diese Westen am Abend zuvor eigentlich hätten tragen sollen. Er sagte nichts. Er hielt einfach die Weste in den Händen und sah sie lange an, und dann legte er sie zurück in den Karton und ging weg, auf leicht unsicheren Beinen, in Richtung Herrentoilette.

Ich habe nicht geweint. Da noch nicht. Ich habe einfach meinen Bericht geschrieben und bin nach Hause gefahren und habe angefangen zu trinken, und schließlich habe ich in meinem Sessel die Beine hochgezogen und habe dagesessen, Gesicht auf den Knien, und geschluchzt. Ich weiß nicht, wie lange ich geweint habe.

Gina erzählte mir später, sie sei nach Hause gefahren und habe zwei Stunden geweint.

Der Sergeant der beiden erzählte mir später, er sei nach Hause gefahren und habe sich betrunken und geweint.

Der Leutnant der beiden erzählte mir, er sei zum Schießstand gefahren und habe etliche Magazine leergeballert.

Mein Partner – ein zäher Bursche, ein Ex-Boxer, der Cop geworden war (nachdem Clint Barrington zum Büro des Sheriffs gewechselt war) – erzählte mir, er sei nach Hause gefahren und habe sich bis zum Gehtnichtmehr besoffen und dann bis fünf Uhr früh mit dem Kopf in der Kloschüssel gehangen und abwechselnd gekotzt und geweint. Ich glaubte ihm aufs Wort. Sogar bevor er darauf bestand, mir den klorandförmigen Bluterguß auf seiner Brust zu zeigen.

Wegen dieser Sache würde ich mich jetzt nicht betrinken und weinen. So gut hatte ich den alten Mann nicht gekannt; außerdem hat mein Arzt mich sehr eindringlich vor dem sogenannten embryonalen Alkoholsyndrom gewarnt, und ich darf derzeit keinem alkoholhaltigen Getränk näher als einen Meter kommen. Könnte sein, daß ich beschließe zu weinen, vielleicht aber auch nicht. An Tatorten weine ich weder, noch kotze ich.

Also stand ich einfach da und sah den alten Mann an, der zurückgelehnt in der mit Blut bespritzten Fahrerkabine des Pick-ups lag. Blaßblaue, rotgeränderte Augen starrten ausdruckslos durch eine goldgerahmte Bifokalbrille, die schief in dem engelhaft rosa Gesicht hing; der klaffende Mund ließ den allzu perfekten Perlglanz einer alten Vollprothese sehen. Das weiße Hemd aus einer seidig aussehenden Kunstfaser war geöffnet worden und zeigte ein weißes Baumwollunterhemd – runder Ausschnitt, kein V-Ausschnitt –, und Blut war auf die teure goldene Taschenuhr des alten Mannes gespritzt.

Irene Loukas und Bob Castle suchten den Boden nach Spuren ab, die uns entweder zu dem Mörder führen würden oder uns helfen konnten, ihm das Verbrechen nachzuweisen, nachdem wir ihn mit anderen Mitteln ausfindig gemacht hatten. Ich hielt es für ein aussichtsloses Unterfangen; die harte schwarze Teerdecke würde nicht das geringste hergeben, und der vorhandene Erdboden war mit Sand und Steinen bedeckt, die der Propeller des Flugzeugs aufgewirbelt hatte, und mit Wasser und Chemikalien von dem Löschwagen durchtränkt.

Und das Opfer war ohnehin nicht aus nächster Nähe erschossen worden. Der Mörder hatte keinen Grund gehabt, die Teerstraße zu verlassen.

Habib drehte sich um und gab die knappe Anweisung, die Leiche wegzuschaffen. Dann fügte er nachträglich hinzu: »Der Postinspektor ist doch auch fertig, oder?«

»Ich weiß nicht, wo der Postinspektor hin ist«, erwiderte ich.

»Ich bin hier.« Otto Castillo kam wieder zurück mit einem halbwegs zufriedenen Ausdruck im Gesicht. »Ja, Sie können die Leiche wegschaffen, aber rührt mir nichts im Wagen an.«

Habib wandte sich langsam um und blickte wieder auf den Pick-up. »Mister«, sagte er, »die Leiche wiegt über 100 Kilo. Wie wollen Sie die da rauskriegen, ohne irgendwas im Wagen anzurühren?«

»Das meine ich nicht«, sagte Castillo ungeduldig. »Ich meine die Post und so. Ich muß sie in Verwahrung nehmen und dafür sorgen, daß sie ausgeliefert wird.«

»Ausgeliefert?«

»Ausgeliefert«, wiederholte Castillo. »So lautet das Gesetz. Die Post muß ausgeliefert werden. Also geben Sie mir die Schlüssel, und wenn Sie mit der Leiche fertig sind, verriegeln Sie den Wagen. Und lassen Sie einen Streifenbeamten hier, der ihn bewacht.«

»Mister, das fällt nicht in meinen Zuständigkeitsbereich«, sagte Habib.

»Ich sorge schon dafür, daß der Tatort gesichert wird«, sagte ich zu ihm.

»Schön, wenn Sie mich jetzt entschuldigen –« Er ging die Kelly Road hinunter.

»Wohin wollen Sie?« fragte ich scharf.

»Das geht Sie nichts an.«

»Und ob mich das was angeht. Das hier ist auch mein Fall. Wohin wollen Sie?«

Das gefiel ihm nicht. Aber ich hatte recht, und das wußte er. »Wir haben über das Kennzeichen den Halter ermittelt«, verriet er zögernd. »Ein gewisser Patrick Kelly. Wohnhaft Kelly Road.«

»Aber ich dachte, da wohnt niemand –«

»Ist das hier die Kelly Road?«

»Das hier ist die Kelly Road. Aber –«

»Dann werde ich mal losschieben und mir Patrick Kelly ansehen.«

»Und ich komme mit«, sagte ich. »Moment, ich hole mir bloß eben ein Funkgerät.«

»Was in aller Welt wollen Sie mit einem –«

»Ich bin mal in eine Schießerei geraten und hatte kein Funkgerät dabei«, sagte ich, ohne zu erwähnen, daß das erst wenige Monate her war. »Das passiert mir kein zweites Mal.«

»Haben Sie vor, in eine Schießerei zu geraten?«

»Nein. Aber das hatte ich damals auch nicht.«

Castillo zuckte mit den Achseln, und ich borgte mir Bill Livingstons Walkie-talkie aus. Dadurch hatte er nur noch das Funkgerät in seinem Wagen, aber da er offenbar ohnehin nicht beabsichtigte, aus seinem Wagen zu steigen, war es sicherlich für ihn nicht von Nachteil.

Mein Arzt hat mir empfohlen, viel spazierenzugehen. Heute würde ich seinen Rat bestimmt beherzigen; es war gut eine Meile vom Tatort bis zu der Stelle, wo die Straße am Zufahrtsweg zu der alten Farm endete.

Eine alte Farm, die nicht mehr ganz so baufällig war wie das letzte Mal, als ich sie gesehen hatte, was so ungefähr vier Jahre her war. Jemand hatte sie kürzlich ein wenig hergerichtet. Der Rasen war gemäht worden, und zwar nicht mit einem Rasenmäher, sondern mit einem Traktor, so daß etwa zehn Zentimeter hohe Stoppeln stehengeblieben waren, und in einer Biegung der Straße lag ein Haufen Gras – wahrscheinlich wollte man den nächsten Regen abwarten, um es zu verbrennen, denn trotz der schweren Regenfälle im September waren die Wälder und Felder stellenweise trocken wie Zunder. Irgendwer hatte begonnen, das Haus grellgelb zu streichen, und an der Fassade lehnte eine hohe Leiter neben einem Fenster im ersten Stock. In dem zerfurchten Boden der Zufahrt waren Reifenspuren und Fußabdrücke.

Ein kleiner schwarz-brauner Hund stand auf, als wir näher kamen, und streckte die Vorderbeine, wobei das Hinterteil albern in die Luft ragte, richtete sich dann wieder auf, wedelte mit dem Schwanz und winselte vor Freude, bevor er erwartungsvoll zu einem leeren Metallnapf auf der Veranda vorm Haus ging. Es war kein Futternapf; daneben lag ein aufgerissener Beutel mit Hundefutter. Ich machte einen Schlenker zum Wasserschlauch, und der Hund trank gierig direkt vom Schlauch, ohne abzuwarten, bis die Schüssel voll war.

Castillo sah mir mit teilnahmsloser Miene zu, und dann, als ich wieder neben ihm war, klopfte er an den Türrahmen. An den Türrahmen, weil die hölzerne Tür offen stand und die alte Fliegengittertür lose in den Angeln hing.

Das war dumm. Einer von uns hätte an der Hintertür sein müssen. Sollte ich Castillo sagen, was er zu tun hatte, oder lieber nicht?

Staubige Baumwollknäuel waren mit Haarnadeln an den schwarzen Maschen des Gitters befestigt, um die Fliegen fernzuhalten, und der Holzrahmen, an dem der Draht befestigt war, hatte noch keinen frischen Anstrich. Die alte graue Farbe war kreidig, rissig und löste sich langsam zu Pulver auf.

Niemand würde Castillo sagen müssen, was er zu tun hatte.

Niemand kam aus der Hintertür. Niemand würde jetzt, freiwillig, in dem Haus sein. Ich konnte das Schwirren der Fliegen hören, und ich konnte riechen, was sie umschwirrten.

Castillo schnupperte und drehte sich um, nahm mich grob am Arm und drehte auch mich um. »Was soll das?« fragte ich.

»Sie müssen da nicht reingehen«, sagte er zu mir in einem groben Anflug von Ritterlichkeit. »Ist nicht dieser Gerichtsmediziner, wie heißt er noch gleich, Philip Habib –«

»Philip Habib ist ein Botschafter«, unterbrach ich ihn. »Der Gerichtsmediziner heißt Andrew Habib.«

»Sie können ihn herholen. Sie wissen ja, was in dem Haus ist.« Castillo öffnete die Tür.

»Nein, ich weiß nicht, was in dem Haus ist«, sagte ich.

»Wir wissen doch beide –«

»Nein, Otto, Sie irren sich«, sagte ich. »Ich weiß, in was für einem Zustand sich das, was in dem Haus ist, befindet. Mehr aber auch nicht. Ich weiß nicht, was in dem Haus ist. Und ich muß es herausfinden. Sie nicht. Sie sind Postinspektor. Sie sind für das dahinten auf der Straße zuständig. Aber ich bin für das hier drinnen zuständig, und ich muß da reingehen. Sie können mitkommen, wenn Sie wollen. Aber Sie müssen nicht.«

Castillo ließ meinen Arm los.

Ich öffnete die Fliegentür.

Eine staubige Diele, schwach erhellt vom frühen Nachmittagslicht, dunkel der Hartholzboden und die Stufen einer Treppe, die zum Teil mit einem verschlissenen, verstaubten rosenroten Teppich belegt waren. Ein braungestrichenes Geländer flankierte die Treppe; geschlossene braungestrichene Türen waren links und rechts von dem schmalen Flur, der schnurgeradeaus führte, rechts vorbei an der Treppe bis zu einer dritten geschlossenen braunen Tür. Generationen von Käfern hatten ihre Rückenschilde entlang den Fußleisten hinterlassen, und die geblümte Tapete hing voller Spinngewebe.

»Hier kann doch unmöglich jemand gewohnt haben«, sagte Castillo. Aber er klang unsicher.

Der Geruch war innen stärker, und das Fliegengesumm setzte sich irgendwo links und weiter hinten fort. Abgesehen davon war es vollkommen still.

Castillos rechte Hand ruhte jetzt auf dem Griff seiner Waffe. Ich hatte nichts dagegen; ich hielt es sogar für eine recht gute Idee. Mit der linken Hand umschloß er den ersten Türknauf. Er riß die Tür auf und ließ sie mit Wucht nach hinten gegen die Wand prallen, so daß irgend etwas auf den Boden krachte. Das Krachen schien in der Stille widerzuhallen, und das einzige andere Geräusch war das Summen, noch lauter, der Fliegen. Jetzt, wo die Tür auf war, wurde der Geruch jäh stärker.

Ein überladenes viktorianisches Zweiersofa, das mit einem beigefarbenen Chintzstoff, auf dem riesige Zentifolien prangten, bezogen war, war so stark von schwarzem Schimmel überzogen, daß es aussah wie angekohlt; ein riesiger Fleck an der Decke deutete auf alte, nicht reparierte Löcher im Dach hin. Zwei Queen-Anne-Stühle, ähnlich bezogen, flankierten einen wackeligen runden Tisch im Chippendale-Stil, auf dem eine kunstvolle Kerosinlaterne stand; sie war mit Jetperlen und Glasprismen verziert, die jedoch jetzt im Halbdunkel nicht in allen Regenbogenfarben glitzerten. In dem verrußten Kamin lag nichts außer verrosteten Feuerböcken, noch mehr Käferschalen und etwas Abfall, der vielleicht vom Fußboden dort hineingefegt worden war.

Das Krachen war von einer Porzellanvase gekommen, die durch das Aufreißen der Tür von einem langen Wandtisch gestoßen worden war.

Etwas verspätet fragte ich mich jetzt, ob wir überhaupt das Recht hatten, hier im Haus zu sein. Laut Entscheidung des obersten Gerichtshofs müssen wir heutzutage einen Durchsuchungsbefehl haben, um einen Tatort zu untersuchen, und natürlich sind unsere Rechte, Privatgrundstücke zu betreten, schon immer recht eingeschränkt gewesen.

Aber zweifelsohne würde jeder vernunftbegabte Mensch, ob nun Polizeibeamter oder nicht, wenn er roch, was wir rochen, hineingehen, um der Sache auf den Grund zu gehen. Sicherlich würde das jedes Gericht in Betracht ziehen. »Hier rein«, sagte ich und ging wieder voran.

Ein alter Linoleumboden, leicht grünlich, aber durch vieles Begehen und Schrubben an den meisten Stellen weiß verwittert. Ein Gasofen auf vier geschwungenen blaßgrünen Beinen, der schwarz von altem Fett war und an dem das Porzellan von dem darunter befindlichen Gußeisen abblätterte. Ein weißer emaillierter Tisch und zwei alte

Stühle aus Metall und gelbem Resopal. Eine elektrische Glühbirne, 100 Watt, baumelte an nackten Drähten über einem kleinen Spülstein, um den Raum zu erhellen.

Das Licht war eingeschaltet, und ein Schwarm Fliegen surrte über etwas, das in eine Steppdecke eingewickelt war und auf dem Küchenboden lag.

Ich beugte mich vor, um besser sehen zu können.

Vielleicht war das Patrick Kelly. Ich wußte es nicht. Aber selbst wenn ich ihn gekannt hätte, hätte ich jetzt nicht sagen können, wer das hier war. Die Schrotladung hatte ihn vor mindestens zwei Tagen am Unterkiefer erwischt, und Nagetiere – ich tippte auf Ratten oder Opossums – waren durch die offene Hintertür hereingekommen und hatten die Leiche angefressen, so daß die Gesichtshaut völlig verschwunden war und noch nicht verwesende Muskeln freilegte, die an blanken Knochen befestigt waren.

Ich hörte, daß Otto Castillo hinter mir stehenblieb. Wie ich starrte er bestimmt auf den deutlich erkennbaren Kieferknochen, den die Aasfresser freigelegt hatten.

»So was habe ich noch nie gesehen«, sagte er.

»Ich auch nicht«, pflichtete ich ihm bei, unfähig, den Blick abzuwenden. »Sieht ein bißchen aus wie Vincent Price, nicht?«

»Nee. Nicht gräßlich genug. Müßte eigentlich, ist aber nicht. Es sieht fast – es sieht fast so aus wie ein biologisches Demonstrationsstück, das die Gesichtsmuskeln und -knochen zeigt. Na ja.« Ich hörte einen langen, tiefen Atemzug. »Ganz bestimmt braucht man Fingerabdrücke, um das da zu identifizieren. Haben Sie sich die Hände angesehen?«

»Sie sind intakt.« Das waren sie. Es war nicht heiß; die Hände waren kaum verwest. Abgebissene Fingernägel. Weiße Haare, die auf Fingern wuchsen, deren Knöchel geschwollen waren – vielleicht Arthritis? Beanspruchte Hände, blasig, aber nicht schwielig, nicht rauh – er hatte bis vor kurzem nicht viel mit den Händen gearbeitet; die Blasen zeugten davon, daß er erst vor gar nicht langer Zeit ungewohnte körperliche Arbeit verrichtet hatte. Tätowierungen, wie man sie von Gefängnisinsassen kennt – L-O-V-E unterhalb der Finger auf dem rechten Handrücken, H-A-T-E auf dem anderen. Das war zwar nicht unbedingt ein Beweis, aber es gab Anlaß zu vielen Vermutungen.

Zumindest dahingehend, daß es recht einfach sein müßte, ihn zu identifizieren, ob er nun Patrick Kelly war oder nicht – und plötzlich erinnerte ich mich daran, wer Patrick Kelly war.

Aber – die Hände in gutem Zustand, das Gesicht von Nagern angefressen, aber ansonsten nicht in schlechter Verfassung; was sagte mir das?

Erstaunlicherweise kam Otto Castillo vor mir drauf. »Der Geruch kommt von was anderem. Woher?«

Und dann wußte ich es. Ohne groß nachzudenken, stand ich auf, drehte mich um, stieß die schlechtsitzende Tür der Speisekammer hinter mir auf und schrie unwillkürlich auf. Otto fuhr jäh herum. »Was ist los?«

Normalerweise schreie ich nicht bei der Arbeit. Ich glaube sogar, daß ich es bislang noch nie getan habe. Aber jetzt suchte ich blindlings Trost. »Oh, nein, ich hatte heute eine Anzeige wegen eines vermißten Kindes, und ich habe nicht mal die Meldung aufgenommen, weil –«

»Wie alt? Mädchen oder Junge?« Ottos Stimme klang so erschüttert, wie ich mich fühlte. Aber er war es nicht, der die Meldung nicht aufgenommen hatte.

»Mädchen. Sechs. Sechs – ein ganz kleines Kind. Falls sie das da drin ist –«

»Das ist keine Sechsjährige, und wie lange ist sie schon tot? Länger als der in der Küche, aber wie lange? Sie haben doch mit so was mehr Erfahrung als ich. Wie lange? Länger als die Kleine, von der Sie heute gehört haben, daß sie vermißt wird?«

»Die hier – eine Woche vielleicht. Vielleicht nicht – oder vielleicht länger. Heute ist es kühl, aber ich weiß nicht, vielleicht hatten sie vorher die Heizung an, und das würde – es beschleunigen, je nachdem –« Ich beruhigte mich schnell. Er hatte recht. Das hier war auf keinen Fall Candy Mossberg. »Sie haben recht. Das hier ist ein anderes Kind. Sie wird so neun oder zehn sein. Aber woher kommt sie? Wir haben keinerlei Meldungen über –«

»Von einer konfessionellen Privatschule, würde ich sagen«, sagte Otto. »Ich meine der Kleidung nach zu urteilen.«

Dunkelgrün und blaukarierter Rock, mit exakten Falten. Karierte Weste und blauer Blazer über einer kurzärmeligen weißen Bluse. Kein Mantel. Sie hätte einen Mantel tragen müssen. Es ist mittlerweile morgens kalt, und ganz gleich, was der Wetterbericht sagt, zu dieser Jahreszeit ist es immer möglich, daß plötzlich ein kalter Sturm von Norden aufzieht. Aber kein Mantel. Kein Pullover. Weiße Kniestrümpfe, ein einziger schwarzer Sportschuh – der andere war bestimmt irgendwo verlorengegangen – und braunes Haar.

Und es war nur zu hoffen, daß sie schon mal bei einem Zahnarzt in Behandlung war, denn sonst wäre sie wohl kaum je eindeutig zu identifizieren. Es mußten Hunderte von Fliegen, Tausende von Maden sein; die auslaufenden Körperflüssigkeiten hatten sich in Lachen auf dem Boden gesammelt und sickerten durch Risse an manchen Stellen in den Unterboden oder ins Erdreich unter dem Haus, und Ameisen waren dem Geruch gefolgt. Das Gesicht war praktisch nicht mehr vorhanden. Die gerillte Haut der Fingerkuppen, die bei einem so kleinen Kind stets fein und zart ist, war völlig verschwunden.

Wie sie gestorben war, konnte man unmöglich sagen. Nur daß sie an Händen und Füßen gefesselt gewesen war, als es geschah.

Kapitel 3

Hören Sie, wir versuchen, in einem solchen Fall jede Publicity zu vermeiden«, sagte FBI-Agent Darren Fletcher. »Und wir hatten nicht den geringsten Grund zu der Annahme, daß man sie aus der Gegend von Dallas weggebracht hatte. Ich meine, wir haben die Sache so bearbeitet, als wäre sie herausgeschafft worden, weil über 24 Stunden vergangen waren und es eine Lösegeldforderung gegeben hatte und wir die Möglichkeit in Betracht ziehen mußten, daß – aber verdammt, wir hatten einfach keinen Grund –«

»Tja, sie ist aber hier, so sicher wie das Amen in der Kirche«, sagte der andere FBI-Mann, ein junger Bursche namens Eddie Cohen, den ich vor einem Jahr kennengelernt hatte. »Es sei denn, es wird noch ein weiteres Kind in Saint Ursula vermißt.«

»So was darfst du nicht mal denken«, wies Fletcher ihn zurecht. Er wandte sich an Millner, der theoretisch der Boß meines Bosses und Chef der Kriminalpolizei von Fort Worth ist. »Dallas wird sich mit Ihnen in der Sache in Verbindung setzen.«

Habib, der sich hmmend an der größeren Leiche zu schaffen machte, blickte ungläubig auf. »Dallas wird sich – Moment mal, soll das heißen, das FBI will diesen Fall nicht bearbeiten?«

Ich setzte zu einer Antwort an, doch Neal Ryan, der eher wie ein Gelehrter aussieht und dessen einziges Zugeständnis an die traditionelle Vorstellung von den Texas Rangers seine handgearbeiteten Lederstiefel sind, kam mir zuvor. »Das ist kein Verbrechen auf Bundesebene.«

»Aber ich hab' gedacht, Kidnapping wäre immer –«

»Nee, nee«, sagte Fletcher. »Nicht, wenn der Fall innerhalb eines Bundesstaates bleibt.«

Was mischte Habib sich da überhaupt ein, fragte ich mich. Schließlich bearbeitete er den Fall nicht. Seine einzige Aufgabe war es, die

Todesursache festzustellen, die im Falle des Postboten und von Patrick Kelly auf der Hand lag. Und mit der Leiche des Mädchens hatte er noch nicht mal angefangen.

»Aber ich dachte, nach so vielen Stunden –«, protestierte er weiter.

Fletcher seufzte zwar nicht hörbar, aber sein Gesichtsausdruck seufzte für ihn. »Nach 24 Stunden, wenn es nach einer richtigen Entführung aussieht – es sei denn, wir ignorieren die 24-Stunden-Vorschrift, weil eine Lösegeldforderung vorliegt oder es sonst richtig ernst aussieht –, kann man von der berechtigten Annahme ausgehen, daß die Sache die Grenzen des Einzelstaates überschreitet, und wir steigen in den Fall ein. Wenn dann aber das Opfer innerhalb des fraglichen Staates gefunden wird, tot oder lebendig, haben wir nichts mehr damit zu tun. Wir leisten Unterstützung bei allem, worum man uns bittet, und zwar gern. Aber zuständig ist der Staat Texas und die Stadt Dallas, wo die Entführung stattgefunden hat, und die Stadt Fort Worth, wo die Leiche gefunden wurde.«

»So ist es nun mal, und so bleibt es auch«, fügte Captain Millner hinzu. »Deb –«

»Ich weiß«, sagte ich. »Ich bin dran, also bleibe ich dran.«

»Das haben Sie jetzt richtig taktvoll ausgedrückt«, sagte Millner.

»Ich bleibe auch dran«, sagte Ryan. Er fügte hinzu: »Ich mag solche Fälle nicht. Kindesmorde, meine ich. Ich mag keine Kindesmorde. Also schön. Der Reihe nach. Kelly – falls der da drüben Kelly ist, und das ist recht wahrscheinlich – hat sich mit jemandem zusammengetan, um die Entführung durchzuziehen. Und sie haben sie durchgezogen, und dann sind sie hierhergesaust, um die Kleine zu verstecken. Und dann ist die Kleine gestorben, oder sie haben sie umgebracht oder so, aber sie haben das Lösegeld trotzdem kassiert. Natürlich.«

»Natürlich«, echote ich und versuchte, mir vorzustellen, was das für ein Verstand war, dem Geld mehr bedeutete als das Leben eines Kindes.

Ich konnte es mir nicht vorstellen. Und ich war froh, daß ich das nicht konnte.

»Und dann haben sie sich gestritten«, fuhr Ryan fort. »Und dann hat er – wer immer er auch ist – Kelly erschossen. Und dann hat er Kellys Wagen verbrannt, was nicht den geringsten Sinn macht, und der Postbote hat ihn dabei überrascht, und er hat den Postboten erschossen. Einverstanden? Okay. Dann müssen wir jetzt also nur noch rauskriegen, wer es getan hat und wo er sich jetzt befindet und wo er die 250 Riesen versteckt hat. Und das alles sind keine Verbrechen auf Bundesebene. Wieso«, fragte er, »sind denn dann das FBI und der Postinspektor hier?«

»Er hat einen Postboten getötet«, sagte Castillo. »Meinen Sie, das ist kein Verbrechen auf Bundesebene?«

»Natürlich ist es das, aber es ist nicht hier passiert und –«

»Beides hängt zusammen. Ganz bestimmt.«

»Okay. Aber wieso das FBI?«

»Um Unterstützung zu leisten«, sagte Fletcher vorsichtig.

Ich verstand Ryans Einwände. Ich sah es genauso, meistens. Es ist doch so: Wenn das FBI und die örtliche Polizei zusammenarbeiten, lauten die Schlagzeilen »FBI löst Fall«. Das FBI mag Publicity – und davon jede Menge. Wenn die örtliche Polizei und der Secret Service zusammenarbeiten, lauten die Schlagzeilen »Örtliche Polizei und Secret Service lösen Fall«. Auch der Secret Service mag Publicity, aber nicht so sehr wie das FBI. Wenn sie die Wahl hätten, würden die meisten örtlichen Polizeibehörden lieber mit den Postinspektoren zusammenarbeiten. Denn dann lauten die Schlagzeilen »Örtliche Polizei löst Fall«. Die Postinspektoren mögen keine Publicity.

Aber diesmal war es mir egal, wer die Schlagzeilen bekam. Ich wollte nur, daß der Fall gelöst wurde, je früher desto besser.

»Ich würde bestimmt lieber nach Hause gehen«, platzte der jüngere FBI-Agent – Cohen – heraus, und seine Stimme dröhnte laut durch den stillen Raum. »Es stinkt hier drin.«

Fletcher drehte sich um und starrte ihn an, und plötzlich war er ganz kleinlaut. »Tut mir leid«, murmelte er.

Cohen hatte schon Leichen von Ermordeten gesehen. Ich wußte das, weil ich dabei war, als er seine erste Leiche sah. Er rannte zur Vordertür hinaus, um sich in das Blumenbeet zu übergeben. Seitdem hatte er einiges erlebt – er hatte sich nicht beim Anblick des Kindes übergeben müssen –, aber dennoch, ein ermordetes Kind erschüttert jeden beim ersten Mal. Und beim 5000. Mal. Bei Erwachsenen gewöhnt man sich dran, bei Kindern nie.

Castillo schien ihn überhaupt nicht gehört zu haben. »Verdammt, ich habe Bassinger gekannt«, sagte er, »und ihn umzubringen kommt mir fast ebenso sinnlos vor, wie die arme Kleine da drin zu töten – wie heißt sie noch gleich?«

»French. Helen French. Ihr Vater hat eine große Chevrolet-Vertretung am Central Expressway in Dallas.«

»Einzelkind?« fragte Millner. Es kommt öfter vor, daß Einzelkinder Opfer von Entführungen werden.

»Das fünfte von acht«, antwortete Fletcher. »Spielt das eine Rolle? Ich habe fünf. Man liebt sie nicht weniger, nur weil man mehr hat. Ach zum Teufel – jemand soll die verdammten Leichen wegschaffen lassen.« Er wandte sich ab, aber ich konnte noch sehen, daß ihm Tränen in den braunen Augen standen.

»Ich weiß nicht mal, wo ich anfangen soll«, sagte ich und stocherte unglücklich an einem einzelnen Blatt Kopfsalat herum, das mit einem kleinen Klecks Dressing dekoriert war.

»Du könntest damit anfangen, daß du dein Abendessen ißt«, sagte Harry.

Otto Castillo, der uns zum Essen bei Cattleman's begleitet hatte, blickte von mir zu Harry und wieder zu mir. Er sagte kein Wort, aber ich wußte, was er dachte. Ich sah den angewiderten Ausdruck in seinem Gesicht, und offen gesagt war mir das in diesem Moment egal. Ich hätte heute eigentlich gar keinen Dienst gehabt; ich war am Vormittag zur Arbeit gegangen, weil einige meiner Kollegen zum Gericht mußten. Um die Mittagszeit hatte ich Feierabend gemacht, um etwas mit meiner Familie zu unternehmen, und jetzt, um halb acht, war ich wieder mitten in einem Fall, und es war völlig klar, daß mein Wochenende mal wieder im Eimer war. Eigentlich sollte mir der alte Postbote leid tun, und das kleine Mädchen und die Familien der Opfer, und dem war auch so. Aber ich tat mir auch selbst leid – so idiotisch das war.

Harry blickte noch immer vielsagend auf meine leere Gabel. Ich legte sie neben den Teller.

»Ich habe keinen Hunger«, sagte ich. »Ich habe doch die Sandwiches gegessen –«

»Vor sieben Stunden. Fast.« Harry klang genervt.

»Was?« sagte ich.

»Vor fast sieben Stunden hast du ein Sandwich gegessen. Eins. Nicht mehrere. Und ich glaube sogar, du hast es nicht mal aufgegessen. Iß dein Abendessen. Dadurch, daß du darüber nachbrütest, wird die Kleine kein bißchen weniger tot.«

Ich nahm ein kleines Stück Salat, kaute es gründlich, schluckte und trank ein Schlückchen Eiswasser. »Ich habe keinen Hunger.«

»Sie werden doch wohl nicht krank?« fragte Castillo. Erstaunlicherweise waren ihm noch immer nicht meine Kleidung oder mein Bauch aufgefallen, oder aber sie waren ihm aufgefallen, und er hatte sich einfach nichts dabei gedacht.

»Nein, ich werde nicht krank«, zischte ich ihn an und aß den Rest meines Salates, so schnell ich konnte, während die Kellnerin die Teller mit Steaks und Kartoffeln brachte.

»Ist Patrick Kelly von hier?« fragte Otto Castillo.

»Ja. Wieso fragen Sie?«

»Am Tatort haben Sie gesagt, Sie wüßten, wer Patrick Kelly ist. Oder war. Was soll das heißen? Schließlich leben wir nicht in einem Kuhdorf; Fort Worth kommt zwar nicht an Dallas ran, aber es ist immerhin eine ziemlich große Stadt. Was soll das heißen, Sie wissen, wer Patrick Kelly war?«

»Die Geschichte hat vor langer Zeit ziemlich viel Wirbel gemacht«, erwiderte ich. »Ich war damals in der High-School, als es passierte.«

»Als was passierte?« Einige Leute haben viel Geduld mit meiner weitschweifenden Erzählweise. Otto Castillo nicht.

»Am besten erzähle ich alles von Anfang an«, sagte ich.

»Tun Sie das.«

Harry versuchte, ein Grinsen zu unterdrücken – erfolglos. Er sagt immer, so weitschweifig, wie ich erzähle, würde ich sogar einen Heiligen in den Alkoholismus treiben; er genoß es, daß Otto mich mitten im Satz unterbrach, so, wie er es immer tat. Ich versuchte, von Anfang an zu erzählen. Aber bei vielen Geschichten ist es schwierig zu sagen, wo sie anfangen. »Sie waren acht Kinder«, sagte ich. »Zumindest glaube ich, es waren acht.« Ich hielt inne, zählte an den Fingern ab und versuchte, mich an mein zweites Jahr in der High-School zu erinnern. »Na ja, sieben oder acht; ich bin mir nicht sicher, ob es drei Mädchen oder vier waren. Audrey und Roma und Lantana –«

»Lantana?« unterbrach mich Otto und zog die Augenbrauen hoch.

»Lantana. Ehrenwort. Ich denke, das sind alle. Ich denke, es waren sieben, drei Mädchen und vier Jungs. Patrick war der Älteste. Und Richard und Oliver und Harrison – er wurde Sonny genannt, weil er der Kleinste in der Familie war. Und auch weil es die Kurzform von Harrison ist, schätze ich.«

»Okay«, sagte Otto. In seiner Stimme lag Resignation, und plötzlich wurde mir klar, daß er sich jetzt so fühlen mußte, wie ich mich gefühlt hatte, als ich versuchte, Deborah Mossberg irgendwelche Informationen zu entlocken. Aber er brauchte dieses Hintergrundwissen, um den Rest der Geschichte zu verstehen, und das würde er schon bald einsehen.

»Also, die Mädchen haben alle geheiratet«, sagte ich. »Roma hat einen Burschen namens Carl Gilbert geheiratet, ich kenne ihn flüchtig – er war zwar viel älter als ich, aber einer meiner Brüder war mit ihm in einer Klasse. Er war ein ziemlicher Mehlsack.«

»Ein Mehlsack?« wiederholte Otto.

»Na, Sie wissen schon – einer, der nichts ganz falsch oder ganz richtig machte. Eben irgendwie mittelmäßig. Ich habe gedacht, er würde später Buchhalter oder so was werden. Jedenfalls sind sie schließlich weggezogen. Und Audrey hat auch geheiratet, aber ich weiß nicht, wen – niemanden, den ich kannte –, und sie ist auch weggezogen. Und dann hat Lantana Billy Jack Turner geheiratet, und die beiden haben zusammen Turner's Mobile Home Park geführt.«

Otto blickte verwirrt drein, aber Harry nickte wieder. Trotz des kalifornisch klingenden Namens ist Turner's Mobile Home Park eine Wohnwagensiedlung im Stil der fünfziger Jahre abseits von der Belknap Street, knapp außerhalb der Stadtgrenzen von Fort Worth.

»Und dann sind ihre Eltern – wie ich gehört habe, waren sie vor der Depression ziemlich betucht, aber als ich sie kannte, waren sie bloß noch Farmer, die ihr Land selbst bestellten, und dabei bitter arm – kurz hintereinander gestorben. Und Oliver ist bei einem Autounfall ums Leben gekommen, und Richard ist Sergeant in der Armee, und er ist dauernd in Alaska oder Deutschland oder sonstwo. Oder war. Mittlerweile müßte er wohl im Ruhestand sein, aber ich weiß nicht, wo er lebt. Jedenfalls wohnten also nur noch Patrick und Sonny hier. Patrick hat das alte Farmhaus der Familie behalten.«

»Das wir heute gesehen haben? Wo die Leichen lagen?« Inzwischen war Otto ganz Ohr.

»Genau. Und Sonny – tja, der hat getrunken und Billard gespielt und Bowling und –«

»Das kostet doch alles Geld. Wie hat er –«

»Oh. Tja, ich weiß nicht. Manchmal hat er als Zimmermann gearbeitet, und er hatte hier und da Gelegenheitsjobs, und ich glaube, ein-, zweimal hat er kurze Zeit bei einer Firma gearbeitet, die Wohnwagen herstellte. Irgendwie ist er zurechtgekommen. Und ich glaube, er hat bei Patrick geschnorrt. Patrick war inzwischen Polizist geworden. Bei der Stadt. In Fort Worth. Er hatte es zu keinem höheren Dienstgrad gebracht – bloß Streifenpolizist, und damals ging man zum Teil noch zu Fuß auf Streife –«

»Wie lange ist das her?« unterbrach Otto mich.

»Genau weiß ich es nicht mehr; ich war in der zehnten Klasse, aber ich weiß nicht mehr genau, welches Jahr das war, vielleicht 58, 59, so um den Dreh.«

»Okay, und was ist dann passiert? Ich denke, wir haben genug Hintergrundinformationen.«

»Zunächst einmal hat Patrick geheiratet. Ihr Name war – Mann, wie hieß sie noch gleich? Mary? Carrie? Irgendwas Kurzes – jedenfalls, sie war einiges jünger als Patrick, und sie war, na ja, dümmlich trifft es wohl am besten. Sehr jung, sehr – flatterhaft. Wohlgemerkt, ich war damals 15 oder 16. Und selbst mir kam sie dümmlich vor.«

»Aber du warst schon immer etwas frühreif«, sagte Harry. Er hatte aufmerksam zugehört, während er eine Folienkartoffel aß.

»So reif nun auch wieder nicht. Sie war bloß schrecklich jung für ihr Alter. Sie benahm sich wie eine aus der siebten Klasse. Und sie war bestimmt schon 19, 20 – so alt, daß sie mir schon uralt vorkam. Jedenfalls, Sonny –« Ich wollte gar nicht innehalten. Aber ich hatte mit vollem Mund gesprochen, mein Magen hatte aus unerfindlichen Gründen beschlossen, daß er doch Hunger hatte, und mein Mund war wieder leer geworden. Ich langte nach einem weiteren Stück Kartoffel, und Otto nutzte die Gelegenheit: »Die alte Geschichte?«

»Ja. Im großen und ganzen. Es gab eine Party. An einem Samstag abend. Eine Überraschungsparty an Patricks Geburtstag. Und Sonny und – Susie, so hieß sie, Susie – haben sich heimlich in die Gartenlaube verzogen. Und Patrick hat sie erwischt.«

»Ach? Dann hat er –«

»Da noch nicht. Susie ist dann in Tränen aufgelöst wieder ins Haus gegangen, und Sonny ist fluchend davongestürmt, und die Party war zu Ende. Meine Mutter war auf der Party, und ich weiß noch, daß sie ganz aus der Fassung war, als sie nach Hause kam.«

»Es gehört einiges dazu, deine Mutter aus der Fassung zu bringen«, bemerkte Harry ruhig.

»Ja. Aber sie war aus der Fassung. Nicht so sehr wegen der Situation, sondern weil sie es sozusagen an die Öffentlichkeit gebracht hatten. Sie wissen schon, seine schmutzige Wäsche hat man gefälligst in den eigenen vier Wänden zu waschen. Jedenfalls, ich denke, Patrick hat darüber nachgegrübelt. Ausgiebig. Und dann am Montag darauf kam er während seines Streifendienstes aufs Revier. Er hat seinem Sergeant erzählt, er wäre krank, und hat seine Uniform ausgezogen und Jeans und T-Shirt an und hat gesagt, er ginge nach Hause, aber statt dessen ist er losgezogen und hat seinen Bruder gesucht. Am späten Nachmittag hat er ihn dann vor der Shiloh-Baptistenkirche gefunden, wo gerade irgendeine Jugendveranstaltung stattfand. Es wimmelte nur so von Jugendlichen. Aber das hat Patrick nicht gestört. Ich schätze – ich schätze, er hat darauf gezählt, daß er auf Unzurechnungsfähigkeit plädieren konnte. Und vielleicht wäre das sogar der Fall gewesen, wenn es gleich an dem Samstag abend passiert wäre.« Ich hielt inne, um kurz darüber nachzudenken. Was ich Otto nicht erzählt hatte, was ich auch nicht tun würde, solange es sich irgendwie vermeiden ließ, war, daß ich unter den Jugendlichen gewesen war.

Vielleicht gibt es ja noch mehr Shiloh-Baptistenkirchen in Fort Worth. Das weiß ich nicht; ich gehe nicht sehr oft zur Kirche. Aber die, zu der ich damals ging, war ein kleines weißes, asbestverkleidetes Gebäude außerhalb der Stadtgrenzen von Fort Worth. Es befindet sich heute knapp innerhalb dieser Grenzen, aber die Gegend ist immer noch ländlich.

Ich habe den Mord gesehen. Noch heute, nach über 16 Jahren bei der Polizei, sehe ich die Szene vor mir, aber nicht so lebhaft, wie man meinen sollte, denn auf mich, damals, wirkte das alles nicht ganz real. Menschen – Menschen, die ich kannte, zwei Brüder – stehen einander nicht auf dem Rasen vor einer Kirche gegenüber und beschimpfen sich, bis einer von ihnen einen Revolver hervorzieht und dem anderen einmal in die Brust schießt, und der andere wirbelt nach links herum, ein Bein vor sich grotesk verdreht und mit einem fassungslosen Ausdruck im Gesicht, und fällt dann auf die linke Seite, wobei ihm Blut aus dem Mund sprudelt, und liegt still da – still – still, während sein Bruder auf ihn zuläuft und brüllt: »Sonny, Sonny, ich wollte nicht –«, während irgendwo jemand schreit.

Solche Sachen passieren einfach nicht, nicht vor den Augen 15jähriger Mädchen, und deshalb war es natürlich nicht passiert, und Sonny würde jeden Augenblick aufstehen und lachen – er war schon immer ein Witzbold gewesen –, und auch Patrick würde lachen, und das wär's dann.

Nur daß meine Sonntagsschullehrerin, als sie das Kreischen hörte, das aus meinem Mund kam, mich weggeholt hat, bevor Sonny aufstand und lachte.

»Er hat seinen Bruder erschossen.« Ottos Stimme war leise. »Was ist dann passiert?«

Ich zuckte die Achseln. »Die Leute in der Stadt waren ziemlich aufgebracht. Seltsamerweise war Sonny beliebter als Patrick, obwohl ich rückblickend denke, daß Sonny es eigentlich nicht wert war. Ich sage ›in der Stadt‹, aber ich meine natürlich in unserem Stadtteil. Aber dennoch waren die Leute allzu aufgebracht. Es war sogar von Lynchjustiz die Rede. Daher kam man zu dem Schluß, daß Patrick im Gefängnis von Tarrant County nicht sicher war, und man brachte ihn nach Dallas; soviel Gerede gab es. Und ich weiß noch, daß mein Vater gesagt hat, als Patrick aus dem Gefängnis entlassen wurde, er täte gut daran, nicht nach Tarrant County zurückzukehren. Er sagte, es gäbe genug Leute, die noch immer so wütend seien, daß sie ihn am liebsten am nächsten Mesquitbaum aufknüpfen würden.«

»Weswegen genau wurde er eigentlich verurteilt?« fragte Harry. Er war in der High-School vier Klassen über mir gewesen; er war bereits bei den Marines, als es passierte, und wahrscheinlich hat er die Geschichte nie richtig erzählt bekommen. Und die Gerichte in Texas sind aus alter Tradition schon immer äußerst milde mit Männern verfahren, die gewalttätig reagiert haben, nachdem sie betrogen worden sind.

»Ich weiß nicht. Das ist eines der Dinge, die ich herausfinden muß.«

Mein Teller war auf unerklärliche Weise leer geworden. Ich fühlte mich viel besser, verschränkte die Arme auf dem Tisch und sah Otto an. »Sie wollten doch wissen, was ich jetzt vorhabe.«

»Das wollte ich und will ich.«

»Am Montag werde ich mir alte Akten ansehen und herausfinden, weswegen Kelly verurteilt wurde und in welchem Gefängnis er gesessen hat und wann er entlassen wurde und wer ihn kannte, während er dort war, und –«

»Was bezwecken Sie damit?«

Meinte er das ernst? Das war doch wohl so sonnenklar, wie mir jemals irgend etwas im Laufe meiner Polizeikarriere klar gewesen war. »Weil es vollkommen auf der Hand liegt, daß Kelly von einem Komplizen getötet wurde, und sehr wahrscheinlich hat dieselbe Person auch Bassinger erschossen.«

»Das klingt plausibel«, räumte Otto ein.

»Und was haben Sie vor?« fragte ich.

Otto grinste bedächtig. »Ich folge derselben Spur. Das Lösegeld wurde mit der Post verschickt. Das ist alles, was French ausgesagt hat, bisher, daß er es mit der Post verschickt hat. Ich muß ihn dazu bringen, mir zu erzählen, wo er es aufgegeben hat, an welche Adresse er es geschickt hat, und ich gehe jede Wette ein, daß es an die Kelly-Farm gegangen ist.«

»Dann müssen Sie mit ihm reden.«

»Allerdings. Und ich muß ihn dazu bringen, mit mir zu reden, was vielleicht noch schwieriger ist.«

Das war keine Aufgabe, um die ich mich reißen würde. Aber natürlich landete sie am Ende bei mir.

Um sieben Uhr am Sonntag morgen war er im Polizeirevier von Fort Worth und wollte mit dem Detective sprechen, der für den Fall zuständig war, und als einer von der Zentrale mich anrief, rief ich gleich darauf Otto an. Es wäre unsinnig gewesen, ihn dieselben Informationen zweimal geben zu lassen, uns beiden getrennt, und da wir beide am selben Strick zogen, würden wir fast die selben Fragen zu stellen haben.

Er saß in einem kleinen Vernehmungsraum, als ich eintraf, und Otto stand im Flur. Er hatte auf mich gewartet, nachdem eine der Sekretärinnen – sonntags haben immer zwei Dienst – ihm gesagt hatte, sie habe Mr. French in den kleinen Raum geführt, weil er völlig verzweifelt wirkte. Ich öffnete die Tür, aber Otto war direkt hinter mir.

French war ein großer Mann, mit kräftigem Muskelfleisch auf soliden Knochen. Er hatte hellbraunes Haar, leuchtend blaue Augen und ein Gesicht, das vermutlich unter normalen Umständen offen und freundlich gewesen wäre. Er hätte rauh, aber herzlich gewirkt, fast wie das Klischee des schulterklopfenden Vertretertyps, wenn er nicht irgend etwas Tiefgründigeres an sich gehabt hätte, das schwer zu definieren war. Das wäre seine normale Erscheinung gewesen. Heute wirkte er wie unter Schock, bestürzt, fassungslos.

Erwartungsgemäß blickte er zuerst Otto an. »Ich bin Jared French«, sagte er, stand automatisch auf und streckte die Hand aus – die Macht der Gewohnheit.

»Mr. French, ich bin Otto Castillo, der mit dem Fall beauftragte Postinspektor. Das ist Deb Ralston vom Fort Worth Police Department.«

»Mr. French«, sagte ich und wartete auf seine Reaktion. Falls er einen männlichen Detective verlangte, würde ich versuchen, Captain Millner zu überreden, einen herzuholen.

Aber das tat er nicht. Sein Gesichtsausdruck ähnelte entfernt einem Lächeln, aber besser würde es ihm wohl eine ganze Weile nicht gelingen. »Eine Polizistin. Das würde sie – Helen – freuen. Sie hat immer nach einer Ärztin gefragt. Wenn wir sie in die Notaufnahme bringen mußten – und das mußten wir oft –, war sie empört, wenn keine Ärztin da war, die sich um sie kümmerte.« So schnell, wie es gekommen war, verschwand das Beinahe-Lächeln wieder. »Mein Arzt wollte mich gestern abend nicht rausfahren lassen; meine Frau war – durcheinander. Völlig durcheinander. Wer hat sie gefunden? Das möchte ich zuerst wissen. Ich möchte mich bedanken –«

»Wir beide haben sie gefunden«, sagte ich.

»In einem alten Farmhaus?«

»Ja.«

»Woher wußten Sie, daß Sie dort suchen sollten?«

»Wir haben es nicht gewußt. Wir haben an einem anderen Fall gearbeitet.«

»Einem anderen –?«

»Sie hängen mit an Sicherheit grenzender Wahrscheinlichkeit zusammen«, sagte Otto und erklärte es ihm, etwas knapper, als ich es getan hätte. Irgendwann während der Erläuterung setzte sich French, ziemlich müde, wieder auf einen alten Lehnstuhl aus Holz. Es wurde bedrückend still, als Otto schließlich aufhörte zu reden.

Dann atmete French tief ein. »Er hat Helen also umgebracht, damit sie ihn nicht identifizieren konnte. Dann hat er seinen Komplizen umgebracht, um das ganze Geld für sich allein zu haben. Dann hat er den Wagen in Brand gesteckt, damit – damit – aus was für einem Grund auch immer –, dann hat er den Postboten umgebracht, weil der Postbote gesehen hat, wie er den Wagen ansteckte.«

»Vielleicht«, sagte Otto.

»Was meinen Sie mit vielleicht? Sie wissen –«

»Wir wissen nicht, wer Helen getötet hat, und wir wissen nicht genau, warum, aber möglicherweise ging es wirklich darum, die Identifikation zu verhindern. Wir wissen nicht mit Sicherheit, ob Kelly mit der Entführung zu tun hatte, nur daß seine Farm damit zu tun hatte. Und wir wissen nicht, wer ihn getötet hat, und auch nicht, warum. Wie Sie schon andeuteten, haben wir nicht die geringste Ahnung, warum der Wagen verbrannt wurde. Und obwohl Sie wahrscheinlich recht damit haben, aus welchem Grund der Postbote ermordet wurde, steht auch das noch nicht fest.«

»Was wollen Sie unternehmen, um es herauszufinden? Das Ganze, meine ich?«

»Alles, was wir können. Glauben Sie mir, alles, was wir können. Aber wir müssen Ihnen noch einige Fragen stellen –«

»Zuerst möchte ich Helen sehen. Kann ich nicht jetzt zu ihr?«

»Es tut mir leid, aber das ist nicht möglich«, sagte ich zu ihm, so sanft ich konnte.

»Was soll das heißen, nicht möglich?«

Otto sah keine so große Notwendigkeit zu Sanftheit. Er blickte kurz auf seine Uhr. »Der Termin für die Obduktion ist um –«

»Ich habe keiner Obduktion zugestimmt –« Frenchs Gesicht hatte sich in ungläubige Falten gelegt, und seine Stimme wurde lauter.

»Mr. French.« Ich sprach, so tief ich konnte; manchmal hilft das, Menschen zu beruhigen. »In einer solchen Situation wie dieser ist die Einwilligung der Angehörigen nicht erforderlich. Eine Obduktion ist notwendig, und sie wird durchgeführt. Allerdings hätte man sie benachrichtigen müssen, und ich werde herausfinden, warum das nicht geschehen ist. Aber wie Mr. Castillo schon sagte, sie findet jetzt im Augenblick statt. Deshalb können Sie Ihre Tochter zur Zeit nicht sehen. Man wird mich anrufen, hier, wenn die Obduktion abgeschlossen ist. Aber – ich habe Ihre Tochter gesehen. Und Sie sollten es nicht tun. Ehrlich. Sie sollten es nicht tun. Wenn es mein Kind wäre –« Ich ließ den Satz unvollendet.

»Ihr Kind – haben Sie Kinder?« French sah mit einem kurzen Blick, was Otto noch immer nicht bemerkt hatte. »Ich meine, noch andere – außer dem da?«

»Drei. Und ich kann nicht sagen, daß ich weiß, wie Ihnen zumute ist, weil ich es wirklich nicht weiß. Aber ich kann sagen, daß Sie sich Helens Leichnam jetzt nicht ansehen sollten.«

French atmete tief ein. »Was – was haben sie ihr angetan?«

Das war eine Frage, die ich nicht beantworten konnte. »Ich weiß es nicht.«

Es war keine befriedigende Antwort, aber es war die einzige, die ich hatte.

»Sie konnten nicht –«

Seine Stimme klang bestürzt, und Otto, der noch immer hinter mir stand, sagte: »Sie war schon eine Weile tot, Mr. French. Und wir wissen nicht, wie lange.«

»Sie war eine Woche lang vermißt«, sagte French, und dann fing er an zu weinen. Ich drehte mich um und schloß die Tür des kleinen Raumes, und Otto wirkte verlegen. Bei den Fällen, die Postinspektoren bearbeiten, haben sie es wohl nicht oft mit weinenden Opfern und weinenden Angehörigen von Opfern zu tun.

Schließlich hörte French auf zu weinen und sagte: »Sie wollten mir doch ein paar Fragen stellen. Wozu?«

»Es könnte uns helfen, sie zu schnappen«, sagte ich. »Informationen von Ihnen –«

»Was hat Helen davon, wenn sie geschnappt werden?«

»Gar nichts«, stimmte ich zu. »Aber es könnte verhindern, daß sie das gleiche mit dem Kind von jemand anderem machen. Fühlen Sie sich in der Lage, jetzt mit uns zu reden, oder sollen wir noch etwas warten?«

»Ich werde Ihre Fragen beantworten. Wenn es irgendwie hilft. Außerdem möchte ich hier warten, bis – bis Sie angerufen werden. Also schießen Sie los.«

»Erinnern Sie sich, an welche Adresse Sie das Lösegeld geschickt haben?« fragte Otto. Das zeugte, in meinen wie in Ottos Augen, von einer unglaublichen Dummheit seitens der Kidnapper und seitens French. Denn wenn French die Entführung unverzüglich gemeldet hätte, was er vernünftigerweise hätte tun müssen, hätten Beamte des FBI das Paket auf dem Postweg nicht aus den Augen gelassen und so mit Leichtigkeit wenigstens einen der Entführer bei der Auslieferung des Paketes gefaßt.

Und die Kidnapper, die ja gefordert hatten, daß das Paket per Post verschickt wurde, hätten das bedenken müssen.

Aber French hatte noch drei Tage gewartet, nachdem er das Paket aufgegeben hatte, bis er die Polizei verständigte. Und selbst da hatte er, weil er sich noch immer an die sinnlose Hoffnung klammerte, Helen lebend zurückzubekommen, die Adresse nicht genannt; die anonyme Stimme am Telefon hatte gesagt, daß Helen erschossen werden würde, falls er die Polizei einschaltete. Soviel hatten wir am Samstag nachmittag von den FBI-Beamten erfahren.

Mit ausdrucksloser Stimme sagte French: »Briefkasten 220-J, Fort Worth, Texas. An die Postleitzahl erinnere ich mich nicht. Sie haben mir gesagt, ich sollte die Adresse nirgendwo aufschreiben, nur auf das Paket. Und das habe ich auch gemacht. Aber ich habe sie im Kopf behalten. Bis auf die Postleitzahl. Die weiß ich nicht mehr.«

»Die Postleitzahl brauche ich nicht«, sagte Otto und warf mir einen vielsagenden Blick zu. »Wie hat es ausgesehen? Das Paket?«

»Es war ein Schuhkarton. Ein Pappkarton, in dem neue Schuhe von mir gewesen waren. Tony Lama, die Schuhe waren von Tony Lama. 2.500 Hunderter.«

»Hatten Sie die von Ihrer Bank? Neue oder alte Scheine?«

»Alte. Ich habe die Bank angerufen. Sie haben gesagt, es würde etwa einen Tag dauern, das Geld zusammenzubekommen. Und das hat es.«

»Welche Bank?«

Er nannte sie uns. Es war eine große Bank in Dallas. Irgendwer dort hätte doch auf die Idee kommen müssen, daß 250.000 Dollar in alten 100-Dollar-Scheinen entweder für eine Lösegeldzahlung oder für einen Drogendeal bestimmt waren. Höchstwahrscheinlich war jemand auf die Idee gekommen und hatte sich gedacht, es sei schließlich nicht seine – oder ihre – Sache.

»Haben Sie sich die Seriennummern aufgeschrieben?«

Langes Schweigen. »Das hatten sie mir verboten.«

»Und dann haben Sie es auch nicht gemacht.«

»Hab' ich nicht. Nein, habe ich nicht.«

»Sie hatten also das Geld, und Sie hatten den Schuhkarton. Was haben Sie dann gemacht?«

»Ich habe das Geld nachgezählt, um mich zu vergewissern, daß der Betrag stimmte, hätte ja sein können, daß sich jemand vertan hat. Aber dem war nicht so. Dann habe ich das Geld in den Schuhkarton gelegt, und ich habe ihn in braunes Packpapier gepackt, und ich habe die Adresse mit schwarzem Filzstift draufgeschrieben, und ich habe durchsichtiges Klebeband über die Adresse geklebt, damit sie nicht verwischt, falls es regnet, und ich habe das Paket zur Post gebracht und aufgegeben.«

»Welches Postamt?«

»Ganz in der Nähe von da, wo ich mal gewohnt habe. Auf – auf – ich erinnere mich nicht mehr an den Straßennamen. Seitenstraße von der Alpha Road. Ein Stück hinter Valley View Mall.«

So gut kenne ich mich in Dallas nicht aus, aber Otto nickte. Die Beschreibung sagte ihm offensichtlich etwas. »War das Packpapier normales Packpapier, oder haben Sie eine Tragetüte vom Supermarkt zerschnitten?«

Ich konnte mir nicht vorstellen, was diese Frage sollte. Jeder, der in der Lage war, soviel Lösegeld zu zahlen, konnte sich doch wohl Packpapier leisten, aber gut, die Menschen haben so ihre Marotten. Andererseits, was spielte das für eine Rolle?

French fragte nicht danach. »Es war normales Packpapier.«

»Haben Sie den Rest von der Rolle noch?«

»Es war keine Rolle. Es war ein einzelner Bogen. Ich habe ihn im Schreibwarenladen gekauft.«

»In welchem?«

French sagte es ihm.

»Haben Sie noch die Verpackung, in der es verkauft wurde?«

»Die habe ich weggeworfen.«

»Erinnern Sie sich an den Hersteller?«

»Nein.«

»Die Adresse, haben Sie die in Schreibschrift oder in Druckbuchstaben geschrieben?«

»Druckbuchstaben.«

»Mit schwarzem Filzstift, sagten Sie?«

»Was?«

»Sie haben gesagt, Sie hätten die Adresse mit schwarzem Filzstift in Druckbuchstaben geschrieben?«

»O ja. Mit schwarzem Filzstift.«

»Haben Sie den noch?«

»Nein, ich habe ihn weggeworfen. Im Postamt, ich habe ihn in den Abfalleimer geworfen – im Postamt –«

Wieder kamen ihm die Tränen. Otto achtete nicht darauf.

»Wenn ich Ihnen einen Bogen braunes Packpapier und einen schwarzen Filzstift besorge, würden Sie mir dann, so gut es geht, zeigen, wie Sie es beschriftet haben?«

»Kann ich machen, aber wozu?«

»Damit ich was habe, was ich einigen Leuten zeigen kann, die das Paket vielleicht gesehen haben.«

»Ach so. Ja. Okay.«

Otto ging in unser Großraumbüro, ließ die Tür des Vernehmungsraums auf, und French starrte trübsinnig die Wand an. Während Otto ihn mit Fragen bombardierte, hatte er kaum Zeit gehabt, über deren Tragweite nachzudenken; jetzt hatte er wieder Zeit zum Grübeln, und seine Gedanken waren – seinem Gesichtsausdruck nach zu urteilen und in Anbetracht der Situation überhaupt – keine positiven. Daher begann ich, sowohl aus Mitleid als auch, weil ich es tun mußte, ihm Fragen zu stellen, während Otto weg war. »Kennen Sie einen Patrick Kelly?«

»Nein. Aber es könnte sein, daß ich ihm mal begegnet bin. Ich habe jeden Monat mit mehreren hundert Leuten zu tun. Ich kann mich nicht an alle erinnern. Ich erinnere mich an niemanden namens Patrick Kelly. Ich kenne einige Kellys, aber ich kenne niemanden namens Patrick, zumindest wüßte ich nicht, daß ich ihn kenne. Ich habe bestimmt ein paar Patricks kennengelernt, aber – sind Sie Mormonin?«

»Ob ich was bin?« Angesicht der unerwarteten Frage mußte ich innerlich umschalten.

»Mormonin. Sind Sie Mormonin?«

»Nein, wieso?«

»Ich bin nämlich Mormone. Und Sie kommen mir bekannt vor. Ich dachte, ich hätte Sie vielleicht mal auf einer regionalen Zusammenkunft oder so gesehen.«

»Nein, ich war nie auf so was. Aber mein Sohn geht seit einiger Zeit zur mormonischen Kirche. Er spielt Basketball, und ich habe bei einigen Spielen zugesehen. Vielleicht –«

»Wie alt ist Ihr Sohn?«

»15 bis 16. Vor zwei Monaten 16 geworden. In der letzten Basketballsaison war er noch 15.«

»Dann kenne ich Sie bestimmt daher. Mein Sohn Randy spielt Basketball in der Kirchenliga. Und in der letzten Saison war er auch 15. Wie heißt Ihr Sohn?«

Ich sagte es ihm, und er schüttelte den Kopf. »Sagt mir nichts. Das heißt, ich erinnere mich zwar an einen Jungen mit dem Namen, aber er sah asiatisch aus. So ein großer, langer Lulatsch.«

»Das ist Hal«, stimmte ich zu. »Wir wissen zwar nichts über seinen leiblichen Vater, nehmen aber an, daß er groß gewesen sein muß.«

»Ach, er ist adoptiert.«

»Alle meine Kinder sind adoptiert.«

»Bis auf das da.«

»Bis auf das da«, bejahte ich und dachte, ich sollte mich langsam daran gewöhnen, daß mein Bauch auffiel.

»Wieso haben – aber das geht mich ja nichts an.«

»Wieso ich so lange damit gewartet habe, schwanger zu werden? Das hatte ich weiß Gott nicht vor. Und mein Mann auch nicht. Jedenfalls, wir müssen zurück zur –«

French wollte noch nicht wieder zur Sache kommen. »Ich habe deshalb gefragt, weil ich in letzter Zeit manchmal denke, daß es uns in gewisser Hinsicht behindert.«

»Was behindert uns?« Ich wußte absolut nicht, wovon er sprach.

»Es ist bloß – man verbringt soviel Zeit mit der Kirche. Selbst wenn man zur Schule geht, ist man in der Kirche, in gewisser Weise, weil es in der High-School dieses sogenannte Seminar gibt.« Ich nickte; das Seminar war mir sehr vertraut. Und zwar durch Hal, der ungefähr an drei von fünf Tagen daran dachte, rechtzeitig aufzustehen, und um fünf Uhr in der Früh verschlafen aus dem Haus ging, um den Bus zu kriegen, und um sieben türenknallend zurückkam, um Harry und mir allerlei Dinge zu erzählen, die wir nicht wissen wollten.

Was ich nicht verstand, war, in welcher Weise das Seminar behinderte.

French sprach weiter: »Man wächst mit irgendwelchen Vorstellungen von Ehre auf. Und von richtigem Verhalten. Und daß Menschen sich gegenseitig nichts antun. Und – und dann tritt man hinaus ins wirkliche Leben und stellt fest, daß die Menschen nicht so handeln, wie man es gelernt hat, und daß die Menschen sich gegenseitig sehr wohl belügen und sich gegenseitig was antun. Nur – nur, man begreift es eigentlich nicht. Ich konnte – eigentlich – nicht glauben, daß sie Helen was antun würden. Sogar nachdem sie sie entführt hatten, haben sie – haben sie mir fast leid getan, wie jeder, der Geld so dringend braucht, daß er ein Kind dafür benutzt, um es zu bekommen. Aber ich denke – ich denke, ich habe wirklich damit gerechnet, daß sie Helen zurückgeben würden. Sie würden einem Kind nichts antun, weil Menschen Kindern nun mal nichts antun. Weil – weil in unserer Kirche Menschen Kindern nichts antun.«

»In jeder Kirche, Mr. French. Ich bin in einer Baptistenkirche aufgewachsen. Mein Mann ist in einer Presbyterianerkirche aufgewachsen. Sie meinen den Unterschied zwischen rechtschaffenen Menschen und bösen Menschen. Wenn man unter rechtschaffenen Menschen aufwächst, geht man davon aus, daß alle Menschen rechtschaffen sind, wenn das Wort nicht zu altmodisch ist. Und wenn Sie mit ›behindert werden‹ die Erwartung meinen, daß die Menschen richtig handeln, dann kann ich nur sagen: es lebe die Behinderung. Man muß nur wissen, daß nicht jeder so handelt, wie es einem selbst beigebracht wurde.«

»Und genau das habe ich nicht gelernt. Es wäre besser gewesen.« Er fing an, über eine Serie von Betrügereien und Bombenanschlägen in Salt Lake City zu sprechen, und er sprach noch immer davon, als Otto zurückkam.

Dann machte French, so gut er konnte, eine Nachbildung von dem Paket, und ich rief im Büro der Gerichtsmedizin an und erfuhr, daß die Obduktion aus irgendeinem Grund, den mir niemand erklären konnte, auf den Nachmittag verschoben worden war.

Das teilte ich French mit, und er fuhr zu einem Motel in Fort Worth – nicht den ganzen Weg zurück nach Dallas – und sagte, er käme später wieder ins Polizeipräsidium.

Als er weg war, stand Otto auf. »Kommen Sie«, sagte er.

Ich hievte mich aus dem Stuhl und fragte: »Wohin?«

»Zurück zum Tatort. Ich möchte da noch was nachgucken.«

»Genau, wie ich es mir gedacht habe«, brummte Otto.

»Genau, wie Sie sich was gedacht haben?« fragte ich. Und dann sah ich, wo er hinsah. Wir saßen in einem Dienstwagen der Postinspektion, parkten am staubigen Rand der Four Mile Road und blickten auf eine Reihe von Briefkästen, die an einem Balken festgenagelt waren, der wiederum von zwei gesplitterten, alten Pfosten getragen wurde. Es waren insgesamt neun Kästen: Nr. 220-A bis 220-I. Auf den meisten war mit verblassender schwarzer Farbe ein Name gekritzelt.

Einen Briefkasten mit der Nummer 220-J gab es nicht.

Es hatte ihn gegeben; an dem Balken war Platz für einen zehnten Kasten, aber dort, wo er vor langer Zeit entfernt worden war, sah man jetzt nur noch dunkle verbogene Nägel und Roststreifen.

Und ein neuer grauer Aluminiumnagel, der schräg durch den Balken getrieben worden war, so daß die Nagelspitze in die Luft ragte, verriet noch etwas anderes.

»Sie haben für kurze Zeit einen Briefkasten angebracht, damit das Paket geliefert werden konnte. Dann haben sie ihn wieder entfernt.«

»Aber wieso haben sie ihn entfernt?« fragte ich mich. »Das ergibt doch keinen Sinn.«

»Es wäre jemandem aufgefallen, daß er nicht dorthin ... Cooper. Cooper?«

»Was?«

»Der Postbote für diesen Bezirk. Heißt der nicht Cooper? Verdammt, ich habe es mir doch irgendwo aufgeschrieben.« Otto blätterte bereits in einem Notizbuch, das er aus seiner Tasche geholt hatte.

»Wie in aller Welt soll ich das wissen?«

»Tut mir leid. Ich habe laut gedacht.«

»Aber wieso sollte jemand so ausgesprochen blöd sein?« fragte ich. »Ich meine, den Briefkasten abzumachen bringt doch nichts. Der Kasten hat Nr. 220. Alle Kästen haben Nr. 220. Den Kasten mit dem Buchstaben J zu entfernen bringt doch nichts. Sobald French die Entführung gemeldet hätte, hätte er sich daran erinnert, und man hätte nur hier rauszufahren und sich etwas umzusehen brauchen, und spätestens nach einer halben Stunde hätte man das Farmhaus entdeckt. Also –«

»Also hat Kelly wahrscheinlich gar nicht mit drin gesteckt«, sagte Otto. »Weil Kelly auf jeden Fall mit dieser Adresse in Verbindung gebracht worden wäre. Also war Kelly möglicherweise auch ein Opfer. Vielleicht sollten wir Kelly finden und davon ausgehen, daß er es war, und dann nicht mehr weitersuchen –«

»Ach, kommen Sie, Otto! Er wurde ermordet! Wir hätten auf jeden Fall weitergesucht!«

»Ja, stimmt«, räumte Otto widerwillig ein.

Aber ich bin bekannt – oder sollte ich besser sagen, berüchtigt – für meine Ahnungen, und jetzt hatte mein Verstand auf Hochtouren geschaltet. »Ich bin bloß nicht so sicher, daß er ermordet wurde«, sagte ich.

Otto starrte mich an. »Wovon in aller Welt reden Sie? Sie wissen verdammt gut, daß er ermordet wurde.«

»Nein, ich weiß nur, daß er erschossen wurde. Ich bin nicht sicher, daß er ermordet wurde. Es wäre doch möglich –«

»Was wäre möglich? Daß er Bassinger erschossen hat und dann zurück zum Haus geflitzt ist und Selbstmord begangen hat? Falls er die Schrotflinte nicht aufgegessen hat, hat er das nicht gemacht. Jedenfalls war er mindestens einen Tag vor Bassinger tot. Also wovon, verdammt noch mal, reden Sie eigentlich?«

»Ich denke bloß laut«, sagte ich und zahlte Otto mit gleicher Münze heim. »Mir kommt das Ganze hier ziemlich merkwürdig vor. Nein, ich glaube nicht, daß er Selbstmord begangen hat. Ich denke da eher an einen Unfall. Fahren wir mal zum Haus.«

Der Streifenwagen, der auf der geteerten Straße parkte, versperrte die Zufahrt, doch weder im Wagen noch auf dem Hof war jemand zu sehen. Der Hund lag zusammengerollt auf der Veranda, hob den Kopf, stand dann auf und kam auf uns zugetrottet; dabei nickte er mit dem Kopf und wiegte den Körper von den Schultern an hin und her, genau wie mein Hund Pat. Er rieb den Kopf an Ottos Schienbein, und Otto sagte mit verlegener Miene: »Hallo, Hund. Schon wieder durstig?«

Nein, die Wasserschüssel war voll, und auf der Holzveranda lag verschüttetes Trockenfutter. »Vielleicht mag der Hund Sie einfach«, sagte ich mit gezielter Bosheit. Otto ist bekannt dafür, daß er Hunde nicht ausstehen kann.

Der Hund, glänzend schwarz bis auf die gelbbraunen Augenbrauen und den gelbbraunen Brustlatz, sah nach hinten und bellte einmal scharf.

Ich blickte von dem Hund zum Haus, auf die offene Tür des Hauses. Die Tür, die eigentlich nicht offen sein durfte. Die Veranda, auf der keine Spur von Streifenpolizist Bill Livingston war, der eigentlich den Tatort bewachen sollte. »Bill!« rief ich und lief auf das Haus zu, horchte auf einen Antwortruf, der nicht kam.

Otto sagte: »Ach du Scheiße!« und spurtete los, überholte mich nach etwa drei Schritten, und ich beschleunigte, um ihn einzuholen.

Was mir auch gelang, aber nur, weil er auf der unteren Treppenstufe stolperte.

Bill Livingston lag ausgestreckt mit dem Gesicht nach unten in der Diele, sein rotblondes Haar matt durch das trocknende Blut, das sich in einer Lache um ihn herum ausgebreitet hatte. Sein rasselnder Atem strich über den Kiefernboden. Ich ergriff das Walkie-talkie, das ein Stückchen von seiner ausgestreckten rechten Hand entfernt lag. »Präsidium, bitte melden!«

Kapitel 4

Um sieben, Sie wissen doch genau, wann meine Schicht anfängt.«
»Sie haben um sieben mit Ihrem Dienst begonnen. Wieso haben Sie nicht bei Livingston angefragt? Sie wußten doch, daß er draußen bei der Kelly-Farm war.« Sergeant Ben Isaacs war verantwortlich für die Tagschicht in der Einsatzzentrale. Die Telefonistin, die er herzitiert hatte, Karen Mayfield, wirkte äußerst eingeschüchtert, was kein Wunder war angesichts von Detectives, anderen Kripobeamten und einem Postinspektor sowie ihrem eigenen Vorgesetzten, die allesamt um sie herumstanden.

Aber eingeschüchtert oder nicht, sie blieb standhaft. »Nein, Sir, ich habe –«

»Sie haben was?«

»Nun lassen Sie sie doch mal Luft holen«, sagte Captain Millner langsam.

Sie blickte ihn dankbar an und wandte sich dann wieder an Sergeant Isaacs. »Ich habe nicht gewußt, daß er da draußen war.«

»Wieso haben Sie das nicht gewußt? Sie sollten eigentlich wissen, wo –«

»Hören Sie«, sagte Karen mit bebender Stimme, »im Einsatzbuch steht, wer vom Rauschgiftdezernat, vom Undercover und von der Überwachung Dienst hat, und ich versichere Ihnen, daß ich stets genau weiß, wo sich jeder gerade befindet. Aber Bill Livingston stand nicht im Einsatzbuch. Laut Dienstplan hatte er die Schicht von drei bis elf, Streifendienst. Also woher sollte ich wissen –«

In einer so großen Stadt wie Fort Worth sind die Zeiten, als es noch »den Einsatzleiter« gab, längst vorbei. In unserer Zentrale arbeitet ein ganzes Heer von Leuten, die Anrufe entgegennehmen, irgendwas am Computer machen, Funkmeldungen hören, über Funk reden und, vor allen Dingen, sich darüber auf dem laufenden halten, wo wer wann ist.

Aber nur einer von den Leuten in der Zentrale pro Schicht hat die vorrangige Aufgabe, die spezielle Funkfrequenz zu überwachen, die die Beamten benutzen, die sozugsagen undercover arbeiten. Zu diesen Leuten gehörte Karen.

»Wer hatte die Einsatzleitung von elf bis sieben?« wollte Isaacs wissen. »Der hätte Sie eigentlich informieren müssen. Vinson, war es nicht Vinson?«

»Ja, Sir, ich meine, nein, Sir –«

»Hatte ich nicht Vinson für die Schicht eingeteilt von –«

»Vinson war eingeteilt, aber er hat an einem Rennen teilgenommen, und er konnte nicht rechtzeitig wieder hier sein, weil das Rennen später als vorgesehen angefangen hat, und er hat angerufen und hatte den Sergeant vom Streifendienst am Apparat, und der hat gesagt, er könne nicht einfach so auf die letzte Minute einen Tag freinehmen, aber wenn er unter den Umständen nicht kommen könne, dann könne er eben nicht kommen, und es hätte wenig Sinn –«

»Moment mal«, fiel Isaacs ihr ins Wort. »Wir reden doch hier von Vinson. Greg Vinson, der –«

»Es war ein Rollstuhlrennen«, unterbrach ich ihn. »Ich wußte, daß er da mitmachen wollte. Er hatte mir davon erzählt. Aber es sollte eigentlich rechtzeitig zu Ende sein, so daß er –«

»Na ja, es war noch nicht zu Ende«, sagte Karen bestimmt. »Es hat verspätet angefangen. Also hat es länger gedauert. Hören Sie, Vinson ist unheimlich gut. Ich wette, er schafft es bis zu den Olympischen Spielen, wenn –«

»Karen, ich fände es einfach supertoll, wenn unser querschnittsgelähmter Einsatzleiter es schafft, am Rollstuhlrennen bei den Olympischen Spielen teilzunehmen. Ich wäre absolut aus dem Häuschen, ja? Ich hoffe, er kriegt eine Goldmedaille. Ich hoffe, er kriegt drei Goldmedaillen. Ich hoffe, er kriegt ein Dutzend Goldmedaillen. Aber im Moment interessiert mich das Rennen nicht die Bohne. Im Moment versuche ich herauszufinden, wie lange Corporal Bill Livingston schon bewußtlos auf dem Boden in dem Kelly-Farmhaus gelegen hat und wieso, verdammt noch mal, keiner von meinen Leuten in der Zentrale das gewußt hat. Also, wenn Vinson nicht im Dienst war, wer –«

»Oh. Oh, nun ja, es hat Sie niemand erreichen können, und der Sergeant, der die Morgenschicht hatte, war nicht in der Stadt, und daher hat der Sergeant von der Streife –«

»Erzählen Sie mir nicht, wie der normale Dienstablauf ist. Den habe ich festgelegt. Erzählen Sie mir einfach, was passiert ist.«

»Also, sie haben bei meiner Mutter angerufen, um zu fragen, ob ich Überstunden machen wollte, und –«

»Karen, ich habe gesagt –«

»Ich komme gleich dazu. Der Sergeant von der Streife hat meiner Mutter gesagt, daß er in einer ziemlichen Klemme steckte, weil fast jeder aus der Einsatzzentrale, den er angerufen hatte, aus irgendwelchen Gründen keine Zeit hatte und die beiden, die Zeit hatten, noch in der Ausbildung waren. Hören Sie, ich wäre sofort gekommen, nur leider war es nicht möglich, weil ich in Dallas war.«

»In Dallas.«

»Ja. Ich wollte Gr- dem Rennen von Vinson zusehen. Ich habe gedacht, irgend jemand aus dem Department sollte hingehen.«

»Sieh an«, sagte Isaacs leise. »Amor flattert also durch unsere Telefonzentrale.«

Karen wurde rot und sagte mit trotzigem Blick: »Ja. Und deshalb bin ich zu dem Rennen gegangen.«

»Na ja, er ist ein netter, junger Bursche«, sagte Isaacs, »und es ist ein Jammer, daß er das Motorrad frisiert hatte. Aber Sie sind doch eine junge Frau; was wollen Sie denn mit ihm –«

Karens Gesicht wurde noch roter, und sie sagte: »Das geht Sie doch eigentlich nichts an, oder, Sergeant?«

»Wohl nicht«, räumte Isaacs ein. »Wohl nicht. Okay, Sie waren also nicht da, also sind Sie nicht in die Zentrale gekommen. Wissen Sie denn, wer von elf bis sieben da war?«

Das war eine dumme Frage, und zwar aus zweierlei Gründen. Erstens wußte Karen offenbar, wen sie abgelöst hatte, und zweitens würde ein Blick ins Dienstbuch die Frage beantworten.

Aber wir sahen nicht ins Dienstbuch. »Shea. Streifenbeamter Shea«, sagte Karen gerade. »Der Sergeant hat meiner Mutter gesagt, wenn ich nicht kommen könne, müßte er wohl oder übel in die unterste Schublade greifen, aber es gebe da zwei, drei Streifenbeamte, die schon mal in der Zentrale gearbeitet hätten, als sie verletzt waren und nicht auf Streife gehen konnten, und er würde einen von ihnen anru –« Sie brach ab, starrte in unsere Gesichter. »Stimmt was nicht?«

»Wie lange sind Sie schon hier im Department, Karen?« fragte ich. »Ungefähr vier Monate?«

»Ungefähr. Wieso?«

»Sagen wir mal so, Danny Shea ist nicht das, was man aus der untersten Schublade holt«, sagte Isaacs zu ihr. »Shea ist das, was man kriegt, wenn man die ganze Kommode beiseite rückt, drunter guckt, und wenn er wegen dieser Sache nicht fliegt, dann fliegt er nie. Okay, in diesem Fall tragen Sie keine Schuld. Wer ist im Moment für Sie eingesprungen, Rose? Sagen Sie ihr, Sie übernehmen wieder. Nein, warten Sie, bringen Sie mir vorher noch eine Kopie von den Einsatzplänen, und zwar für – Deb, für welchen Zeitraum?«

»Er ist gegen halb zwei zur Four Mile Road gefahren und hat den Postwagen bis gegen acht bewacht. Dann ist er zum Haus gegangen. Zu der Zeit war er bereits außer Dienst, aber ein paar Kollegen von der Überwachung hatten Urlaub, und er wollte das Haus bewachen, bis ich heute morgen kam.«

»Den Einsatzplan von drei Uhr an, Duncans Schichtbeginn«, sagte Isaacs. »Ich will nachsehen, ob er sich zwischendurch gemeldet hat, bei Duncan oder Shea.«

»Man läßt gerade ein Laborteam aus Memphis einfliegen«, sagte Otto zu mir.

»Was sollen die denn machen?« fragte ich.

»Was soll die Frage?« fragte Inspector McMurray. Ich hatte ihn gerade kennengelernt; er war Ottos Boß, und ich war noch nicht dahintergekommen, ob er der eigentliche Chef des Regionalbüros der Postaufsichtsbehörde von Fort Worth war oder ob er bloß irgendein Dezernatsleiter war.

»Wir haben den Tatort bereits untersucht«, sagte ich. »Mit ›wir‹ meine ich natürlich unsere Spurensicherung.«

»Ohne meine Genehmigung?« McMurray plusterte sich auf wie ein Täuberich.

»Was soll das Laborteam denn machen?« fragte ich erneut. »Hören Sie, McMurray, ich meine es ernst. Hat Otto Ihnen eigentlich erzählt, wie es da aussieht? Fingerabdrücke? Der Mörder hatte nicht den geringsten Grund dazu, den Pick-up anzufassen, geschweige denn sich ihm zu nähern; der Schuß wurde aus zirka zwei Metern Entfernung abgefeuert, aber nur für den Fall, daß er ihn doch angerührt hat, haben wir ihn mit Fingerabdruckpulver eingestäubt. Ballistisches Beweismaterial? Schrotflinte. Keine ausgeworfene Patrone; ich habe gesucht und auch Otto und auch unsere Leute von der Spurensicherung. Er muß sie aufgehoben und mitgenommen haben. Beweismaterial auf dem Boden? Was für Spuren, glauben Sie, findet man auf einem Boden, der von einem Flugzeug, zwei Polizeiwagen, dem Wagen eines Postinspektors und einem Löschfahrzeug aufgewühlt worden ist? Was bleibt da wohl übrig? Fotos? Wir haben Fotos gemacht, und der Ermittler von der Gerichtsmedizin hat Fotos gemacht. Wir haben so viele Fotos, wie Sie sich wünschen könnten. Also, was soll das Laborteam machen? Die Brandstiftung bearbeiten? Tut mir leid, dafür sind Sie nicht zuständig. Eine Entführung und einen Mord bearbeiten? Auch dafür sind Sie nicht zuständig. Also, wenn Sie wollen, daß Ihre Laborleute aus Memphis anreisen, dann lassen Sie sie von mir aus kommen, aber ich sage Ihnen noch mal, ich weiß nicht, was Sie sich von ihnen erhoffen, wenn sie hier sind.«

»So sieht's aus«, sagte Otto Castillo. »Tut mir leid, Boß, sie hat recht, und ich hätte daran denken sollen – nicht anfassen.«

»Hä?« McMurray blickte nach unten auf den Umschlag, den er geistesabwesend in die Hand genommen hatte.

»Ach, na ja, ist wohl doch egal. Ich hatte an Fingerabdrücke gedacht, aber den haben sie ja nie gekriegt. Aber verdammt, Mann, wissen Sie denn nicht, daß man nicht in das Büro von jemandem geht und einfach Beweismaterial anfaßt?«

»Das ist Beweismaterial? Ich finde, es sieht wie Reklame aus.«

Es war ein weißer Geschäftsbriefumschlag mit dem blauen Logo von Frenchs Chevrolet-Vertretung in der oberen linken Ecke; er war mit blauer Tinte in großzügiger Männerhandschrift an dieselbe Adresse adressiert, an die das Lösegeld gegangen war.

»Es ist Beweismaterial in einem Entführungsfall«, sagte ich zu ihm.

»Wie mich, glaube ich, vorhin jemand erinnert hat, bearbeitet die Post keine Entführungen.«

McMurrays Stimme hatte einen hämischen Tonfall. Er wußte genausogut wie ich, wenn nicht besser, daß alles, was durch die Post ging, Sache der Post war, ganz gleich, wer für das Verbrechen eigentlich zuständig war.

»Es ist fast hundertprozentig sicher, daß derjenige, der die Entführung begangen hat, auch Bassinger erschossen hat«, sagte Castillo.

»Haben Sie vom Absender die Genehmigung, ihn zu öffnen, oder brauchen wir einen Durchsuchungsbefehl?« Er wandte sich an mich, recht herablassend. »Sie wissen ja, noch nicht zugestellte Postsendungen –«

»Ich weiß, daß man noch nicht zugestellte Post nicht ohne Durchsuchungsbefehl oder Einwilligung von Absender oder Adressat anrühren darf«, sagte ich. »Ich versuche gerade, den Mann ausfindig zu machen, der ihn aufgegeben hat. Wir – Otto und ich – haben heute morgen mit ihm gesprochen, aber da wußten wir noch nichts von diesem Brief.«

»Okay«, sagte McMurray. »Ist das alles hier Beweismaterial in dem Entführungsfall?« Seine Hand zeigte auf mehrere Postbeutel in Castillos Büro, die um den Stuhl herum gestapelt waren, auf dem ich saß.

»Nein«, sagte Castillo. »Das ist bloß die nicht zugestellte Post aus Bassingers Wagen. Ich bezweifle, daß irgendwas davon für die Ermittlungen relevant ist. Es sagt uns, wie weit er mit den Zustellungen gekommen ist, aber wir wissen, wie weit er gekommen ist, weil wir wissen, wo er gefunden wurde. Er wurde nicht wegen der Post in dem Wagen erschossen; er wurde erschossen, weil er zufällig den Brandstifter überrascht hat, und es scheint – wie wir bereits gesagt haben – fast hundertprozentig sicher, daß die Brandstiftung mit der Entführung und dem Mord in Zusammenhang steht. Die Frage ist, wieso er bei der Brandstiftung aufgetaucht ist. Was hatte er dort zu suchen? Die Stelle lag nicht auf seiner Strecke. Aber ich denke, das hier ist die Antwort.« Er nahm McMurray den Umschlag aus der Hand und klopfte damit auf den Schreibtisch.

»Erklären Sie mir das«, sagte McMurray.

»Die Straße, auf der er sich befand, ist eine Sackgasse«, sagte ich. »Auf der Straße gibt es keine Briefkästen. Also, weshalb war er dort?« Castillo blickte mich an; wir hatten schon eine Weile darüber gesprochen, bevor McMurray hereinkam. »Wir glauben, das hier ist der Grund. Wir glauben, daß er wußte, zu wem der Briefkasten Nr. 220-J gehörte, und da der Kasten verschwunden war, hat er sich überlegt, den Brief direkt zum Haus zu bringen. Er hätte es natürlich nicht tun müssen, aber so war er nun mal; er war gewissenhaft. Und er fuhr diese Strecke seit 50 Jahren.«

»Und das heißt?«

»Vor 50 Jahren lebte Joe Kelly noch«, sagte ich.

»Joe Kelly?«

»Ist jetzt nicht wichtig«, sagte Castillo. »Nur, er wußte, zu wem der Briefkasten Nr. 220-J gehörte.«

»Und das sagt uns«, fuhr ich fort, »daß jemand Patrick Kelly reingelegt hat, und wer immer das war, es ist dieselbe Person, die Bassinger getötet hat. Kelly sollte die Sache ausbaden, bevor die ganze Geschichte in die Hose ging. Wir glauben nicht, daß er Kelly töten wollte.« Zumindest ich glaubte das nicht; wir hatten darüber diskutiert, aber Castillo unterbrach mich jetzt nicht. »Aber wenn er nicht vorhatte, ihn zu töten, wie konnte er so sicher sein, daß Kelly ihn nicht verpfeifen würde?« Das war der Punkt, auf den wir uns keinen Reim machen konnten; deshalb hatten wir über die ganze Theorie gestritten.

»Geben Sie mir ein paar Hintergrundinformationen«, bat McMurray, und als Castillo damit anfing, ging ich in ein anderes Büro, um Jared French anzurufen und ihn zu bitten, ins Bundespostgebäude zu kommen.

»Machen Sie ihn auf«, sagte Jared French. »Was sollte ich denn dagegen haben, daß Sie ihn aufmachen?«

Er hatte geweint; das war unübersehbar, da das Weiße in seinen blauen Augen gerötet und sein ganzes Gesicht geschwollen war. Aber er hatte sich wieder unter Kontrolle, und er sagte weiter: »Öffnen Sie ihn ruhig. Es ist nichts drin. Ich – es war bloß – ich habe mich an die Adresse erinnert, und ich habe ihnen geschickt, was sie haben wollten, und Helen ist nicht wiedergekommen, und so habe ich ihnen noch einmal geschrieben. Haben sie ihn bekommen? Haben sie Helen deshalb getötet, weil ich mich an die Adresse erinnert habe, wo sie mich doch davor gewarnt hatten?«

»Nein, Mr. French, sie haben den Brief nicht bekommen», sagte Castillo zu ihm. »Das hatte nichts mit ihrem Tod zu tun. Hier, wenn Sie das bitte unterzeichnen würden –«

Verspätete Vorsicht gewann die Oberhand, und French hielt inne mit dem Stift in der Hand. »Was unterschreibe ich denn da?«

»Ihre Einwilligung, daß wir den Brief öffnen«, sagte Castillo, so geduldig er konnte.

»Ach ja?« sagte French mit verdutztem Ton. »Ich dachte, ihr dürftet jede Postsendung öffnen, die ihr wollt.«

»Da haben Sie falsch gedacht.« French konnte die Ungeduld in Castillos Stimme vermutlich nicht hören, aber ich; ich kannte Castillo seit mehreren Jahren. »Was wir dürfen und nicht dürfen, ist per Gesetz geregelt. Und wir dürfen keine Post ohne Durchsuchungsbefehl öffnen, es sei denn, die Person, die sie aufgegeben hat, oder die Person, an die sie geschickt wurde, gibt uns die schriftliche Einwilligung.«

»Okay. Das wußte ich wirklich nicht.« French unterschrieb das Formular, und Castillo öffnete den Brief. Er überflog ihn und reichte ihn mir.

French, der uns beobachtet hatte, fragte heiser: »Kann ich ihn wiederhaben?«

Castillo blickte mich an, und ich sagte: »Ich wünschte, wir könnten ihn zurückgeben. Aber im Moment –«

»Wieso? Ich verstehe das nicht. Wenn sie ihn doch nicht bekommen haben –«

»Weil wir glauben, daß der Postbote deswegen dort war, wo er gefunden wurde. Wir glauben, er war auf dem Weg, um diesen Brief zuzustellen. Wissen Sie, der hier sollte an eine Adresse kurz vor Ende seiner Route gehen, aber der Briefkasten war weg.«

»Weg?«

»Genau. Er war entfernt worden. Und statt den Brief zu Ihnen zurückzuschicken, hat er offenbar beschlossen, einen kurzen Umweg zu der Farm zu machen, zu der der Briefkasten gehörte, und den Brief dort abzugeben.«

»Und dort ist er –«

»Dort ist er getötet worden. Ja.«

»Dann ist also ein alter Mann gestorben, weil ich einen Brief geschrieben habe, den ich vernünftigerweise nicht hätte schreiben sollen.«

Diesmal ließ Castillo mich nicht antworten. »Ja«, sagte er. »Er ist getötet worden, weil Sie wegen Ihrer Tochter besorgt waren. Er ist getötet worden, weil er seine Arbeit gut machen wollte, nicht nur halbe Arbeit leisten wollte, also hat er einen Umweg gemacht, den er nicht hätte machen müssen. Verdammt noch mal, French, reden Sie sich bloß keine Schuldgefühle ein. Er wurde getötet, weil irgend so ein Mistkerl beschlossen hat, ihn zu erschießen, deshalb wurde er getötet, nicht wegen irgendwas, das Sie getan haben oder das er getan hat oder das ein anderer anständiger Mensch getan hat. Er wurde getötet, weil irgend so einem Mistkerl Geld wichtiger ist als das Leben eines Menschen, und das einzige, was wir gegen so jemanden tun können, ist, ihn möglichst schnell zu schnappen und einzusperren, damit er nicht noch mehr anstellen kann.«

French starrte Castillo an, starrte mit einer Art blinder Dumpfheit, die bestimmt auf den Schockzustand zurückzuführen war, in den er immer wieder verfiel. Schließlich schüttelte er den Kopf und sagte: »Ja. Sie haben recht. Natürlich haben Sie recht. Es ist bloß – bei so was – mir geht ständig durch den Kopf, daß ich doch bestimmt irgendwas hätte tun können, an das ich nicht gedacht habe.«

»Hätten Sie nicht«, sagte ich zu ihm. »Wirklich nicht.« Und das stimmt auch fast. Gut, er hätte die Polizei um einiges früher verständigen können – und sollen –, aber das hätte Helen sehr wahrscheinlich auch nicht gerettet. Mörder morden, weil sie Mörder sind.

Wir hätten French überreden müssen, das Büro zu verlassen, damit wir weiterarbeiten konnten. Aber der Augenblick schien uns nicht geeignet, ihn zum Gehen zu bewegen. Er starrte Castillo eine weitere

Minute an; dann schüttelte er den Kopf wie jemand, der aus tiefem Wasser auftaucht, und fragte: »Wie ist sie gestorben? Weiß das inzwischen jemand?«

»Ich frage mal nach«, sagte ich und griff nach dem Telefon.

Ja, die Obduktion – die in der Gerichtsmedizin lieber als Autopsie bezeichnet wird – war beendet, und Rose Sprague, die Sekretärin, gab mir eine kurze Zusammenfassung des Berichtes durch, den sie gerade tippte. Allem Anschein nach war Helen im Kofferraum eines Wagens gestorben – zumindest war sie bei oder kurz vor Eintritt des Todes im Kofferraum eines Wagens gewesen. Ihre Bronchien und Lungen enthielten winzige Mengen Gummi, Fasern, Spuren von Bremsflüssigkeit, Spuren von Öl. In ihrem Blutkreislauf befand sich eine kleine Menge Kohlenmonoxid, was darauf schließen ließ, daß der Wagen gefahren war, doch die Menge hätte nicht ausgereicht, um den Tod herbeizuführen.

Im Grunde gab es keine offensichtliche Todesursache. Möglicherweise war sie erstickt, möglicherweise aber auch nicht. Falls ja, so war nicht ersichtlich, woran, denn es gab keine Anzeichen dafür, daß sie erwürgt worden war, und der Kofferraum läßt bei den meisten Autos genug Luft herein. Natürlich muß es in dem Kofferraum heiß gewesen sein, aber zu dieser Jahreszeit nicht so heiß, daß man dadurch sterben könnte.

Ich gab die Informationen so emotionslos wie möglich weiter. French war schon verzweifelt genug; es wäre nicht hilfreich, wenn ich auch noch emotional wurde. Das versuchte ich zu beherzigen, während ich mich bemühte, ihm nicht ins Gesicht zu blicken.

Frenchs Stimme klang fast nur noch müde, als er sagte: »Also, Sie müssen wissen, sie hatte richtig schlimmes Asthma; sie mußte ständig einen Inhalator bei sich haben, deshalb hatte sie auch eine Handtasche dabei, obwohl sie noch so klein war. Wenn sie nicht rechtzeitig drankam – wissen Sie, Aufregung löst einen Anfall aus – fast jedes Jahr Weihnachten, auf jeder Geburtstagsparty, irgendwann landete sie in der Notaufnahme, und wenn sie im Kofferraum eines Wagens gesteckt hat –«, ganz plötzlich weinte er wieder.

»Ach, Scheiße«, sagte Castillo laut, entschuldigte sich dann schnell. »Mr. French, tut mir leid, es ist bloß, wenn ich daran denke, was das für ein Mistkerl ist –«

»Sie können sie nicht zurückbringen«, sagte French.

»Nein, aber vielleicht können wir verhindern, daß das Schwein wieder irgendein kleines Mädchen in den Kofferraum eines Wagens steckt«, sagte Castillo. »Wir müssen jetzt weiterarbeiten. Mr. French, ich würde vorschlagen, Sie fahren wieder in Ihr Motel und ruhen sich etwas aus und fahren dann zurück nach Dallas.«

»Ich möchte hierbleiben.«

»Warum?« fragte ich.

Er starrte mich an. »Warum? Nun, ich –«

»Wo ist Ihre Frau? Ihre anderen Kinder?«

»In Dallas. Aber –«

»Wenn es mein Kind wäre, würde ich meinen Mann bei mir haben wollen«, sagte ich. »Nicht in einer anderen Stadt, wo er sowieso nichts tun kann.«

»Aber ich muß sie doch mitnehmen – zurück nach Dallas.«

»Das können Sie nicht. Und das wissen Sie auch –«

Ich atmete einmal tief durch und begab mich auf etwas unsicheren theologischen Boden, wünschte mir jetzt, ich hätte Hal besser zugehört, wenn er ganz aufgeregt nach Hause kam und mir Sachen erzählte, die ich nicht wissen wollte. »Sie müssen wissen, daß das nicht Helen ist; es ist bloß Helens Leichnam. Helen ist irgendwo anders, und es geht ihr gut.«

French machte einen langen, zittrigen Atemzug. »Ich weiß. Aber –«

»Der Leichnam muß in einem Leichenwagen transportiert werden, in einem fest verschlossenen Sarg. Sie können ihn nicht mitnehmen.«

»Na schön«, sagte French. Er putzte sich die Nase, steckte das Taschentuch wieder ein, starrte mich an, starrte Castillo an, schüttelte uns beiden feierlich die Hand und ging zur Tür hinaus.

Castillo tat Frenchs Brief in eine Mappe, legte sie in eine Schublade, schloß die Schublade, nahm sein Klemmbrett und stand auf. Und der Postamtsleiter Don Goslin kam zur Tür herein.

»Wo waren Sie denn?« fragte Castillo und nahm wieder Platz.

»Wir hatten ein Elks-Treffen in Arlington.«

»Puh, so weit«, sagte Castillo.

»Sehr witzig, Castillo«, sagte Goslin. »Die Idioten haben vergessen, wo ich war. Ich hatte es ihnen gesagt, aber sie haben es vergessen, und deshalb konnte mich niemand erreichen. Ich habe es erst erfahren, als ich einen Blick in die Sonntagszeitung geworfen habe. Was ist denn bloß passiert?«

»Sie haben es doch in der Zeitung gelesen«, sagte Castillo.

»Jetzt hören Sie mal –«

»Der Artikel in der Zeitung war ziemlich ausführlich«, unterbrach ich ihn. »Dem ist kaum noch was hinzuzufügen, bis auf ein paar Kleinigkeiten, die sich bei der Ermittlung ergeben haben, aber nichts von all dem paßt bis jetzt zusammen.«

»Verdammt«, sagte Goslin. »Wissen Sie, ich kannte Roy seit 30 Jahren. Er – hätte – eigentlich auch auf dem Treffen sein sollen. Ich habe ihm gesagt, vergiß es, laß einen von den jungen Aushilfen fahren, aber er hat gesagt, nein, er wollte die ganze Route zu Ende machen und dann nach Arlington fahren. Er hat gesagt, er würde auch dann noch rechtzeitig kommen. Ich – wir hatten einen Wettbewerb bezüglich unserer Riten, und er war Samstagabend nicht zur Probe erschienen, und unser Team wurde schließlich disqualifiziert, und alle waren ganz schön sauer auf ihn. Und wenn ich mir vorstelle, daß er da schon tot war – verdammt! Wir hätten uns doch denken können, daß Roy nie und nimmer einfach nicht kommt.«

Es gibt, wie ich vielleicht erwähnen sollte, mehrere verschiedene Elk Lodges im Großraum Fort Worth. Ich hatte von dem Treffen in Arlington am Rande mitbekommen, obwohl wir nicht hingegangen waren; Goslin kannte ich gar nicht. Ich konnte mir nur denken, daß er in einer anderen Lodge war als in Harrys.

»Okay«, sagte Castillo ungeduldig, »wollen wir nun hier rumsitzen und zu Ehren des lieben Verblichenen Totenwache halten, oder machen wir uns an die Arbeit und finden heraus, was ihm widerfahren ist?«

»Wir wissen doch, was ihm widerfahren ist«, sagte Goslin und sah verwirrt aus.

»Okay, dann eben, wer ihm widerfahren ist. Goslin, ich will damit sagen, machen Sie, daß Sie rauskommen, damit wir arbeiten können ... Moment noch. Wer ist normalerweise für die Route zuständig, für wen ist Bassinger eingesprungen? Cooper?«

»Tja, also –«

»Das ist doch was, das Sie machen können. Bringen Sie Cooper her.«

»Es ist Sonntag«, wandte Goslin ein.

»Zum Donnerwetter, was spielt das denn für eine Rolle?« fragte Castillo. »Können Sie Cooper herbringen?«

»Na ja, ich weiß nicht, ob –«

»Würden Sie es wohl versuchen?« fragte ich, bemüht, möglichst einschmeichelnd zu klingen, um Castillos Tonfall zu kompensieren. »Gehen Sie doch bitte in Ihr Büro und rufen Sie ihn an und kommen Sie dann wieder her und sagen Sie uns, ob Sie ihn erreicht haben und ob er heute noch herkommen kann, ja?«

»Wenn er es heute nicht mehr schafft«, fügte Castillo hinzu, »werde ich auf jeden Fall morgen früh mit ihm sprechen müssen, wenn er ohnehin sortiert.«

»Aber dann verzögert sich –«

»Genau. Dann verzögert sich die Postzustellung, und Sie bekommen jede Menge Telefonanrufe. Also wäre es besser, Sie holen ihn heute noch her, okay?«

Goslin zog mit verwirrtem Blick ab, und Castillo gab ein unbeschreibliches Geräusch von sich, das so ähnlich klang wie *gaaaa.* »Der hat sein Pöstchen über die politische Schiene bekommen, damals, als man für eine Stelle bei der Post lediglich die richtige Parteiliste wählen mußte und jede Menge andere Leute dazu bringen mußte, das gleiche zu tun.«

»Heißt das, er ist dumm?« fragte ich.

»Das heißt, er ist dumm. Ach, verdammt, ich hätte ihn trotzdem nicht anbrüllen sollen. Das bringt genauso viel, wie wenn man einen Esel anschreit, weil er ein Esel ist. Er kann nichts dafür, daß er dumm ist. Er ist so geboren. Unwissenheit ist heilbar. Dummheit nicht. Ich hoffe nur, er schafft es, Cooper herzuholen, und vergißt nicht, was ich ihm aufgetragen habe.«

»Wie schafft er es denn, daß die Post zugestellt wird?«

»Gar nicht. Weshalb, glauben Sie wohl, schieben sie ihn dauernd in die kleinste Außenstelle ab, die sie für ihn finden können? Und trotzdem muß der Postamtsleiter alle naslang jemanden rausschicken, der das Chaos wieder beseitigt, das er angerichtet hat. Wenn er nicht bald in Pension geht, werden Sie ihn womöglich zum Leiter von irgendeinem Postschalter in irgendeinem Lebensmittelladen auf dem Lande machen. Und ich vermute, selbst dort wird er ein heilloses Chaos anrichten. Ach, was soll's, gehen wir wieder an die Arbeit.«

Doch noch während er verstreute Papiere in seine Aktentasche packte, kam Goslin mit der überraschenden Nachricht zurück, daß er Cooper erreicht hatte. »Coop hat gesagt, er ist um zwei Uhr hier«, fügte er hinzu.

Zwei Uhr, und jetzt war es halb eins. »Haben Sie vielleicht noch was zu erledigen, Deb? Wir treffen uns dann um Viertel vor zwei wieder hier.«

Er verhielt sich bei unserer Arbeit inzwischen überraschend nett mir gegenüber, nachdem er einmal seine anfänglichen Bedenken überwunden hatte. Das machte es leichter. Und er hatte keine spitzen Bemerkungen über meinen Bauch gemacht. Inzwischen mußte er ihn bemerkt haben, also war er anscheinend zu dem Schluß gekommen, daß es wohl besser wäre, nichts zu sagen.

Ich wußte nicht, was er jetzt vorhatte. Ich rief im Krankenhaus an, wo ich erfuhr, daß Livingston im OP war, und dann beschloß ich, die Zeit für eine Stippvisite in Turner's Mobile Home Park zu nutzen, um mit Lantana Turner zu sprechen. Ehemals Lantana Kelly. Die jüngste Schwester von Patrick Kelly, der tot in unserem Leichenschauhaus lag, weil er eine Ladung Schrot ins Gesicht bekommen hatte. Das war inzwischen bestätigt worden, ohne Probleme, anhand der Fingerabdruckkartei.

Nicht, daß Lantana noch nicht vom Tod ihres Bruders erfahren hätte; das hatte sie. Was sie jedoch noch nicht erfahren hatte, war, wie lange er schon tot war, als er gefunden wurde, und als ich es ihr sagte, fing sie an zu weinen und legte dabei den Kopf über die Armlehne der Couch. Billy Jack beobachtete sie stoisch von dem Plastik-Metall-Küchenstuhl aus, auf dem er rittlings saß, das Kinn auf die Rückenlehne gestützt.

Sie paßten gut zusammen, Lantana und Billy Jack. Lantana war so alt wie ich, zumindest ungefähr; in der High-School war sie hinter mir zurückgeblieben, weil die Kellys alle nicht besonders lerneifrig waren, aber ich hatte sie noch aus der zweiten Klasse in Erinnerung, ein mageres, unbeholfenes Mädchen, das größer war als ich und immer irgendwie nach Hefe roch. Sie war jetzt höchstens 43. Sie sah aus wie 60. In der High-School war sie schlank gewesen; jetzt war sie dürr mit glattem, strähnigem, stumpfbraunem Haar. Oberflächlich betrachtet war sie sauber, aber der Schmutz hatte sich für alle Zeiten in die Poren ihrer Gesichtshaut eingegraben, so daß sie auf undefinierbare Weise gräulich wirkte, und ihre alten, zusammengekniffenen blauen Augen sahen aus, als ob sie eine Brille brauchte. Sie trug einen senfgelben Polyesterstrickrock, der mit etwas befleckt war, das aussah wie Tomatensaft, eine leuchtendgelb-schwarz bedruckte Bluse, die ich, wie ich mich vage erinnerte, vor zwei Jahren bei Woolworth gesehen hatte – sie biß sich entsetzlich mit dem Rock – und braunrote Plastikschuhe.

Billy Jack, den ich nicht aus der Schule in Erinnerung hatte, war wohl über zehn Zentimeter kleiner als Lantana, und ich vermutete, daß er Cherokesen- oder Choctaw-Blut in den Adern hatte – kein Komantschenblut; Komantschen sind groß. Er hatte hellbraunes, widerspenstiges Haar, blaue Augen, ein Gesicht, das irgendwas zwischen viereckig und rund war, und insgesamt eine untersetzte Statur. Er war schmutzig, aber in seinem Fall war der Schmutz verständlich: Er war »Freizeitmechaniker« und hatte gerade an einem Motorradmotor gearbeitet, als Lantana ihn ins Haus rief. Er hatte sich rasch das Öl von den Händen gewaschen und war hereingekommen, noch in ölverschmierter Jeans und Khakihemd. Er hatte noch kein Wort zu mir gesagt, und es wäre auch sinnlos gewesen, wenn irgend jemand irgend etwas gesagt hätte, solange Lantana nicht müde wurde zu weinen.

Ich bekam Schluckauf und dachte: »O nein, fängt das jetzt wieder an?« Ich mußte noch zweimal hicksen und dann peinlich laut aufstoßen, was lächerlich war; ich hatte noch nicht mal eine Cola getrunken zu dem Hamburger, den ich auf dem Weg hierher gegessen hatte. Selbst Lantana hörte kurz auf zu weinen und starrte mich mit verdutzten Augen an.

»Alles in Ordnung, Lady?« fragte Billy Jack.

»Mir geht's gut«, versuchte ich zu sagen, aber unglücklicherweise mußte ich mittendrin wieder hicksen.

»Bestimmt? Soll ich Ihnen ein Glas Wasser holen? Oder einen Eistee? Ich hab' welchen fertig.«

Ich nahm das Glas Wasser dankbar an; es half ein wenig, und der Schluckauf ließ nach und hörte schließlich ganz auf.

Lantana hob den Kopf, putzte sich die Nase mit einem Kleenex, das sie in die ungefähre Richtung des Abfalleimers warf, und fragte: »Okay, du hast es mir gesagt. Also, warum bist du hier?«

Ich holte tief Luft. Ich hatte das Gefühl, als würde ich weitaus öfter als andere schlechte Nachrichten überbringen müssen, und allmählich reichte es mir. »Das alles wird wahrscheinlich morgen in der Zeitung stehen, das, was noch nicht drinstand. Ich habe mir gedacht, die Familie sollte es vorher erfahren, und außerdem hätte ich noch ein paar Fragen.«

»Ihr denkt ernsthaft, mein Bruder hätte dabei mitgeholfen, das kleine Mädchen umzubringen?«

»Es sieht so aus, Mrs. Turner.«

Lantana lachte trocken in sich hinein. »Mrs. Turner? Du hast mich schon Lantana genannt, als du gerade auf der Welt warst, nun bleib auch dabei.«

»Okay, Lantana. Aber –«

»Was ich sagen wollte, ich kann mir einfach nicht vorstellen, daß Patrick das getan hat. Er ist kein Mörder. Doch nicht Patrick.«

»Lantana, er hat Sonny getötet. Das wissen wir doch beide.«

»Ja, aber das war was anderes. Er hat Sonny wegen dieser Schlampe Susie getötet. Die hat doch vor allem, was Hosen anhatte, immer nur mit dem Hintern rumgewackelt, und Sonny, der war nun mal gegen keinen Frauenhintern immun, der vor ihm rumgewackelt hat. Und Susie war bestimmt verdammt gut im Hinternwackeln, du weißt schon, was ich meine.«

»Ja, ich weiß.«

»Und Patrick war nun mal so verdammt wütend und eifersüchtig, daß er nicht mehr an Susies Hinternwackeln gedacht hat, der hat nur noch daran gedacht, wie Sonny mit ihr rumgemacht hat – weißte, du hast meine glückliche Ehe zerstört. Wenn Sonny sich bloß ein paar Tage länger verkrochen hätte, wäre Patrick drüberweg gewesen und hätte Susie einfach in die Wüste geschickt. Er wollte Sonny eigentlich gar nicht töten, er war nur so verdammt wütend, daß er nicht mehr richtig denken konnte. Zwei Sekunden nachdem es passiert war, hat er geheult wie ein Baby.«

Das stimmte. Ich war dabei gewesen. Ich hatte es gesehen.

»Aber Patrick würde keinem Kind was tun«, sagte sie weiter. »Er hat Kinder geliebt. Immer schon. Wenn diese Schlampe von Susie ihm Kinder geschenkt hätte, statt nur mit dem Hintern rumzuwackeln, wäre das alles nicht passiert.«

»Es ist möglich, daß er sich verändert hat, Lantana. Das kommt vor.«

»Aber Patrick, als ich ihn zuletzt gesehen habe – wann war das noch, Billy Jack, vor drei Wochen? Er ist immer noch – er war immer noch derselbe gute alte Patrick. Hat mit den Kleinen gespielt.«

»Vielleicht hat er ja gar nicht gewußt, daß der andere vorhatte, das Mädchen zu töten, Lantana. Vielleicht hat er gedacht –«

»Meinst du, er hat vielleicht gedacht, sie würden bloß das Geld kassieren und die Kleine zurückgeben?«

»Ja«, sagte ich, »das wäre doch möglich.«

»Na ja, vielleicht«, sagte Lantana. »Die Sache ist bloß, Patrick hat sich nie viel aus Geld gemacht. Ich meine – ich weiß nicht, wie ich das sagen soll, damit du's verstehst. Er mochte schöne Sachen, klar, wenn es seine Sachen waren. Aber er wollte nie die Sachen von anderen Leuten, nicht mal früher, als er noch ganz klein war. Er war nicht –«, sie hielt inne, um nachzudenken, und dann benutzte sie ein sehr ungewöhnliches Wort. »Er war nicht begehrlich.«

Viertel vor zwei, und ich war wieder im Bundespostgebäude. Cooper kam zwei Minuten zu früh, was etwas besser war, als ich erwartet hatte; Goslin hatte angedeutet, Cooper sei bekannt für seine Unzuverlässigkeit, und das, aus Goslins Mund, ließ darauf schließen, daß er noch unzuverlässiger war.

Er war schätzungsweise 26. Sein Haar, ein unbestimmbarer Farbton zwischen braun und blond, klebte flach an der Stirn. Sein dickliches Gesicht hatte eigentlich gar keinen Ausdruck; seine rundlichen Konturen wirkten schlaff. Ich fragte mich kurz, wie er wohl aussehen würde, wenn er erwachsen war, ob sein Gesicht jemals individuelle Züge bekommen würde. Vermutlich würde er wohl nie sehr viel anders aussehen als jetzt, als ich ihn vom Fenster aus beobachtete, wie er die Tür seines Pick-ups zuschlug und den Weg zu der Tür hochtrottete, die der Wachmann für ihn aufhielt.

»Hi, Coop, danke, daß Sie gekommen sind«, sagte Castillo. Er ließ seine Stimme viel freundlicher klingen als sonst, wenn er normal sprach.

»Na ja, so ist das eben«, sagte Cooper sinnloserweise. »Goslin sagt, Sie wollten mich sprechen. Ich weiß nicht, was ich Ihnen groß erzählen kann; ich meine, wenn Bassinger gefahren ist, war ich natürlich nicht dabei, und ich habe ihn auch nur ein paarmal getroffen, und –«

»Das ist mir klar«, sagte Castillo. »Ich brauche bloß Ihre Hilfe bei einem kleinen Problem. Das ist Deb Ralston vom Fort Worth Police Department. Wir arbeiten zusammen an diesem Fall.« Er bemühte sich erfolglos um einen beiläufigen Ton, als er das sagte; sein Blick, mit dem er mich streifte, sprach Bände.

»'n Tag«, sagte Cooper in meine Richtung und klappte seine Körperlänge auf einem Stuhl zusammen, wobei er sich seiner Größe genausowenig bewußt war, wie es bei Hal inzwischen der Fall ist. Und Hal, der mit 16 ganz plötzlich von 1,75 m auf 1,88 m hochgeschossen ist und noch immer wächst, läuft dauernd gegen Wände, die sich ihm irgendwie in den Weg zu stellen scheinen.

»Danke, daß Sie gekommen sind«, sagte ich, und Cooper zuckte die Achseln und blickte Castillo an.

»Sie haben ein gutes Gedächtnis, stimmt's?« sagte Castillo. »Sagt Goslin jedenfalls.«

Goslin hatte nichts dergleichen gesagt. Aber das konnte Cooper nicht wissen.

»Na ja, kann schon sein. So gut wie die meisten jedenfalls.«

»Okay, stellen Sie sich Ihre Route vor.«

»Ja?« Cooper schloß die Augen und neigte den Kopf nach links und hob ihn dann wieder. Das, so vermutete ich, bedeutete wohl, daß er sich seine Route vorstellte. »Und jetzt?«

»Sie biegen in die Four Mile Road ein. Was sehen Sie?«

»Zuerst ist da so ein gelbes Haus auf der linken Seite, gehört ‘ner Familie namens Green. Die haben so’nen kleinen Kläffer, der hinter meinem Wagen herrennt – manchmal habe ich Angst, ich überfahre den Köter, wenn sie nicht endlich dafür sorgen, daß er nicht auf die Straße läuft. Dann kommt rechts ein Wohnwagen. Der ist irgendwie schmutzigblau und steht noch nicht lange da. Sie haben gerade genug Gestrüpp entfernt, daß Platz für den Wohnwagen ist – kein Garten, kein gar nichts –, und haben von den Greens aus eine Stromleitung über die Straße gespannt. Sie haben ein Mädchen, etwa zwölf – ich sehe sie meist am Samstag, fährt mit einem roten Jungenrad –, und einen kleinen Jungen, ist fast immer draußen und hat nur eine Windel an, egal, was für Wetter ist. Und daß es ein Junge ist, weiß ich daher, daß er ab und zu ohne Windel draußen ist.«

Sieh an, sieh an. Cooper hatte tatsächlich ein gutes Gedächtnis. Castillo hatte es ihm ja gesagt. »Stellen Sie sich jetzt Nr. 220 vor.«

»Das ist auf der linken Seite. Neun Briefkästen –«, seine Stimme verlor sich. »Neun –«, er klang unsicher. Dann öffnete er die Augen. »Da laust mich doch der Affe.«

»Ist Ihnen was eingefallen?«

»Und ob! Letzte Woche waren da zehn Kästen. Aber da dürften eigentlich nur – komisch. Das ist echt komisch. Da waren zehn, aber am Freitag waren es wieder neun. Ich bin ja dran gewöhnt, daß Kästen dazukommen – dann ist einer unten am Bach in einen Wohnwagen gezogen oder so was –, aber daß sie wieder weggenommen werden, das ist echt seltsam.«

»Können Sie das beschwören?« Castillo beugte sich vor.

»Und ob ich das kann!« Coopers Stimme klang bestimmt. »Dieser zehnte Kasten, der war so groß, daß man ihn gut und gerne als Hundehütte für einen Cockerspaniel hätte benutzen können. Ich meine, der war echt groß, und er stand ein gutes Stück über den Rand des Pfostens vor, total schief, und – ich werd’ Ihnen sagen, wie schlecht der angebracht war. Ich mußte ein Paket zustellen, und, so groß wie der Kasten war, paßte das Paket genau rein, bloß, als ich den verdammten Kasten zugemacht habe, ist er vom Pfosten runtergefallen. Ich mußte wieder raus aus dem Wagen und den Kasten wieder auf den Pfosten stellen – na ja, ich hätte es wohl nicht machen müssen, aber ich habe es gemacht –, und ich habe einen Zettel reingelegt, daß sie das Ding reparieren sollten. Aber dann am Freitag – Freitag ist mir gar nicht aufgefallen, daß er nicht da war, weil es für mich normal war, daß er nicht da war, Sie wissen schon, was ich meine, aber jetzt, wo ich drüber nachdenke –«

»Haben Sie schon mal etwas anderes an diesen Briefkasten ausgeliefert?«

»Nee. Nur dieses eine Paket.«

»Wie groß war das Paket?«

»Oh, ich weiß nicht, schwer zu sagen. Etwa so.« Er wedelte mit den Händen, deutete die Umrisse eines Kastens an.

»Vergleichen Sie es mit irgendwas hier im Büro.« Castillo hatte vorsorglich einen Schuhkarton von Tony Lama auf ein Regal neben seine Bücher gestellt, zusammen mit ein paar anderen Kartons unterschiedlicher Größe.

Wie niemand von uns vor diesem Gespräch zu hoffen gewagt hätte, zeigte Cooper sofort auf den Schuhkarton. »Der da«, sagte er mit Bestimmtheit. »Etwa die gleiche Größe. Soweit ich mich erinnere, hatte es etwa die gleiche Größe.«

»Okay, wie sah es aus?«

»Wie sah es aus? Och, es war mit braunem Papier eingepackt und mit Tesafilm zugeklebt, und die Adresse war in Schwarz draufgeschrieben.«

»Irgendein Name?«

»Nee. Bloß die Adresse.«

»Haben Sie gesehen, daß jemand es abgeholt hat?« Ich hielt den Atem an, wartete auf eine Antwort auf diese Frage. Aber ich hätte mir eigentlich denken können – wir beide hätten uns eigentlich denken können –, wie die Antwort lauten würde.

»Nein, es war noch da, als ich weiterfuhr.«

»Okay. Sie haben uns sehr geholfen. Kommen Sie doch bitte morgen nach Ihrer Arbeit zu mir und unterschreiben Sie Ihre Aussage.«

»Häh? Muß ich denn nicht erst eine Aussage machen, bevor ich sie unterschreiben kann?«

»Sie haben gerade eine gemacht«, sagte ich zu ihm und zeigte auf den Cassettenrecorder, der auf dem Schreibtisch lief.

»Ach ja?« sagte Cooper. »Aber ich habe Ihnen doch bloß erzählt –«

»Cooper, was zum Teufel meinen Sie denn, was eine Aussage ist?« erkundigte sich Castillo.

Cooper zuckte die Achseln. »Mister, ich bin kein Anwalt.«

»Sie haben aber ein richtig gutes visuelles Gedächtnis«, sagte ich.

Seine Antwort war völlig überraschend. »Das muß ich auch. Ich bin nämlich Künstler.«

»Künstler?« wiederholte ich. »Wieso arbeiten Sie dann bei der Post?«

Cooper stand auf und grinste gequält. »Lady, haben Sie schon mal versucht, als Künstler über die Runden zu kommen?« Und als er sich zum Gehen umwandte, fiel das Licht in einem anderen Winkel auf ihn, und ich konnte kleine Linien und Falten um Augen und Mund sehen, die mir vorher nicht aufgefallen waren.

Ich mußte mich nicht mehr fragen, wie er aussehen würde, wenn er erwachsen war. Er war schon erwachsen.

»Er war nicht *begehrlich*?« wiederholte Harry mit hochgezogenen Augenbrauen. »Ein komischer Ausdruck.«

»Eigentlich nicht«, sagte ich. »Lantana war als Kind in der Baptistengemeinde; wie alle Kellys, und wahrscheinlich hat sie die Zehn Gebote auswendig gelernt, als sie in der fünften Klasse war oder so.«

»Sie sind hingegangen; das heißt nicht, daß sie auch hingehört haben.«

»Du bist zynisch. Lantana hat hingehört; das weiß ich genau. Sie ist eine gute Frau. Sie ist ungebildet, und sie ist arm, und sie ist wahrscheinlich etwas dumm, aber sie macht alles, so gut sie kann. Patrick – vielleicht nicht. Vielleicht hat er nicht hingehört. Aber er hat die Worte bestimmt gekannt, ob er sie gehört hat oder nicht.«

»Mag sein«, sagte Harry, »aber ich bin sicher, daß nicht sehr viele Leute das Wort *begehrlich* benutzen würden. Ich bestimmt nicht.« Er hielt inne und betrachtete mich ernst. »Hast du wirklich Lust zu kochen, Deb? Du siehst schrecklich aus.«

»Oh, besten Dank.«

»Du weißt, wie ich das meine. Wir können auswärts essen, wenn es dir lieber ist.«

»Es ist mir nicht lieber. Mir ist eher danach, Abendessen zu kochen als meine Schuhe wieder anzuziehen.«

Etwa zwei Sekunden später hätte ich am liebsten geschrien. Seit Harry sich vor gut einem Jahr das Funkgerät gekauft hat, ist er zum Funkfanatiker geworden. Inzwischen steht ein CB-Funkgerät im Schlafzimmer, damit er Truckern und den Notrufdurchsagen auf Kanal Neun lauschen kann, bis er einschläft oder ich einen Koller kriege und verlange, daß er das Funkgerät auf der Stelle abdreht, je nachdem, was zuerst kommt. Die neueste Anschaffung ist ein Scanner-Gerät, mit dem er den Polizeifunk und Feuerwehrfunk abhören kann. Das Ding steht in der Küche, damit wir beim Essen was zu lauschen haben. Harry schaltete es ein. Ich schaltete es ab. »Ich versuche *nachzudenken*«, protestierte ich.

Harry setzte sich erwartungsvoll an den Tisch. »Na, dann denk schon nach.«

Ich reichte ihm einen Stapel Teller. »Du könntest den Tisch decken, während ich nachdenke.« Ich rührte weiter die Spaghettisauce um, die ich zu kochen angefangen hatte, lange bevor sein Vorschlag kam, essen zu gehen, und grübelte.

»Möchtest du laut nachdenken?« fragte Harry nach ein paar Minuten des Schweigens.

»Ach, ich weiß nicht.« Ich drehte mich zerstreut um, um die Spaghetti in einem Durchschlag in der Spüle abzugießen. »Ich meine nur, wenn sie recht damit hat, daß Patrick nicht begehrlich war – ich weiß so sicher wie das Amen in der Kirche, daß er mit der Entführung zu tun hatte. Sie haben seine Adresse für das Lösegeld benutzt; das Kind wurde in seine Vorratskammer gesteckt. Es ergibt einfach keinen Sinn. Wenn er nicht begehrlich war, wieso hat er es dann gemacht?«

»Vielleicht ist er gezwungen worden?«

»Das glaube ich nicht. Ich denke einfach, angenommen, er hat aus irgendeinem Grund gedacht, French hätte ihn reingelegt? Angenommen, er hat gedacht, French wäre ihm aus irgendeinem Grund was schuldig?«

»Wieso sollte er das denken?«

»Ich weiß nicht. Vielleicht hat French ihm einen Wagen verkauft, und irgend jemand ist damit ums Leben gekommen – nur weiß ich nicht, wer das sein sollte, denn falls er wieder geheiratet hat, hat Lantana mir jedenfalls nichts davon gesagt, und sie hat ausdrücklich gesagt, er hätte keine Kinder. Aber ich denke einfach – okay, laut Obduktionsbericht wurde Helen nicht vorsätzlich getötet. Sie wurde in den Kofferraum gesperrt, das ist alles. Wahrscheinlich haben sie nicht gewußt, daß sie Asthma hatte, sie wußten nicht, daß sie sterben könnte, wenn sie in den Kofferraum gesperrt wurde. Also angenommen, er hat gedacht, French sei ihm was schuldig? Angenommen, er dachte, French sei ihm was schuldig und das sei die einzige Möglichkeit, das zu bekommen, was French ihm seiner Ansicht nach schuldete?«

»Schön, und wo ist dann da der Zusammenhang?«

»Ich weiß nicht. French hat gesagt, er kennt keinen Patrick Kelly.«

»Patrick Kelly kann doch gedacht haben, French ist ihm was schuldig, auch ohne daß French ihn gekannt hat.« Ich drehte mich um und rührte wieder die Spaghettisauce um, und Harry, der wohl spürte, daß ich fertig war mit Reden, schaltete das kleine Scanner-Gerät an. Gerade als er es laut drehte, sagte eine Stimme: »Ich habe beim Sergeant nachgefragt, und der sagt, wenn es nicht als gestohlen gemeldet ist, soll es abgeschleppt werden.«

»Wohin abgeschleppt?« fragte Danny Sheas Stimme.

»Zum Abstellplatz, Shea, wohin schleppen wir denn immer verlassene Fahrzeuge ab?« Greg Vinsons Stimme klang genervt, wie die Stimmen von allen Leuten, die mit Danny Shea zu tun haben.

Ich schaltete das Funkgerät wieder ab.

»Was soll das?« fragte Harry. »Ich möchte wissen, was so los ist.«

»Ich auch«, erwiderte ich, »aber nicht beim Essen. Ich bin gleich wieder da; ich rufe nur mal eben im Krankenhaus an und höre, wie es Livingston geht. Paßt du ein bißchen auf, daß die Spaghettisauce nicht anbrennt?«

»Es wird mir ein Vergnügen sein, auf die Spaghettisauce aufzupassen«, sagte Harry. »Aus Schaden wird man klug.«

»Blödsinn, du Klugscheißer.« Ich ging zum Telefon. Aber ich wußte, was Harry meinte. Immer mal wieder, wenn ich über einem Fall brüte, schaffe ich es, das Essen krustigbraun anbrennen zu lassen. Harry wirft mir meistens vor, ich würde es mit Absicht machen. Wenn er die Töpfe scheuern müßte, wüßte er, daß es keine Absicht von mir ist.

Das Krankenhaus sagte, Bill Livingston sei bei Bewußtsein, könne sich aber an nichts erinnern, was in den letzten drei Tagen passiert war. Das Krankenhaus sagte außerdem, daß man es begrüßen würde, wenn weniger Polizeibeamte alle fünf Minuten anrufen würden, und obwohl man verstehen würde, daß ich ein berechtigtes Interesse hätte, Näheres zu erfahren, könne ich doch sicherlich verstehen –

Ich erwiderte, daß ich es verstehen könne. Ich ging zurück in die Küche und rührte wieder die Spaghettisauce um, die Harry aufmerksam im Auge behielt, aber nicht umrührte.

»Worum ging's denn da vorhin eigentlich über Funk?« fragte er mich.

»Über Funk, wann?«

»Kurz bevor du es ausgeschaltet hast. Hörte sich so an, als hätte jemand blöde Fragen gestellt.«

»Ach, das war Shea. Der stellt immer blöde Fragen. Diesmal wußte er nicht, was er mit einem verlassenen Auto machen soll. Und meines Wissens ist die Verfahrensweise hinsichtlich verlassener Autos seit 15 Jahren unverändert. Vielleicht länger.«

»Ach ja?«

»Ja. Du überprüfst, ob der Wagen als gestohlen gemeldet ist, und wenn er nicht als gestohlen gemeldet ist, versuchst du, den Halter zu ermitteln, und wenn du den Halter nicht ermitteln kannst, läßt du den Wagen zum Abstellplatz der Polizei schleppen. Das heißt, wenn er lange genug da steht, daß du davon ausgehen kannst, daß er verlassen worden ist – also, du pappst einen Zettel drauf und siehst immer mal wieder nach, ob der Zettel noch dranpappt, oder wenn der Wagen eine Zufahrt oder so was blockiert, läßt du ihn auf der Stelle abschleppen. Ich meine, du läßt ihn nicht einfach abschleppen, wenn er nur über Nacht vor einem Supermarkt mit leerer Batterie stehengelassen wurde.«

»Ach ja?« sagte Harry gedehnt. »Wie kommt denn ein Supermarkt zu einer leeren Batterie?«

Ich glaube, er wollte es mir bloß heimzahlen, weil ich ihn dazu gebracht hatte, mit seinem Flugzeug an einer ungünstigen Stelle zu landen. Wieso sollte er sonst so eine Frage stellen?

Kapitel 5

Es ist Montag«, protestierte ich schläfrig. »Montags hab' ich dienstfrei.« Ich war wieder ins Bett gegangen, nachdem Harry und Hal wohlversorgt aus dem Haus waren, und das Telefon hatte mich unsanft geweckt.

»Na und? Am Sonntag hatten Sie auch dienstfrei«, erwiderte Captain Millner. »Auf ins Büro, Deb.«

»Und wann soll ich mal *Luft* holen?«

»Sie wollten es ja nicht anders.«

So ganz stimmte das nicht. Ich hatte ins Morddezernat gewollt, nicht ins Sonderdezernat, aber eine Alibifrau muß damit rechnen, daß sie dort eingesetzt wird, wo sie am meisten auffällt. Die Tatsache, daß ich inzwischen bewiesen hatte, nicht bloß eine Alibifrau zu sein, spielte jetzt keine Rolle mehr.

Aber selbst Detectives durften mal einen Tag freimachen, murrte ich, während ich mich anzog. Ich hatte mir vorgenommen, nachmittags Wäsche zu waschen.

Aber vielleicht hatte ich ja Glück. Vielleicht brauchten sie mich nur für ein, zwei Stunden. Vielleicht hatte ich danach immer noch Zeit, die Wäsche zu waschen.

»Was liegt an?« fragte ich 45 Minuten später in Captain Millners Büro, bemüht, meine Stimme fast beleidigt klingen zu lassen.

Captain Millner, mehrere Anzeigeformulare in der Hand, blickte nicht auf. »Haben Sie am Samstag die Anzeige einer gewissen Deborah Mossberg aufgenommen?« Jetzt erst blickte er auf. »Genauer gesagt, sich geweigert, eine Anzeige aufzunehmen?«

Ich setzte mich. »Ja. Es handelte sich um eine Familienstreitigkeit. Es war keine Angelegenheit der Polizei, und wenn jemand anders als Danny Shea die erste Anzeige aufgenommen hätte, wäre überhaupt kein Detective hingeschickt worden.« Aber ich spürte, wie sich in meinem Magen ein kalter, harter Knoten zusammenkrampfte. Was, wenn ...

Ich unterdrückte den Gedanken an ein Was, wenn.

»Was haben Sie der Mutter gesagt?«

»Die Situation war die, daß der Vater Besuchsrecht hatte, und sie –«

»Was haben Sie der Mutter gesagt?« fiel mir Millner ins Wort.

»Hören Sie, dazu brauchen Sie die –«

»Vorgeschichte. Ich weiß. Ich brauche immer die Vorgeschichte. Aber im Moment interessiert mich die Vorgeschichte einen feuchten Dreck. Ich möchte einfach wissen, was Sie der Mutter gesagt haben.«

Ich holte tief Luft. »Ich habe ihr gesagt, wenn das Kind Montag nicht wieder da ist, soll sie uns anrufen. Hat sie angerufen und sich beschwert?«

»Nein. Sie hat bloß noch mal angerufen.« Millner warf mir die Kopie von Sheas Meldung über den Schreibtisch zu. »Sie machen sich besser schleunigst auf den Weg dorthin. Sie hat ausdrücklich nach Ihnen verlangt, damit sie nicht alles zweimal erklären muß.«

Ich sagte nicht: »Ach du Scheiße.« Aber ich gebe zu, daß ich es gedacht habe.

Diesmal trug Deborah Mossberg kein Make-up. Sie war blaß, und ohne Wimperntusche und Lidstrich waren ihre Augen und Brauen fast unsichtbar, was sie seltsam kindlich aussehen ließ. Ihre Hand zitterte leicht, fast unmerklich, als sie sich mit nikotingelben Fingern eine Zigarette anzündete. »Sie haben gesagt, wenn sie Montag nicht wieder da ist –«

»Ja.« Ich war diesmal ein wenig wohlwollender gestimmt, aber nur ein wenig. »Haben Sie irgendwas von Ihrem Exmann gehört?«

»Nein. Ich meine, ich habe bei der Tankstelle angerufen, und die haben gesagt, er wäre nicht gekommen.«

Zumindest war sie jetzt selbst ein wenig aktiv geworden. Das war gut. »Könnte ich ein Foto von ihr sehen?«

Candy sah nicht verwahrlost aus. Das war mein erster Gedanke – Candy sah nicht verwahrlost aus. Tatsächlich war sie ein hübsches Kind, mit schwarzem Haar und blauen Augen. Sehr lockiges schwarzes Haar, nach dem Foto zu urteilen; sie sah aus wie eine brünette Ausgabe der kleinen Shirley Temple. Auf dem Foto trug sie ein rosa Sweatshirt mit einem weißen Herz drauf. Auf dem Herz war eine rosa Katze mit sehr langen Schnurrhaaren und Augen aus Glitzersteinen.

»Ich kaufe ihr hübsche Anziehsachen«, sagte Deborah. »Wenn – wenn ich nicht soviel arbeiten würde, könnte ich ihr nicht so viele hübsche Sachen kaufen. Aber ich denke bloß immer – ich denke bloß immer ...«

Ich fragte nicht nach, was sie dachte. Vielleicht, so dachte ich, vielleicht würde ich das Jugendamt am Ende doch nicht verständigen müssen, wenn Rick seine Tochter nur lange genug bei sich behielt. »Ich bräuchte noch ein paar Informationen von Ihnen. Name – ist Candy ihr richtiger Name, oder –«

»Eigentlich heißt sie Candace. Aber ich nenne sie Candy. Rick nicht; er meint, das klingt albern. Er nennt sie Candace. Ich finde nicht, daß Candy albern klingt, Sie?« Ihr kindliches Auftreten war jetzt noch deutlicher; ich hatte den Eindruck, als würde sie mich um Erlaubnis bitten, weiter den Kosenamen ihres Kindes benutzen zu dürfen.

»Ich finde, es klingt ganz nett«, versicherte ich ihr. »Viele kleine Mädchen heißen Candy.«

»Ja, das habe ich auch gedacht«, sagte sie.

»Candace Mossberg«, schrieb ich. »Hat sie einen zweiten Vornamen?«

»Jean. So hieß meine Mutter, Jean. Ich fand es schön, sie nach meiner Mutter zu nennen. Aber meine Mutter hieß nicht Candace. Ich hatte eine Freundin, die so hieß. Sie wurde Candy genannt, aber sie hatte fast cremefarbenes Haar. Ich dachte, Candy hätte das auch – sie hatte richtig helle Haare, als sie zur Welt kam, aber dann, mit etwa zwei Jahren, wurden sie dunkler.«

»Das ist bei vielen Kindern so. Candace Jean, schön.« Ihr Geburtsdatum? Sie war im Oktober sechs geworden. Ihre Größe? Deborah wußte nicht, wieviel Candy wog, aber sie kannte ihre Kleidergröße. Hatte sie ein Foto, das ich haben konnte? Deborah gab mir ein Foto. Was mochte sie, und was mochte sie nicht?

»Ich wüßte nicht, daß sie irgend etwas nicht mag«, sagte Deborah vage. »Sie mag Hunde und Katzen und andere Kinder und Schokolade und Anziehsachen. Haferbrei mag sie nicht besonders, aber ich auch nicht. Rick wohl. Ich weiß nicht, wieso. Ich kann mir nicht vorstellen, daß überhaupt jemand Haferbrei mag, aber andererseits kann ich mir auch nicht vorstellen, daß jemand so tut, als ob er Haferbrei mag, wenn es gar nicht stimmt. Es sei denn, er glaubt, alle anständigen Menschen essen Haferbrei.«

»Ich mag auch keinen Haferbrei«, gestand ich. »Bleibt einem immer hinten im Hals kleben.«

»Ja, genau«, stimmte Deborah eifrig zu.

»Okay, wissen Sie ungefähr, was sie anhatte, als sie verschwunden ist?«

»Ja, ich habe ihre Sachen durchgesehen. Jeans – Levis – und einen blauen Sweater – Pullover, meine ich.«

»Was für ein Blauton?«

»Oh, Taubenblau. Ich mag dieses Königsblau nicht für kleine Mädchen, Sie etwa?«

»Bei einer meiner Töchter sah es ganz gut aus, bei der anderen nicht«, erwiderte ich. Zugegeben, wir waren ziemlich weit vom eigentlichen Thema abgekommen, aber andererseits war Deborah sichtlich ruhiger geworden, und die Informationen, die wir dringend brauchten, kamen jetzt flüssiger.

»Wie alt sind Ihre Töchter?«

Ich mußte kurz überlegen, bevor ich antworten konnte: »23 und 20.«

»Ach, und jetzt ist noch eins unterwegs? Das ist hart«, sagte Deborah mitfühlend. »Sie haben bestimmt schon gedacht, Sie hätten es hinter sich, was?«

»Na ja, eigentlich freu ich mich drauf«, sagte ich, ohne näher auf das Thema einzugehen. »Jetzt bräuchte ich noch ein paar Informationen über Rick«, sagte ich weiter.

»Rick. Okay, möchten Sie ein Foto von ihm?«

»Das wäre hilfreich, ja, vor allem, wenn es ein aktuelles ist.«

Das Foto war vermutlich ein Jahr alt, entschied Deborah nach langem Überlegen; es war aufgenommen worden, kurz bevor sie beschlossen hatte, die Scheidung einzureichen.

Rick war sehr dünn; er hatte rotblondes Haar und blaue Augen. Auf dem Foto warf er Candy in die Luft, und Candy lachte ausgelassen. Größe? Oh, na ja, sie schätzte ihn auf 1,75 m, und woher sollte sie wissen, wieviel er wog? 62 Kilo vielleicht, klang das realistisch?

Ich sagte ihr, daß es realistisch klang, wenn er 1,75 m groß und dünn war.

Ricks voller Name war Richard Dwayne Mossberg, und er war 28, und eine Zeitlang in der Armee – Candy kam in einem Militärkrankenhaus zur Welt. In der Armee hatte es ihm gut gefallen, und er war immerhin Sergeant geworden, und er wollte dort bleiben, aber Deborah gefiel die viele Umzieherei nicht besonders, also verließ Rick die Armee, aber er blieb Reservist und mußte dauernd zu irgendwelchen Manöverübungen und so – na gut, nicht dauernd, an einem Wochenende im Monat, aber immerhin –, und er hatte einen Job bei einer

Ölbohrfirma gefunden, und er war da rausgeflogen, und er konnte keinen neuen Job finden, und er wollte wieder zurück in die Armee, aber Deborah war dagegen, die wollten ihn nämlich ausgerechnet nach Deutschland schicken, und er wollte, daß sie mitkam, und was hätte sie denn wohl in Deutschland gesollt, wo sie doch noch nicht mal Deutsch sprach, und dann hat er keinen Job mehr gefunden, nur diesen dämlichen Aushilfsjob an der Tankstelle, und einmal hat er Zeitschriften per Telefon verkauft, aber keiner hat welche gekauft, und deshalb hat er kein Geld damit verdient, und deshalb mußte Deborah die Familie unterhalten, und deshalb hatte sie irgendwann die Nase voll, und deshalb hat sie sich scheiden lassen.

Sie war außer Atem, als sie endlich aufhörte zu reden.

Ich wäre mit Harry mitgegangen, wenn die Marines ihn irgendwohin geschickt hätten, wo ich hätte mitkommen können, dachte ich. Aber das haben sie nicht getan. Ich mußte kurz an einige der Länder denken, wo er gewesen war, während ich zu Hause in Fort Worth saß und keine Nachrichtensendung ausließ.

Aber meine Probleme hatten nichts mit dem vermißten Kind zu tun.

»Wie gut kommen Rick und Candy miteinander aus?«

»Richtig gut«, sagte Deborah.

»Rick schlägt sie nicht oder so?«

»So was würde er niemals tun.«

Ich ließ mir Ricks Adresse und den Namen und die Adresse von der Tankstelle, wo er arbeitete, geben. »Welche Verwandten hat Rick hier in der Gegend?«

Seine Mutter lebte in Hurst. Sie war sauer auf Rick, weil er keinen Job hatte, und sauer auf Deborah, weil sie in einer Bar arbeitete, obwohl es wirklich die einzige Möglichkeit war, die Rechnungen zu bezahlen, und sie sagte, Deborah würde Candy vernachlässigen, aber als Deborah sie bat, auf Candy aufzupassen, sagte sie, Deborah wolle nur ihre Gutmütigkeit ausnutzen, und als Deborah einen anderen Babysitter fand, sagte sie, das sei der Beweis dafür, daß Deborah kein Vertrauen zu ihrer eigenen Schwiegermutter habe.

Wieder war sie außer Atem, und so ganz allmählich entwickelte ich ein wenig Verständnis für Deborah ebenso wie für Rick. Ich ließ mir auch diese Adresse geben – konnte ja sein, daß ich sie brauchte – und fragte dann: »Glauben Sie, Rick könnte sie irgendwohin gebracht haben? Falls ja, wohin würde er wohl fahren?«

»Ich wüßte nicht, wohin«, sagte Deborah. »Sehen Sie, es ist doch so. Er hat kein Geld. Im Grunde muß er nur nach Dallas, um Arbeit zu suchen, aber da kennt er keinen, und er wollte, daß wir so lange in dem Pick-up schlafen, bis er einen Job gefunden und den ersten Lohn bekommen hat, und Sie verstehen schon, mit einem kleinen Kind kann man doch nicht einen Monat oder so in einem Pick-up wohnen, ich meine, mit einer Sechsjährigen, das geht doch nicht, oder? Und kommen Sie mir nicht damit, daß manche Leute das machen, ich weiß schon, daß manche Leute das machen, aber das heißt nicht, daß ich Lust dazu habe. Aber er würde das bestimmt nicht allein mit Candy machen, wenn ich nicht dabei bin, um auf sie aufzupassen; was will er denn machen, sie den ganzen Tag in dem Wagen sitzen lassen, während er arbeitet? Ansonsten könnte er bloß noch versuchen, wieder zur Armee zu gehen, und das könnte er natürlich allein machen, aber dabei kann er ja Candy nicht mitnehmen.«

Und das stimmte absolut.

»Ich werde sehen, was ich herausfinden kann«, erklärte ich. »Aber ich muß Ihnen sagen, daß ich im Moment noch mit einem anderen Fall beschäftigt bin, es könnte also sein, daß jemand von meinen Kollegen vorbeikommt, um mit Ihnen zu sprechen. Ich sorge dafür, daß er über alles informiert wird, was Sie mir erzählt haben, okay? Wenn also jemand anders zu Ihnen kommt, heißt das nicht, daß die Polizei sich keine Mühe gibt; es heißt bloß –«

»Finden Sie Candy«, unterbrach Deborah mich.

»Geben Sie mir die Telefonnummer von Ihrer Arbeitsstelle.«

»Meinen Sie etwa, ich würde jetzt *arbeiten*?«

Ich hatte eigentlich gar keinen Dienst. Aber da ich nun schon mal da war, dachte ich mir, ich könnte genausogut bleiben. Also setzte ich mich an meinen Schreibtisch und ging meinen Eingangskorb durch, erledigte davon soviel wie möglich so schnell wie möglich, damit es nicht über meinen Schreibtisch quoll, wie es bekanntlich immer dann passiert, wenn ich mit anderen Dingen beschäftigt war.

Während ich noch damit beschäftigt war, kam Otto Castillo herein und setzte sich, ohne auch nur zu fragen, an Dutch Van Flaggs Schreibtisch, direkt mir gegenüber, um ein Ferngespräch zu führen. Von *unserem* Telefon aus. Wo er doch eine eigene ganz hervorragende Leitung beim Wide Area Telephone Service oder so hat, die von *unseren* Steuern bezahlt wird.

Wie sich jedoch herausstellte, wollte er, daß ich am Nebenapparat mithörte, während er mit einem Detective in Dallas, einem Typen namens Beckman, sprach, der dort die Kidnapping-Sonderkommission leitete. Beckman sagte, eine Kollegin aus Dallas sei unterwegs nach Fort Worth, um mit uns zu sprechen. »Ihr Name ist Aline Brinkley. Sie muß vorher noch ein paar Sachen abholen, aber ich schätze, sie müßte gegen Mittag bei euch sein. Sie können also warten und sie fragen –«

»Okay, schön, die Beamtin von Fort Worth ist hier mit am Apparat. Deb Ralston.«

»Deb Ralston?«

»Genau. Sonderdezernat. Sie ist – äh – der leitende Detective für den Fall.«

»O verdammt«, sagte Beckman, »ich habe Aline geschickt, weil ich dachte, bei euch wäre ein Mann für die Sache zuständig, und ich wollte dafür sorgen, daß auch eine weibliche Betrachtungsweise in die Ermittlungen einfließt. Also was –«

»Keine Sorge«, schaltete ich mich ein, »wir haben in Fort Worth jede Menge Männer. Einschließlich Otto.« Der mir eine Grimasse schnitt, bevor er sprach.

»Hören Sie, Beckman«, sagte Otto, »ich bin nicht sicher, ob diese Brinkley mir sagen kann, was ich wissen will. Ich bin nicht sicher, ob das überhaupt jemand kann.«

»Fragen Sie einfach.«

»Ich nehme an, die Antwort wird vermutlich ohnehin negativ ausfallen.«

»Fragen Sie einfach«, wiederholte Beckman, nicht sehr geduldig.

»Hat jemand Helens Handtasche gefunden?«

»Mann, wir sprechen hier von einer Achtjährigen. In dem Alter fangen die noch nicht an, mit Handtaschen rumzulaufen.«

»Helen doch.« Er erklärte es, und Beckman pfiff. »Also, ich habe mir überlegt, wenn Sie sie nicht haben und wir sie nicht haben, dann könnte sie vielleicht noch in dem Wagen sein, in dem die Kleine transportiert wurde. Und ich hätte French fragen sollen, wie die Tasche aussieht, aber er war schon weg, als mir das eingefallen ist.«

»Tja, sie könnte in dem Wagen sein«, sagte Beckman, »aber Sie vergessen eins.«

»Das wäre?«

»Wir sind hier in Dallas. Was glauben Sie wohl, wie lange eine Handtasche – selbst die Handtasche von einem Kind – auf dem Bürgersteig oder auf der Straße liegenbleibt? Und wissen Sie noch, wie lange es gedauert hat, bis French die Sache gemeldet hat? Das kann der Grund dafür sein, daß wir keine Tasche gefunden haben.«

»Ja, ich weiß, jemand könnte sie gestohlen haben, aber wir sollten die Sache im Auge behalten, zumindest als Möglichkeit. Sie haben sie also nicht gefunden?«

»Wir haben sie nicht gefunden. Wir haben gar nicht gewußt, daß wir nach einer Handtasche suchen sollten.«

»French hat Ihnen ganz sicher nicht erzählt, daß Helen eine Handtasche bei sich hatte? Und Mrs. French auch nicht?«

»Ich will nichts Falsches erzählen. Bleiben Sie dran, ich sehe nur kurz die Aussagen durch.« Das dauerte ein paar Minuten; dann war Beckman wieder am Apparat. »Absolut kein Wort davon. Niemand hat uns gesagt, daß wir nach einer Handtasche suchen sollten. Das steht fest.«

»Sie wurde vor der Schule gekidnappt – seit wann wurde sie vermißt, nach Aussage des Schulpersonals? Um welche Uhrzeit war die Entführung eigentlich?«

»Gegen ein Uhr. Sie war zum Mittagessen nach Hause gegangen – das hat sie oft gemacht. Es war zwar nicht üblich an der Schule, aber sie wohnte ganz in der Nähe, und sie hatte jede Menge Allergien, also war das einfach die beste Lösung. Es war ein schöner Tag, und sie hat gebettelt, zu Fuß zur Schule zurückgehen zu dürfen. Normalerweise hat ihre Mutter sie mit dem Auto hingebracht, aber sie hatte einiges zu erledigen, und deshalb hat sie sie gehen lassen. Als sie nicht wieder in der Schule auftauchte, hat die Lehrerin – eine gewisse Schwester Mary Margaret – einfach angenommen, sie hätte wieder einen Asthmaanfall gehabt, und nicht weiter darüber nachgedacht. Zumal die Eltern am nächsten Tag angerufen und gesagt haben, Helen würde eine Weile nicht kommen.«

»Okay, wie stehen die Chancen, daß die Handtasche in der Fundstelle der Schule gelandet ist? Vielleicht hat ein Kind sie vor der Schule gefunden und abgegeben?«

»Ich kümmere mich drum. Wissen Sie, wie die Tasche ausgesehen hat? Ach nein, Sie haben ja gerade gesagt, Sie wüßten es nicht. Okay, ich rufe Mrs. French an und frage sie. Sind Sie in Ihrem Büro?«

»Nein. Ich bin im Fort-Worth-Polizeipräsidium. Sonderdezernat. Ich werde noch ein Weilchen hier sein.«

»Ich rufe Sie zurück.«

Inzwischen waren Postinspektoren in ganz Fort Worth emsig bei der Arbeit. Ich wußte zum großen Teil, was sie machten, und ganz gleich, was sie im einzelnen machten, ich würde es – manches davon – nicht selbst machen müssen. Sie suchten systematisch jeden auf, den

Patrick Kelly gekannt hatte, denn inzwischen hatten ein Gerichtsmediziner und ein kriminaltechnisches Labor festgestellt, daß Patrick Kelly und Roy Bassinger sehr wahrscheinlich mit derselben Waffe getötet worden waren. Natürlich war das keine Gewißheit, weil man niemals genau bestimmen kann, aus welcher Waffe eine Schrotladung abgefeuert wurde. Aber das Labor hatte Habib darin zugestimmt, daß das Schrot in beiden Fällen aus einer sehr alten Patrone stammte, und obwohl nicht völlig auszuschließen war, daß bei diesen offensichtlich zusammenhängenden Verbrechen zwei verschiedene, mit sehr alten Patronen geladene Kleinkaliberschrotflinten benutzt worden waren, gab es niemanden, der das wahrscheinlich fand.

Irgendwer hatte Roy Bassinger getötet, weil er zum falschen Zeitpunkt am falschen Ort war, und es würde nichts dabei herauskommen, in Roy Bassingers Vergangenheit herumzusuchen. Aber sehr wahrscheinlich – eigentlich mit an Sicherheit grenzender Wahrscheinlichkeit – war Patrick Kelly aus persönlichen Gründen getötet worden. Was bedeutete, daß ihn jemand getötet hatte, der ihn kannte. Was bedeutete, daß es irgendwo irgend jemanden gab, der wußte, wer Patrick Kelly gut genug gekannt hatte, um ihn zu töten.

Otto beschloß nachzusehen, was sein Team von Postinspektoren gerade machte, und ich nahm die Gelegenheit wahr, den Fall für kurze Zeit aus meinen Gedanken zu verdrängen, um zu sehen, was ich über Rick Mossberg in Erfahrung bringen konnte. Die Sache würde ich zwar ohnehin bald jemand anderem übergeben müssen, aber wenn ich ihn schnell aufklären konnte –

Ich hatte jetzt ein schlechtes Gewissen, weil ich die Anzeige am Samstag nicht aufgenommen hatte, aber das hätte wohl kein Polizeibeamter mit einem Funken Verstand gemacht.

Und ich wußte, wo Haley's Mobil Station lag.

»Ich habe Rick seit Freitag nicht mehr gesehen«, sagte Rex Haley zu mir. Haley's Mobil Station gehörte ihm seit 30 Jahren; sein runzeliges, ledriges Gesicht und seine hoffnungslos mit Öl verschmutzte Arbeitskleidung zeugten eher von Überlebenskampf als von Erfolg, und über der Tür hing noch immer ein verrostetes Flying-Red-Horse-Reklameschild. »Ich kann ihm nicht viel zahlen – meine Frau und ich führen den Laden ganz allein –, aber ich will Ihnen mal was sagen, Rick is' immer ein anständiger Kerl gewesen, und 'nen bißchen Selbstachtung braucht doch jeder. Ich lass' ihn die Zapfsäule bedienen, wenn ich zum Essen nach Hause gehe. Und ich lass' ihn in dem alten Wohnwagen wohnen, draußen am Teich auf meiner Farm – den hab' ich vor 15 Jahren dahin gestellt, weil ich da übernachten konnte, wenn ich morgens ganz früh fischen gehen wollte, aber heute geh' ich nicht mehr oft fischen, und irgendwo muß er ja schließlich wohnen. Bei dem Miststück von Mutter isser ja nich' untergekommen. Ich hab' ihm gesagt, er könnte den Wohnwagen und alles benutzen, wenn er mir dafür die Streifen gegen die Buschbrände regelmäßig freipflügt. Die Arbeit muß nun mal gemacht werden, und ich hab' weiß Gott keine Zeit, sie selbst zu erledigen. Und ich zahle ihm 20 Dollar die Woche dafür, daß er mich an der Tankstelle ablöst, wenn ich zum Essen geh'. Er hat noch ein paar Gelegenheitsjobs, Rasenmähen und so Zeug, bei Ärzten und Anwälten – bringt nicht viel ein, aber macht ihn immerhin satt. Zum Glück hat er den Pick-up abbezahlt, der wär sonst bestimmt weg. Die Raten könnte er auf keinen Fall bezahlen. Die Autoversicherung zahlt er weiter – verlangt ja schließlich das Gesetz –, aber auch nur die Haftpflicht. Alles darüber hinaus kann er sich nicht leisten. Ich weiß nicht, was er machen will, wenn er mal damit liegenbleibt. Ohne Auto is' man in dieser Gegend ja aufgeschmissen.«

»Das stimmt«, sagte ich, »aber noch mal zurück zu dem Freitag –«

»Also, die Schule hat angerufen und wollte wissen, ob er da wär – er hätte eigentlich erst um fünf anfangen brauchen, aber er kommt oft schon früher. Ich kann ihm das nicht bezahlen. Aber er sagt, das is' doch viel besser, als bloß auf dem Arsch rumzusitzen – Hintern, 'tschuldigung, Ma'am.«

»Schon gut. Also, die Schule hat ihn angerufen. Wie spät war das ungefähr?«

»Ungefähr um halb zwei, zwei, so um den Dreh. Er hat gesagt, seine kleine Tochter würde sich schlecht fühlen und er müßte sie abholen. Also is' er los, um sie abzuholen, und er hat sie mit hergebracht – sie ist ein süßes kleines Ding, und er hat ihr am Automaten 'ne Cola gezogen, weil er gemeint hat, das würde ihren Magen beruhigen, aber sie hat alles gleich wieder rausgewürgt. Sie sah auch richtig schlecht aus, und er hat gesagt, er würde sie wohl besser zum Wohnwagen bringen, weil ihre Mama ja bei der Arbeit war. Dann is' er los, und ich hab' Margie angerufen und ihr gesagt, daß ich nicht zum Essen kommen kann und sie sollte es mir herbringen.« Er zeigte auf sein Haus, direkt hinter der Tankstelle.

»Wo steht der Wohnwagen?«

»Hab' ich doch schon gesagt, Ma'am, draußen auf meiner Farm.«

»Das ist mir klar«, sagte ich, »aber wo liegt die Farm?«

»Ach so, also, die liegt so ein Stück abseits von der Old Denton Road. Ich hab' da sechs Rinder, aber ich fahr' nur noch ganz wenig raus. Rick füttert sie, wenn sie Heu brauchen, und sieht nach den Salzblöcken, aber im großen und ganzen suchen die sich selbst ihr Futter. Ich hab' 'ne prima Weide.«

Ich ließ mir eine genaue Wegbeschreibung geben und fuhr zum Wohnwagen, mit schlechtem Gewissen, weil er ein gutes Stück außerhalb der Stadt stand, wodurch er ein gutes Stück außerhalb meines Zuständigkeitsbereiches lag. Und eigentlich hätte ich mich um einen anderen Fall kümmern müssen.

Aber Helen French war tot. Es gab nichts – kaum etwas –, was ich noch für sie tun konnte, zumindest nicht direkt.

Aber Candy Mossberg war – so hoffte ich – am Leben. Und ich wollte, daß sie das blieb.

Der Wohnwagen war da. Aber es parkte weder ein Pick-up in der Nähe, noch spielte ein kleines Mädchen draußen, und die Wohnwagentür, die ich vorsichtig – und rechtswidrig – zu öffnen versuchte, war verschlossen.

»So sieht es aus«, sagte ich zu Millner. »Ich weiß nicht, wo sie sein könnte – ich weiß nicht, wohin er sie gebracht haben könnte. Nach dem, was die Mutter sagt, scheint es so gut wie unmöglich, daß er sie irgendwohin gebracht hat. Ich habe zwar ein paar Anhaltspunkte, denen ich nachgehen könnte, aber ich glaube nicht, daß sie uns weiterbringen. Sie wollen doch nicht, daß ich an der Sache dranbleibe, oder? Ich weiß nicht, wie ich diesen Fall und die Helen-French-Sache gleichzeitig schaffen soll, aber ich habe ein schlechtes Gewissen wegen –«

»Ich hätte das gleiche getan«, unterbrach Millner mich. »Am Samstag war die Sache noch eine Familienstreitigkeit, für die wir rechtlich nicht zuständig waren. Inzwischen könnte mehr daraus geworden sein, aber das steht noch nicht hundertprozentig fest. Nein, Sie können nicht alles auf einmal machen, das kann schließlich keiner. Diktieren Sie Ihren Bericht und geben Sie die Sache dann an Dutch weiter.«

»Dutch? Ich dachte, der wär –«

»Er ist damit fertig, nur noch nicht mit den Berichten. Er hat Maynard heute morgen um Viertel nach neun im County-Gefängnis abgeliefert. Geben Sie die Sache an Dutch weiter. Oh, aber Sie können schon mal eine Suchmeldung nach dem Pick-up rausgeben – ich weiß nicht, wann Dutch dazu kommt.«

Wenn Dutch noch an den Berichten im Maynard-Fall schrieb, ein äußerst interessanter Betrugsfall, bei dem mehrere ältere Leute ihr Haus verloren hatten, würde er noch eine Weile beschäftigt sein. Also ging Millner noch immer nicht davon aus, daß Candy Mossberg wirklich vermißt war.

Ich hoffte, daß er recht hatte.

Ich setzte mich an den Schreibtisch, und mein Telefon klingelte. Es war Beckman, auf der Suche nach Otto Castillo. Ich hatte nicht die geringste Ahnung, wo Castillo war, und das sagte ich ihm, aber ich wollte natürlich selbst gern wissen, was mit der Handtasche war.

»Eine Känguruh-Tasche – okay.« Das ist eine Segeltuchtasche, an der an einem Riemen ein kleines Portemonnaie hängt. »Rot, okay. Was war außer dem Inhalator wahrscheinlich noch drin?«

Die Tasche enthielt vermutlich Geld, etwa zwei Dollar in kleinen Münzen, einen Haustürschlüssel, einige Bilder, einen Büchereiausweis ohne Namen, nur mit einem Zahlencode. Das einzige, wo ihr Name drauf stand, war der vom Arzt verschriebene Inhalator. Die Tasche war nicht bei ihr zu Hause, und sie war nicht auf der Fundstelle in der Schule. Möglicherweise war sie vor der Schule gestohlen worden, aber möglicherweise auch nicht.

Sie hatte nicht bei Helens Leiche im Haus gelegen.

Vielleicht war sie in dem Wagen, in dem Helen transportiert worden war, vielleicht aber auch nicht.

Es war eine Möglichkeit. Mehr nicht. Polizeiarbeit muß sich an einer Reihe von Möglichkeiten entlanghangeln.

Möglichkeiten ... Ich hatte eine Freundin, die möglicherweise helfen konnte.

Das FBI hat eine Methode erarbeitet, bei der eine Persönlichkeitsstudie erstellt wird, ein Verfahren, mit dem es zumindest theoretisch möglich ist, anhand der Art, wie ein Verbrechen ausgeführt wird, einiges über die Persönlichkeit und den Hintergrund einer Person zu sagen. Einige FBI-Beamte sind in dieser Technik ausgebildet; sie halten Kurse ab, in denen Beamte von der städtischen Polizei in der Technik ausgebildet werden.

Keine städtischen Kurse. Kurse an der Bundesakademie vom FBI.

Ein paar Kollegen von mir hatten so einen Lehrgang besucht. Und natürlich konnten wir, wenn wir wollten, jederzeit das FBI um Hilfe bitten.

Ich wollte das FBI nicht um Hilfe bitten. Nicht, wo eine meiner engsten Freundinnen eine der besten Psychiaterinnen von Texas ist.

Ich rief Susan Braun an und fragte, ob sie sich vielleicht loseisen könnte, um mit mir zu Mittag zu essen. Sie sagte, sie habe ziemlich viel zu tun, und ich sagte, es sei ziemlich dringend.

Sie sagte, sie habe keine Zeit, richtig essen zu gehen, aber wenn ich zur Braun Clinic käme, würde sie ein Thunfischsandwich mehr kommen lassen, so gegen elf.

Ein Thunfischsandwich war genau das, was ich wollte.

Beim Verzehr der Thunfischsandwiches erläuterte ich Susan den Fall. Okay, beide Fälle, denn obwohl ich offiziell von dem Mossberg-Fall abgezogen worden war, belastete mich die Sache noch immer – na ja, jedenfalls mein Gewissen.

Und auf diesen Fall ging Susan zuerst ein. »Vergiß nicht, ich habe sämtliche Informationen nur aus dritter Hand.«

»Aus dritter Hand?«

»Aus dritter Hand. Der Vater wäre erste Hand. Die Mutter wäre zweite Hand. Du bist dritte Hand. Also habe ich nicht soviel Ausgangsmaterial, wie ich gern hätte. Aber – sie sagt, er ist nicht gewalttätig?«

»Sie sagt, so hätte sie ihn jedenfalls nie erlebt.«

»Aber es war eine böse Scheidung?«

»Na ja, gewissermaßen, aber er hat kein Geld –«

»Das muß nichts heißen. Wenn er glaubt, das Kind wird vernachlässigt – und nach dem, was du erzählst, hätte er allen Grund dazu –, dann ist es durchaus möglich, daß er beschlossen hat, das Kind zu entführen und es auf dem schnellsten Weg nach Oklahoma oder Arkansas zu schaffen. Vielleicht hofft er, sich dort verstecken zu können. Aber wenn er auch seine Frau wiederhaben will –«

»Zumindest glaube ich das«, sagte ich. »Sie hat es nicht gesagt, nicht direkt, aber –«

»Du warst schon immer gut darin, Zwischentöne rauszuhören. Also, ich vermute, er hat beschlossen, der Mutter einen gehörigen Schrekken einzujagen, und er bringt das Mädchen in ein paar Tagen zurück.«

»Aber sie versäumt die Schule – würde er sich denn keine Gedanken machen, wenn –«

Susan zuckte die Achseln. »Nicht unbedingt. Vielleicht hat er nicht mal daran gedacht. Such einfach weiter nach dem Pick-up, das ist der einzige Vorschlag, den ich habe. Aber der andere Fall –« Sie schüttelte den Kopf. »Ich weiß nicht. Ich weiß nicht, wie die vom FBI das machen. Du hast ja kaum was in der Hand. Klar ist offensichtlich, daß er French kennt, ob French ihn nun kennt oder nicht –«

»Ja?« Mir war das gar nicht so klar.

»Deb, ich habe noch nie gehört, daß ein Gauner so blöd ist, sich ein Lösegeld per Post zuschicken zu lassen. Wenn er so clever war, die Schule zu beobachten und auf einen Tag zu warten, an dem die Kleine zu Fuß kam, und sie wiederzuerkennen und aus 200 anderen kleinen Mädchen, die alle gleich gekleidet waren, herauszupicken –, dann muß er auch so clever gewesen sein und gewußt haben, daß jeder, der ein Postpaket mit Lösegeld drin abholen will, sofort geschnappt wird. Was bedeutet, daß er French gut genug kannte, um zu wissen, daß French die Polizei nicht einschalten würde.«

»Oh. Na ja, gut, das klingt plausibel.«

Susan kaute auf einem Kartoffelchip. Sie aß noch einen, nachdenklich, und blickte dann zum Bürofenster hinaus, auf das Gelände ihrer psychiatrischen Klinik, wo etliche ihrer Patienten gerade einen Garten anpflanzten.

»So haben sie was zu tun und kommen auf andere Gedanken«, hatte sie mir auf die Frage geantwortet, warum sie auf dem Anwesen, das bereits eine Joggingstrecke, Reitställe, überdachte Swimmingpools sowie Basketball- und Volleyballplätze enthielt, auch noch einen Garten hatte anlegen lassen.

Sie hat so ihre eigenen Theorien, wie sich psychische Krankheiten heilen lassen. Sie stimmen nicht immer mit den Theorien anderer Leute überein, aber sie scheinen zu funktionieren. Zumindest so gut wie die Theorien anderer Leute.

»Was ich *nicht* verstehe«, sagte sie, halb zu sich selbst, und verstummte wieder, ohne mir erzählt zu haben, was sie nicht verstand. Sie drehte sich wieder zu mir um und fragte: »Könnte es sein, daß das Mädchen auf dem Rücksitz des Wagens transportiert worden ist, der gebrannt hat, als du dazu kamst?«

»Könnte sein. Wenn ja, so war ihre Handtasche nicht drin. Auch nicht ihr fehlender Schuh. Wir haben Proben von dem Staub und sonstigem Zeug für die Laboruntersuchung genommen, aber das Labor hat was von einer rosa Decke gesagt, und eine Decke war auch nicht auf dem Rücksitz.«

»Dann hatte sie vielleicht eine rosa Decke auf ihrem Bett. Die vom Labor können doch lediglich feststellen, daß ihre Kleidung irgendwann mit einer rosa Decke in Kontakt gekommen ist; sie können aber nicht mit Sicherheit sagen, daß die rosa Decke in dem Kofferraum war, nicht?«

»Sie haben gesagt, sie könnten. Die können eine ganze Menge.«

Ich hatte von einem Entführungsfall in Australien gehört, in dem es den kriminaltechnischen Labors, die sich unglaublich viel Arbeit gemacht hatten, gelungen war, durch Vergleiche von Pollen und Blättern nicht nur das Stadtviertel ausfindig zu machen, in dem das Opfer ermordet worden war, sondern sogar das Haus, in dessen Garten ein seltener fremdartiger Baum stand, so daß der Kidnapper und Mörder gefaßt werden konnte.

»Ich weiß nicht, vielleicht war auf der Decke Öl oder so. Sie haben gesagt, die Decke war in dem Wagen, und sie schienen sich dessen ziemlich sicher zu sein.«

»Okay.« Susan spielte mit ihrer Gabel, aus keinem besonderen Grund, soweit ich erkennen konnte; ihr Teller war mittlerweile leer. »Kelly war nicht von Anfang an als Sündenbock vorgesehen. Er hat die Sache mit geplant; ich weiß nicht, wie weit er eingeweiht war, aber wenn der andere Mann nicht früher mal bei der Polizei war, hat Kelly die Sache mit geplant.«

»Wie kommst du denn da drauf?«

»Denk nur ein Weilchen drüber nach, und es wird dir genauso klar sein wie mir.«

»Aber wenn Kelly nicht von Anfang an als Sündenbock vorgesehen war, wie wollten sie dann verhindern, daß er mit der Adresse in Verbindung –?«

»Überprüf es. Ich gehe jede Wette ein, daß Kellys eigene Post nicht dorthin gesendet wurde. Er hatte ein Postfach in der Stadt. Sie haben nicht gewollt, daß das Kind stirbt; das war ein Unfall. Du hast ja gesagt, daß sogar der Gerichtsmediziner der Ansicht ist. Wenn die Kleine nicht gestorben wäre, hätten sie sie vermutlich gar nicht auf die Farm gebracht. Und sie hätten sie später wieder zurückgeschickt, und Kelly hätte bloß zu sagen brauchen: ›Ich weiß nichts darüber; irgend jemand muß den Kasten dort angebracht haben‹, und hättest du ihm das Gegenteil beweisen können?«

»Ja, vermutlich.«

»Vermutlich. Aber du bist nicht sicher. Nein. Kelly hat sich das Ganze nicht ausgedacht, aber er war an der Planung beteiligt. Irgend jemand, der sich zumindest ein kleines bißchen mit der Arbeitsweise der Polizei auskennt, war an der Planung beteiligt. Aber da war noch jemand – jemand, dessen Verstand hinterlistig und verschlagen arbeitet –« Ihre Stimme verlor sich. »Ich möchte eine Weile darüber nachdenken«, sagte sie. »Ich habe schon ein paar Ideen, aber ich möchte eine Weile darüber nachdenken.«

Ich ließ sie allein, damit sie darüber nachdenken konnte. Wenn Aline Brinkley gegen Mittag in Fort Worth ankam, sollte ich in meinem Büro sein, um sie zu begrüßen. Und das hieß, daß ich mich beeilen mußte, denn es war schon Viertel vor zwölf.

Kapitel 6

Sie kam in unser Büro mit gezückter Dienstmarke, eine große, blonde Frau, und sie ging, als führe sie Krieg mit dem Universum. Sie war mindestens 1,78 m, eher 1,80 m, und obwohl sie zur Zeit nicht dick war, würde sie sicherlich schnell Fett ansetzen, wenn sie aufhörte, Sport zu treiben. Ohne mich eines Blickes zu würdigen – ich war gerade dabei, meinen Eingangskorb durchzusehen, der sich auf unerklärliche Weise wieder gefüllt hatte, während ich beim Essen war –, steuerte sie direkt auf den einzigen Mann im Raum zu. »Ich bin Detective Brinkley vom Dallas Police Department«, sagte sie laut, ihre forsche Stimme klang eher nach Nordoststaaten als nach Südstaaten. »Ich möchte zu dem Mann, der die French-Ermittlungen leitet.«

»Ach, möchten Sie das«, sagte Captain Millner, als er kurz aufblickte. »Und warum möchten Sie das?«

»Wir müssen einen Koordinationsplan aufstellen.«

»Und was, bitte schön, ist ein Koordinationsplan?«

Noch lauter – ich war überrascht, daß die Fensterscheiben nicht zersprangen – sagte sie: »Dabei geht es um die Abstimmung unserer –«

»Detective Brinkley. Ms. Brinkley. Ich weiß, was es bedeutet, unsere Arbeit zu koordinieren. Aber von einem Koordinationsplan habe ich noch nie gehört. Da sprechen Sie wohl besser mit Detective Ralston.«

Detective Brinkley ist, wie schon gesagt, ungefähr 1,80 m groß. Aber Captain Millner ist 1,85 m, und er sieht aus wie ein Polizist aus dem Fernsehen, mehr als jeder andere, den ich kenne. Jeder andere wäre bei dem Tonfall in seiner Stimme zurückgewichen.

Aber Aline Brinkley war nicht jeder andere. Noch lauter – dachte sie, wir wären alle schwerhörig in diesem Provinznest von 400.000 Einwohnern? – fragte sie: »Und wo bitte *finde* ich –«

Ich beschloß, daß es jetzt reichte. »Ich bin Deb Ralston.«

»Oh.« Detective Brinkley hatte zumindest den Anstand, ein wenig verlegen dreinzublicken. »Ich bin Aline Brinkley. Ich habe Sie für die Sekretärin gehalten.«

»Selbst wenn ich die Sekretärin wäre, hätten Sie was zu mir sagen können; ich saß am Eingang, und Sie sind direkt an mir vorbeigegangen, als wäre ich Luft. Gehören Sie auch zu denen, die meinen, sie wären gleicher als andere?«

Aline Brinkley war einen ganzen Kopf größer als ich, aber ich bin es durchaus gewohnt, mich gegen Leute durchzusetzen, die größer sind als ich. Aline, die jetzt noch verlegener dreinblickte, sagte: »Ich glaube, ich bin heute morgen zu früh aufgestanden.«

»Sie Arme. Heute mitgerechnet, arbeite ich jetzt seit sieben Tagen hintereinander, an dreien davon mit Überstunden. Ich *glaube,* mein nächster freier Tag ist erst in fünf Tagen. Wir hier in Tarrant County sind weit im 20. Jahrhundert, Brinkley. Also, arbeiten wir nun zusammen wie zivilisierte Menschen, was bedeutet, daß wir Sekretärinnen genauso höflich behandeln wie Polizeibeamte, oder möchten Sie gleich wieder in Ihr Kinderauto steigen und zurück nach Dallas strampeln?«

»Können wir noch mal von vorn anfangen?«

»Wenn Sie es versuchen möchten.«

Zur allgemeinen Überraschung marschierte Aline Brinkley hinaus in die Halle und kam gleich wieder in den Raum des Sonderdezernats zurückmarschiert. »Ich bin Aline Brinkley«, verkündete sie, wobei ein kleines Lächeln um ihren Mund spielte. »Ich bin Detective beim Dallas Police Department. Könnten Sie mir sagen, wer hier für den French-Fall zuständig ist?«

»Ich«, sagte ich, ohne zu lächeln. »Ich bin Deb Ralston, und das hier ist mein Chef Captain Millner.«

Captain Millner grinste unverhohlen bei meiner Vorstellung.

Offenbar war Aline Brinkley jetzt bereit, freundlich zu sein. Ich nicht. Noch nicht. Erst als wir draußen waren, unterwegs in meinem Dienstwagen, und Aline sagte: »Tut mir leid.«

»Was?«

»Wie ich vorhin reingekommen bin. Ich meine, man sollte annehmen, Polizistinnen wären inzwischen für jeden etwas ganz Normales und niemand hätte mehr Grund, sich so zu verhalten. Aber ich bin so oft wie der letzte Dreck behandelt worden, daß ich jetzt versuche, überall so reinzugehen, als würde mir der Laden gehören; friedlicher und menschlicher werde ich dann später. Sie hatten es bestimmt noch schwerer als ich, was?«

»Na ja«, sagte ich, »bei meiner Größe kann man sowieso keinen großen Auftritt hinlegen. Deshalb gehe ich einfach rein und erkläre, wer ich bin und was ich möchte. Was soll's, wenn sie keine Frauen als Cops mögen? Müssen sie ja nicht. Otto muß es nicht. Aber er muß trotzdem mit mir zusammenarbeiten.«

»Wer ist Otto?«

Also erklärte ich, wer Otto war, und als ich mit der Erklärung fertig war, hatten wir das Kelly-Farmhaus erreicht.

Das wir natürlich schon am Samstag hätten durchsuchen sollen, was wir auch getan hätten, wenn nicht neueste Gerichtsentscheidungen entschieden hätten, daß man jetzt einen Durchsuchungsbefehl braucht, um einen Tatort ohne Einwilligung des Besitzers zu durchsuchen. Wir hatten das Gesetz zwar insofern überschritten, als wir die Leichen weggebracht hatten, aber dann hatten wir beschlossen, daß das Haus nicht weglaufen würde und daß es einfacher war, am Montag einen Durchsuchungsbefehl zu besorgen.

Wir hatten einen flüchtigen Blick in alle Räume geworfen, um uns zu vergewissern, daß nicht noch mehr Opfer da waren – soviel müßte zumindest legal sein –, aber ansonsten hatten wir bloß einen bewaffneten Beamten zur Bewachung auf der Veranda postiert.

Nachdem unser erster bewaffneter Wachposten einen Schlag auf den Kopf bekommen hatte, war der Tatort für die Spurensicherung wahrscheinlich nicht mehr zu gebrauchen. Aber daran war jetzt nichts mehr zu ändern. Und schließlich hatten wir ja jetzt den Durchsuchungsbefehl.

Carlos Amado saß auf der Veranda in einer Blue jeans, Schrotflinte auf dem Schoß und Funkgerät neben sich auf dem Boden, und kraulte den Hund hinter den Ohren. Der Hund, der so blasiert guckte, wie es nur kleine Hunde können, rührte sich nicht; er sah nur kurz zu mir hoch, schlug mit dem Schwanz ein paarmal halbherzig auf die Stufen und blickte neugierig Aline an. Er machte sich nicht mal die Mühe zu bellen, um sie als Fremde zu entlarven, und wandte sich dann hingebungsvoll wieder Carlos zu.

Wenn er mein Hund gewesen wäre, hätte er lauthals gedroht, Aline zum Mittagessen zu verspeisen. Aber mein Hund ist auch ein halber Pitbull. »Hund, du bist ein Speichellecker«, sagte ich.

»Ich habe ihm Kaffee zu trinken gegeben«, sagte Carlos.

»Sie haben was?« fragte Aline. Der krampfhaft beherrschte Ausdruck in ihrem Gesicht, als ich Carlos vorstellte, verriet mir, daß sie Spanisch konnte: Sein Name bedeutet Karl Liebhaber, und er haßt ihn.

»Kleine Hunde mögen Kaffee. Ich habe ihm Kaffee zu trinken gegeben. Eigentlich war es so: Ich habe die Tasse auf den Boden gestellt, und er hat sich selbst bedient, und danach wollte ich, ehrlich gesagt, nicht mehr daraus trinken. Übernehmen Sie jetzt hier? Kann ich gehen?«

Er brachte einen theatralischen Seufzer heraus. Die Mitarbeiter der Undercover- oder Überwachungsabteilung werden aus verschiedenen Gründen ausgewählt, unter anderem, so habe ich manchmal den Eindruck, wegen ihrer schauspielerischen Fähigkeiten.

»Nein, geh noch nicht, Carlos«, sagte ich, »wir machen hier bloß eine kleine Durchsuchung, und ich weiß nicht, wann wir das Haus freigeben können.«

»Okay, hast du denn was dagegen, wenn ich mal eine kurze Pause mache? Ich bin seit sieben Uhr hier draußen und kurz vorm Verhungern. Ich hatte heute eigentlich noch einen anderen Einsatz, und ich habe nicht daran gedacht, mir was zu essen mitzubringen.«

»Mach ruhig«, sagte ich. »Ich denke nicht, daß wir hier draußen Probleme kriegen, und wir brauchen sowieso zwei Stunden.«

»Danke. Ich laß' euch den Hund da«, bot er an.

»Nimm den Hund mit, wenn du willst«, sagte ich. »Das ist sowieso kein richtiger Hund. Richtige Hunde bellen.«

»Der Hund hat auch in der Nacht und tagsüber keinen Laut von sich gegeben«, sagte Carlos. »Komm, Köter, wir besorgen uns einen Hamburger.«

Ich ging weiter, an ihm vorbei, durch die Tür, Aline direkt hinter mir. Wohnzimmer. Eßzimmer. Küche. War es wirklich schon fast zwei Tage her, daß ich zuletzt hier gewesen war? Der Geruch war unverändert; die Fliegen schwirrten noch immer umher.

Ein Salon, der wohl, vor 90 Jahren, für die Damen des Hauses reserviert war – wie ich gehört hatte, waren die Kellys früher vermögend gewesen, hatten aber schon lange vor der Depression alles verloren.

Oben vier Schlafzimmer und ein sehr kleines Badezimmer, dort, wo einmal eine Veranda gewesen sein mußte. Darüber ein Speicher, den man über eine schmale Treppe in der rückwärtigen Ecke eines nach hinten liegenden Schlafzimmers erreichte – leider ein sehr voller Speicher. Und unter der Küche ein Vorratskeller, den man über eine schmale Treppe von der mit Fliegendraht umgebenen Veranda hinter dem Haus erreichte, die Einstiegsklappe fast versteckt unter einer völlig verrosteten Wäscheschleuder.

Vielleicht war ich zu optimistisch gewesen, als ich Carlos sagte, wir wären in zwei Stunden mit der Durchsuchung fertig.

Möbel gab es nicht mehr viele. Mit Ausnahme des Wohnzimmers war das wenige, was noch da war, völlig heruntergekommen, und allem Anschein nach war im größten Teil des Hauses schon seit Jahren nicht mehr saubergemacht worden. Staub lag dick und schwer auf den meisten Fußböden, bedeckte an manchen Stellen tote Käfer so gründlich, daß nur ihre Umrisse erkennbar waren. Kakerlaken gab es nicht viele, vermutlich weil nichts da war, was sie fressen konnten, aber ganz sicher gab es Spinnen.

Ich mag keine Spinnen.

Und im ganzen Haus waren Fußspuren in der dicken Staubschicht. Vielleicht wäre es am Samstag, wenn jemand dran gedacht hätte, noch möglich gewesen, zwischen den Spuren der Polizei und denen möglicher Tatverdächtiger zu unterscheiden. Heute nicht mehr. Zu viele Leute waren durchs Haus gestapft, und ein weiterer Rundgang konnte auch nichts mehr schaden.

Nach Beendigung des Rundgangs begannen wir mit der Durchsuchung.

Systematisch. Unten anfangen und hocharbeiten. Wir konnten uns nicht aufteilen und zwei Bereiche gleichzeitig durchsuchen, weil jeder mögliche Fund von einer zweiten Person bestätigt werden mußte.

Glücklicherweise hatte Beckman aus Dallas angerufen, bevor wir mit dem Papierkram für den Durchsuchungsbefehl fertig waren. Somit standen auf unserer Liste mit den gesuchten Dingen eine rote Känguruh-Handtasche, ein Haustürschlüssel, ein rezeptpflichtiger Inhalator, Fotos, ein Büchereiausweis und zwei Dollar in Kleingeld, sämtliche Habseligkeiten der verstorbenen Helen French. Das Bargeld, das ihr Vater per Post verschickt hatte, 250.000 Dollar in kleinen Scheinen, Seriennummern unbekannt. Ein Tony-Lama-Schuhkarton. Packpapier mit der Adresse Nr. 220-J auf einer Straße in einer ländlichen Gegend in Fort Worth, Texas.

Es gilt folgende Regel: Man darf überall suchen, wo die Dinge, die im Durchsuchungsbefehl aufgelistet sind, möglicherweise zu finden sind, und wenn man an diesen Stellen irgendwelche anderen beweiserheblichen Gegenstände findet, darf man sie beschlagnahmen. Aber wenn man an einer Stelle sucht, wo die Dinge auf der Liste unmöglich reinpassen könnten, und dabei einen anderen beweiserheblichen Gegenstand findet, dann ist das übel. Man läßt ihn genau dort liegen, wo er ist. Deshalb sucht man in einer Kommodenschublade nicht nach einem Kühlschrank, und wenn der Kühlschrank der kleinste Gegenstand auf der Liste ist und man in der Schublade eine gestohlene Pistole findet, hätte man eben nicht in der Schublade suchen sollen, und die Pistole bleibt, wo sie ist, und man kann sie nicht als Beweisstück verwenden. Aber wenn man nach Kokain sucht, das auf dem Durchsuchungsbefehl aufgelistet ist, und man findet die gestohlene Pistole, das ist gut. Dann wird die Pistole beschlagnahmt. Schließlich hätte das Kokain in der Schublade sein *können.*

Der kleinste Gegenstand auf unserer Liste war Helen Frenchs Haustürschlüssel. Es gibt kaum einen Platz, wo ein Haustürschlüssel nicht hineinpaßt. Somit hatten wir bei der Durchsuchung ziemlich freie Hand.

Vorratskeller. Verschimmelte Körbe, weiß der Himmel, was da drin gewesen sein mochte. Ein paar verschrumpelte Knollen, die durchaus mal Gemüse- oder Tulpenzwiebeln oder einfach alles gewesen sein mochten. Regale mit Einmachgläsern, gefüllt mit schwarz gewordenen, verschrumpelten grünen Bohnen, Pfirsichen und Aprikosen, Tomaten, eingelegten Maiskolben, Gelee und Marmelade. Einige der Gläser hatten Schraubdeckel; andere, die einst blau gewesen, aber jetzt einen seltsamen blaugrünen Farbton aufwiesen, hatten Glasdeckel, die mit rostigen Klammern befestigt waren.

Nichts deutete darauf hin, daß jemand in den letzten Gott weiß wie vielen Jahren hier gewesen war. Es gab keine verborgenen Schränke, keine von Regalen verdeckten Türen. Nichts. Rein gar nichts Beweiserhebliches. Keine kleinen Geheimkammern, in denen sich Schauerliches hätte zutragen können. Nichts außer alten verdorbenen Lebensmitteln.

Wenn in der Küche nicht noch immer die stinkenden Flüssigkeiten gewesen wären, die aus zwei Leichen ausgelaufen waren, wenn dort nicht noch immer Schwärme emsiger Schmeißfliegen herumgeschwirrt wären, hätte sie gewirkt wie eine ganz normale altmodische Farmhausküche mit nur noch sehr wenigen verbliebenen Gerätschaften und einer Spüle voller halbleerer Kaffeebecher aus Pappe, viele davon mit Zigarettenkippen drin. Wir stiegen auf Stühle und suchten alle Regale ab. Dort standen ein paar alte Schüsseln, alle leer. Es war alles voller Spinnweben, alles voller Staub. Aber sonst war nichts da.

Das Eßzimmer war völlig leer; große Möbel wie Tisch und Anrichte, die man eigentlich erwartet hätte, hatte es entweder nie gegeben, oder, was wahrscheinlicher war, sie waren schon vor langer Zeit an eines der Kinder oder an einen Antiquitätenladen gegangen. Die halb verborgene Bodenluke, etwa 60 x 60 cm im Quadrat und mit alter Tapete überklebt, die Aline aufgeregt entdeckte, führte lediglich zu Wasserrohren und Stromkabeln, und samtdicker, unberührter Staub verriet unzweifelhaft, daß dort nichts versteckt worden war.

Das Wohnzimmer erweckte den Eindruck, daß es mit viel Liebe Ende des 19. Jahrhunderts eingerichtet und seitdem nicht mehr verändert worden war; niemand hatte die Gegenstände für so interessant gehalten, daß er sie gestohlen oder gar mutwillig zerstört hätte, obwohl dort offenbar manchmal Jugendliche gehaust hatten – an der Wand waren interessante Graffiti, auf dem Kaminsims lagen zwei Filterstücke von Haschischjoints, und im Kamin befand sich eine kleine Sammlung gebrauchter Kondome. Ich nahm an, sie hatten auf dem Boden gelegen, bis Patrick Kelly nach Hause kam und die kleine Fläche, die er für sich ausgesucht hatte, freifegte, denn sie lagen in der Mitte eines Häufchens aus Dreck, Asche, Käferschalen und verschiedenen anderen Abfällen. Die Haschischfilter hätten auch von Patrick stammen können, aber das bezweifelte ich; er gehörte nicht zur Marihuana-Generation.

Aber sein Komplize – sein Mörder – vielleicht. Nach kurzer Überlegung sammelte ich die Filter vorsichtig ein, indem ich sie mit einer Pinzette hochhob, damit keine Fingerabdrücke verwischt wurden, und sie in einen Plastikbeutel fallen ließ. Ich schrieb Datum, Nummer des Falls, Fundort, Uhrzeit und meine Initialen darauf und reichte den Beutel Aline, damit sie ebenfalls ihre Initialen draufschreiben konnte.

Sonst war nichts in dem Raum. Zumindest nichts, was uns weiterbrachte.

Im Salon stand ein Feldbett mit einem Schlafsack darauf. Ein offener Koffer lag auf dem Fußboden, Arbeitszeug aus Khaki sowie Unterwäsche und Socken waren nicht zusammengelegt, sondern einfach hineingeworfen worden. In einem schlichten weißen Baumwollwäschebeutel lagen einige wenige schmutzige Kleidungsstücke. Auf dem Boden zwischen Koffer und Wäschebeutel befanden sich ein Kofferradio, ein Stapel Zeitungen, ein paar Western-Taschenbücher, zwei *National Enquirers* und die Oktoberausgabe des *Reader's Digest*. Das letzte war etwas überraschend.

Wir überprüften den Koffer. Keine Wäschezeichen an den Kleidungsstücken; offenbar hatte er seine Sachen im Waschsalon gereinigt. Was zu erwarten war. Eine Plastikpackung mit Einwegrasierapparaten steckte im Seitenfach einer Reisetasche, die ansonsten mit weiterer schmutziger Wäsche gefüllt war. Eine alte Bibel. Etwa ein

Dutzend Fotos. »Wer das da wohl ist?« fragte Aline und nahm eins von ihnen hoch.

»Ich weiß, wer das ist«, sagte ich. »Das war Patricks Koffer; da bin ich mir jetzt ganz sicher.« Die Fotos zeigten verschiedene Mitglieder der Kelly-Familie. Wäre ich einen Tag zuvor gefragt worden, hätte ich gesagt, daß ich Sonny wahrscheinlich nicht wiedererkennen könnte; und Susie ganz bestimmt nicht. Aber ich erkannte Sonny wieder, er stand da mit einem fröhlichen Lächeln auf dem Gesicht, das offene Hemd zeigte eine magere, unbehaarte Brust, und er hatte einen Softball in der Hand; und auch Susie erkannte ich wieder, sie stand lächelnd neben Patrick, und das Bild war vermutlich ein Hochzeitsfoto. Ich fragte mich, wieso in aller Welt jemand Fotos von seinem Bruder bei sich hatte, den er ermordet hatte, und von der Frau, deretwegen er seinen Bruder ermordet hatte.

Es gab drei Polaroidfotos von einem Kind, die offenbar vor einer Schule gemacht worden waren. Ein kleines Mädchen, acht oder neun Jahre alt, in der karierten Uniform einer Konfessionsschule, das eine rote Känguruh-Tasche trug. Es lächelte schüchtern; offenbar wußte es nicht recht, wie ihm da geschah. »So hat sie also ausgesehen«, sagte ich und starrte auf das vierte Foto von dem Kind – ein ganz anderes Foto. Die Kleine lag still da, die Augen geöffnet, und starrte blicklos an der Kamera vorbei, eingewickelt in eine rosa Decke im Kofferraum eines Wagens. Das Foto war aus nächster Nähe aufgenommen, so daß wir die Marke nicht erkennen konnten. Aber da war sie, die Decke, die wir, wie das Labor gesagt hatte, finden würden.

Die Decke war so gewickelt, daß ich die Stricke um Arme und Beine nicht sehen konnte. Aber ich wußte, daß sie da waren.

Aline warf mir einen Blick zu. »Sie haben nicht gewußt, wie sie ausgesehen hat? Ich dachte, Sie hätten sie gefunden.«

Ich nahm einen Plastikbeutel, faßte die Fotos vorsichtig an den Ecken an, um eventuelle Fingerabdrücke nicht zu verwischen. »Das habe ich auch.«

Einen Moment später sagte Aline: »Ach, verdammt. Daran hatte ich nicht gedacht. Seit Tagen habe ich Fotos von ihr bei mir. Sie war ein süßes Kind. Wo die Dreckskerle wohl die Kamera versteckt haben?«

Sie war nicht in dem Salon-Schlafzimmer. Dort stand nur ein altmodischer Nachttopf, diskret in einer Ecke, ganz sauber. Und es gab weitere Graffiti, noch interessantere und mit rotem Lippenstift gezeichnet.

Jemand hatte versucht, sie abzuwaschen, aber sie waren nur ein wenig verschmiert.

Im oberen Stockwerk waren die Möbel aus fast allen Schlafzimmern ausgeräumt worden; offenbar hatte sich jeder aus der Familie mitgenommen, was er noch gebrauchen konnte. Aber allem Anschein nach waren die oberen Räume von dem leichten Vandalismus verschont geblieben; es gab keine Zeichnungen an den Wänden. In zwei Räumen waren Kieferregale zusammengebunden; in einem stand ein altes, stark verrostetes Eisenbettgestell, und in einem anderen war eine vermodernde Baumwollmatratze auf dem Boden zusammengerollt. Die kleinen Schränke enthielten alte Schuhe, alte Gürtel, grün vor Schimmel, vereinzelte aus der Mode gekommene Kleider, Hemden oder Hosen, die achtlos an verrosteten Drahtbügeln hingen oder in einem Haufen auf dem Boden lagen. Aber nichts von Bedeutung. Nichts Brauchbares, nichts Beweiserhebliches.

Das Klo war in einem längst vergessenen Winter zugefroren; die leere Porzellanschüssel hatte breite Risse und der rostige Spülkasten keinen Deckel. Ein 20-Liter-Benzinkanister, halb mit Wasser gefüllt, stand neben dem Waschbecken; darauf ein steifer, trockener Waschlappen, eine Dose Rasierschaum, eine Flasche After-shave, ein Einwegrasierer, der offenbar aus der Packung unten stammte. Keine Zahnbürste – er hat sich rasiert, aber nicht die Zähne geputzt? Doch, ein Zahnputzglas mit Zahnbürste und einer Tube Zahnpasta stand auf der Fensterbank.

»Was glauben Sie, wie die Badewanne so dreckig geworden ist?« fragte Aline, die auf die Spinnweben über dem Rost starrte.

»Kalk«, sagte ich knapp.

»Aber wenn man die Wanne putzt, geht der Kalk doch ab.«

»Nur wenn man sie häufig putzt. Die Leute hier hatten wahrscheinlich keine Zeit dafür. Sie wissen wohl nicht viel über das Leben von einfachen Farmern, was?«

»Nee«, sagte Aline. »Und das ist nur die eine Seite.«

»Ich weiß. Die andere ist, Sie wollen es auch nicht wissen.«

»Genau.«

Da meldete sich das Funkgerät. Die Zentrale rief mich. Zum Glück hatte ich das Funkgerät auf meinem Gang von Raum zu Raum mitgenommen.

»Haben Sie eine Suchmeldung nach einem 73er Ford-Pick-up rausgegeben, Halter Richard Mossberg?« fragte die unpersönliche offizielle Stimme.

»Stimmt.«

»Roger. Also, er ist soeben gefunden worden.«

»Ja? Wo?«

»Steht etwa zwei Meilen östlich von der Shiloh-Baptisten-Kirche am Straßenrand. Das ist im County. Keiner drin, und der Motor ist kalt. Der Wagen ist abgeschlossen, und die Gewehrhalterung ist leer.«

»Ach du Scheiße«, sagte ich.

»Was haben Sie da über Funk gesagt?«

»Ich habe gesagt, ach du lieber Himmel. Okay, setzen Sie sich mit jemandem vom County in Verbindung und sagen Sie ihm, er soll sich dort mit mir treffen, um –« Ich blickte auf meine Uhr – »halb vier. Dann habe ich noch genug Zeit, hier fertig zu werden.«

»Roger. Clint Barrington vom County ist dafür zuständig.«

Ich kenne Clint Barrington. Ich kenne ihn, solange ich bei der Polizei bin, und das sind jetzt etwas über 16 Jahre. Clint war mein erster Partner. Das war, bevor er zum Büro des Sheriffs wechselte. Somit könnte es für mich vielleicht etwas leichter werden, an der Sache dranzublei-

»Worum geht's?« fragte Aline.

»Erzähle ich Ihnen später. Gehen wir hoch zum Speicher; das ist der letzte Raum innerhalb des Hauses, und ich denke, die Außengebäude nehmen wir uns morgen vor und borgen uns ein paar Leute aus dem Knast aus, um schwere Sachen beiseite zu schieben.«

Wir betraten gerade den Speicher, als sich der Einsatzleiter wieder über Funk meldete: »Barrington ist um halb vier da. Layden vom County wartet an dem Wagen, bis einer von euch kommt.«

»Roger.«

Ich legte das Funkgerät auf eine sehr staubige Frisierkommode, das mit kunstvollen Schnitzereien verzierte Furnier an der Schubladenfront splitterte bereits großflächig ab, der Spiegel war in der Mitte zerbrochen, wobei die eine Hälfte verschwunden war und die wellige Pappe dahinter schon zu Staub zerfiel. »Es hat nichts mit diesem Fall zu tun«, sagte ich zu Aline, »und eigentlich bin ich gar nicht mehr dafür zuständig. Aber –«

»Wieso fahren Sie dann da raus?«

»Weil ich ein schlechtes Gewissen habe. Die Mutter hat das Kind am Samstag als vermißt melden wollen, und ich wollte die Anzeige nicht aufnehmen.«

»Wieso nicht?«

»Sorgerechtsstreit. Der Vater hatte Besuchsrecht. Aber er hätte das Kind Sonntag abend zurückbringen müssen.«

Und dann sagte Aline: »Die Gewehrhalterung war leer?«

»Ja«, sagte ich. »Der Vater ist total blank und arbeitslos, und die Mutter ist völlig mit den Nerven fertig. Vielleicht hat er gedacht, er und die Kleine wären besser dran, Schluß zu machen. Wäre nicht das erste Mal, daß so was passiert.«

»Das brauchen Sie mir nicht zu sagen«, sagte Aline. »Ich hatte vor ein paar Wochen einen ähnlichen Fall – was ist denn das?«

»Was ist was?«

»Das da drüben. Sehen Sie. Da ist kein Staub drauf, aber was ist das?« Sie leuchtete mit ihrer Taschenlampe darauf.

Es war eine rote Nylonwindjacke; darauf war ein Logo – eine Umrißkarte aller US-Bundesstaaten in Weiß, und quer darüber war, ebenfalls in Weiß, ein einziges Wort gedruckt: »SellAmerica.«

»Was zum Teufel ist SellAmerica?« fragte ich mich laut.

»Eine Verkaufsagentur«, sagte Aline, die jetzt auch über der Jacke kauerte. »Die verkaufen Zeitschriften und dergleichen per Telefon. Ich mußte mal dorthin, um mit denen zu reden, als in einer Reihe von Agenturen eingebrochen worden war; daher kenne ich die. Sie wollten, daß wir die anderen warnen.«

»Was kann man denn aus einer Verkaufsagentur klauen?«

»Da kommen Sie nie drauf.«

»Nun sagen Sie schon.«

»Es wurden Telefone gestohlen. 42 Telefone in einer und 73 in einer anderen. Und in einer wurden sämtliche örtlichen Telefonbücher gestohlen.«

»Wollen Sie mich verschaukeln?«

»Nein. Ehrenwort. Die haben Telefone gestohlen.«

»Aline, was könnte jemand mit 42 Telefonen anfangen? Oder mit 73?«

»Vielleicht selbst eine Agentur aufmachen? Oder sie auf dem Flohmarkt verkaufen. Aber auch die örtlichen Telefonbücher –«

»Bestimmt eine eigene Agentur aufmachen«, pflichtete ich ihr bei. »Nehmen Sie die Jacke da mit, oder soll ich?«

»Wir fotografieren sie besser erst.«

»Stimmt. Ich lasse ein paar Leute von unserer Spurensicherung kommen –«

»Wieso die Umstände? Ich habe eine Kamera in meinem Aktenkoffer. Ich habe sie in Ihren Wagen gelegt.«

Und nachdem wir die Jacke fotografiert, ihren Fundort genau notiert und von einem festen Punkt aus vermessen hatten, konnten wir sie wegnehmen und stellten fest, daß darunter ein Tony-Lama-Schuhkarton lag, und zerrissenes Packpapier, auf dem mit schwarzem Filzstift eine Adresse stand, und natürlich nicht ein einziger Geldschein.

Das Waldgebiet, das an der Ostküste in Virginia und North und South Carolina beginnt, erstreckt sich bis durch das östliche Texas hindurch und hört dann allmählich auf. Wenn man nach Westen fährt, kommt das so überraschend, daß man es in der Magengrube spürt, ein Gefühl, wie wenn man im Dunkeln versucht, noch eine weitere Treppenstufe hinunterzugehen, obwohl man schon unten ist und es nicht weiß. Man fährt durch den Kiefernwald und dann über den Kamm eines Hügels unmittelbar hinter der Stadt Commerce, und auf einmal sind die Kiefern verschwunden, und man blickt auf eine schier endlos weite, sanft gewellte Prärie. Sie wird schwarze Prärie genannt, weil darunter Kalkstein aus uralten Meeren liegt, und wenn Kalkstein sich zersetzt, wird daraus satte, schwarze, furchtbar klebrige Erde. Die Siedler, die einen solchen Boden noch nie gesehen hatten, dachten, es wäre nutzloses Land, bis sie es bepflanzten und alles wuchs.

Aber das Land läßt auch seine ganz eigenen Barrieren wachsen. Es gibt dort zwar keine Kiefern, zumindest nicht viele, aber ein Bestand von Mesquitbäumen ist eine undurchdringliche Barriere. Mesquitbäume haben wunderschöne, filigrane Blätter und Wurzeln, die fast bis China reichen – sie brauchen sie, weil es hier weniger regnet als 200 Meilen weiter östlich – und lange, spitze Dornen, die einen in Null Komma nichts aufspießen können.

Eigentlich gibt es, soweit ich weiß, hier in der Gegend kein unbesiedeltes Land. Eigentlich ist das ganze Land in Privatbesitz, eigentlich ist es kartographisch erfaßt – im Gegensatz zu dem 400 Hektar großen Sumpfgebiet, das »Big Thicket« genannt wird und nicht weit von hier liegt.

Aber nur eigentlich.

Jedes Jahr verirren sich hier Jäger; sogar Jäger, die meinen, die Gegend zu kennen, und sich unmöglich verirren können. Oder vielleicht sollte ich sagen, vor allem Jäger, die die Gegend kennen, denn gerade die fühlen sich übertrieben sicher und achten nicht auf Orientierungspunkte.

Richard Mossberg war 26 Jahre alt, und er hatte schon immer in diesem Teil von Texas gelebt – und gejagt, außer zu der Zeit, als er in der Armee war. Er hätte nicht so unvorsichtig sein dürfen; er hätte eigentlich wieder hier rausfinden müssen.

Das hieß nicht, daß er sich nicht doch verirrt hatte.

Sein blauer Ford-Pick-up stand neben der geteerten Straße, auf einem Kies-Ton-Bankett. Es waren eigentlich eher zweieinhalb Meilen bis zur Shiloh-Baptisten-Kirche, und die Kirche war natürlich von dort, wo wir standen, absolut nicht zu sehen. Die Gewehrhalterung war leer, wie der Einsatzleiter gesagt hatte, aber das mußte nicht unbedingt etwas heißen. Weil nämlich die Meldung, daß der Wagen verschlossen sei, falsch war. Der Wagen war nicht verschlossen. Beide Türen waren nicht abschlossen.

Also konnte das Gewehr genausogut gestohlen worden sein.

Außerdem war es möglich, daß er gar kein Gewehr in der Halterung gehabt hatte; manche Leute haben nicht ständig eins dabei.

Vielleicht hatte er auch beschlossen, das Gewehr mitzunehmen, um Kaninchen oder Eichhörnchen zu jagen, wenn auch nicht viele Leute ein Kind, das sich den Magen verdorben hat, auf einen Jagdausflug mitnehmen würden.

Doch die Magenverstimmung des Mädchens konnte sich rasch wieder gelegt haben. So etwas dauert meist nicht lange.

Clint Barrington war noch nicht da. Er sollte noch einen Durchsuchungsbefehl mitbringen. Da bei den vielen Gerichtsbeschlüssen inzwischen niemand mehr durchblickte, wollten wir nicht riskieren, ohne Durchsuchungsbefehl in den Pick-up zu steigen.

Aline sah auf die Bäume und das Unterholz, sah auf den Pick-up, sah zum Straßenrand, wo der Streifenwagen des Sheriffs gerade losfuhr. »Es ist mir unvorstellbar, wie Sie hier in der Gegend irgendwas rausfinden wollen«, sagte sie. »Ich meine, was machen Sie, wenn hier niemand ist, mit dem Sie sprechen können?«

»Er hat den Wagen am Samstag hier abgestellt«, sagte ich. »Das ist schon mal ein Ausgangspunkt.«

»Woran um alles in der Welt können Sie erkennen –«

»Ich kenne mich mit Straßenbelag aus Teer aus«, unterbrach ich sie. »Der Wagen hat Reifenspuren hinterlassen. Ich weiß, daß sie von ihm sind, denn, schauen Sie, die Spuren führen direkt zu seinen Reifen. Er – der Wagen steht in seiner eigenen Spur.«

»Schön, aber –«

»Am Freitag war es kühl. Auf kaltem Teer hinterläßt man keine Spuren, also ist er nicht am Freitag gekommen. Auch am Sonntag war es kühl, so, wie heute. Aber am Samstag hatten wir anderes Wetter. Samstag nachmittag hatten wir über 30 Grad.«

»In der Stadt eher über 40«, stimmte Aline zu. »Ich meine, damit rechnet man doch nicht im November.«

»Hier schon. Zumindest hin und wieder. Jedenfalls wärmt sich eine Teerdecke schnell auf, weil sie schwarz ist und jedes bißchen Wärme aufnimmt und speichert. Und heißer Teer wird weich. Darin drücken sich Reifenspuren ein. Wenn es richtig heiß ist – wie manchmal im Hochsommer –, bleiben vorübergehend sogar Schuhabdrücke sichtbar, bis er abkühlt und sich dann erwärmt und wieder weich wird. Also – er hat den Pick-up an dem Tag abgestellt, an dem es zuletzt warm war, denn wir wissen, daß der Wagen nach dem vorletzten heißen Tag noch in der Stadt gesehen wurde. Er hat den Wagen in heißem Teer abgestellt, und der Teer ist abgekühlt, und die Abdrücke sind erhalten geblieben. Seitdem ist es nicht mehr so heiß gewesen, daß die Spuren wieder hätten weich werden können. Er hat den Wagen hier am Samstag nachmittag abgestellt, vermutlich so gegen zwei Uhr, weil es da am heißesten war, aber bestimmt vor vier, denn da wurde es schon wieder kühler. Na ja, ich will mich da nicht hundertprozentig festlegen, Teer speichert nämlich die Wärme eine Weile; vielleicht hat er den Wagen auch gegen halb fünf oder fünf abgestellt, aber allerspätestens. Ich glaube nicht, daß es viel später als halb vier war.«

Wenn es vor Mittag gewesen war, hätten wir den Wagen aus der Luft sehen müssen. Das erwähnte ich aber nicht. Es war überflüssig, weil ich ihn nicht aus der Luft gesehen hatte, und falls ja, hatte ich nicht drauf geachtet.

»Halb vier«, sagte Aline. »Samstag halb vier. Vor über zwei Tagen.« Sie blickte sich um. »Wohin geht's da? Oder da?« Sie zeigte in beide Richtungen rechts und links der Straße.

»Dort geht's in einen schmalen Streifen Wald, und danach kommt man auf eine ziemlich große Kuhweide, eine Herde Milchkühe. Oben auf der anderen Seite der Weide, auf der Seite des Hügels, deshalb kann man es von hier nicht sehen, sind das Haus des Farmers und das Haus des Verwalters und mehrere Häuser für das Personal und der Melkstall. Dort ist er nicht hoch. Mangen erlaubt nicht, daß man dort jagt oder fischt, und er hat überall Schilder aufgestellt. Die andere Richtung –«, ich drehte mich langsam um. »Wald. Nichts als Wald. Mal überlegen, da ist wenigstens ein großer Bach zwischen hier und dem nächsten Highway – es ist sumpfig in der Richtung; überall sind jede Menge kleiner Flüßchen. Als Kind habe ich hier gespielt. Ein Vetter von mir hat zwischen hier und der Kirche gewohnt. Das Haus ist nicht mehr da; irgendwer hat das Land gekauft, um darauf eine Fabrik zu bauen, und dann hat er die Fabrik doch nicht gebaut.«

»Im Ernst? Sie haben hier gespielt? Sie meinen nicht, zu Hause bei Ihrem Vetter?«

»Wir haben hier gespielt. Da ist ein – oh, als Kinder haben wir gedacht, es wäre der größte Sumpf der Welt. Das war er natürlich nicht, aber es ist ein richtiger Sumpf, und er ist zirka drei, vier Hektar groß – der Bach verästelt sich in zigtausend Flüßchen, und in einem Schritt wechselt man zwischen Moor und trockenem Land hin und her, und den ganzen Sommer über wachsen da Millionen von Wildblumen, zum Teil so seltene, daß ich sie nicht mal mit einem Handbuch bestimmen konnte. An einer Stelle am Rande des Sumpfes fließt der Bach ganz gerade – ohne großes Gefälle, meine ich –, und dann ganz plötzlich geht es zweieinhalb Meter tief in einen kleinen Tümpel, und der Bach bleibt ein gutes Stück in dieser tiefen Rinne. Er ist da ein ganz klein wenig zu breit und zu tief, um hindurchwaten zu können, und als wir Kinder waren, lag ein umgestürzter Baum über dem Tümpel direkt unter dem Wasserfall, und da sind wir immer rüber, richtig über den Baumstamm drübergeflitzt, und einmal ist meine Schwester reingefallen. Ich war zwölf, und sie war fünf. Ich konnte schwimmen, aber wenn ich in den Tümpel reingesprungen wäre, hätte ich nicht wieder rausgekonnt, weil die Wände zu steil waren. Ich hab' mich auf den Baumstamm gelegt und versucht, sie zu fassen, und ich weiß noch, daß ich geweint habe und größere Angst hatte als sie.«

»Wie ist sie rausgekommen?«

»An dem Tag war mein Onkel mit dabei. Er hat sie rausgezogen. Er war viel älter als ich. 15, glaube ich, so um den Dreh. Wir hatten Glück, daß keine Hornhechte drin waren.«

»Hornhechte?«

»Raubfische. Wo kommen Sie her?«

»Maine«, sagte Aline, »und wir halten dort keine Raubfische. Außer im Meer. Glauben Sie, sie haben sich dort verirrt, der Mann und das kleine Mädchen?«

Ich schüttelte den Kopf. »Wie ich Ihnen gesagt habe, es sind gerade mal drei, vier Hektar. Ich kann mir nicht vorstellen, daß sie sich verirrt haben.«

»Wenn Sie mich fragen, könnte sich jeder in einem drei Hektar großen Sumpf verirren.«

»Dann haben Sie wahrscheinlich keine Vorstellung davon, wie groß ein Hektar ist. Oder wie klein. Oh, Sie könnten sich da wahrscheinlich verirren, sicher, schließlich sind Sie aus der Stadt, aber er ist ein erfahrener Jäger. Es gibt keinen Grund –«

»Aber –«

»Aline, er kennt die Gegend. Hören Sie, verirren Sie sich schon mal in Dallas?«

»Na ja, doch, in gewisser Weise schon, manchmal. Dallas ist eine große Stadt. Aber wenn mir das passiert, fahre ich solange herum, bis ich auf eine große Hauptstraße stoße. Die kenne ich nämlich alle. Und hier gibt es bestimmt keine Hauptstraßen.«

»Eigentlich doch, aber man muß wissen, wie man sie findet. Also, zuerst suchen Sie nach einem Wasserlauf, okay? Es gibt dort unzählige Wasserläufe, und Sie müssen bloß einen einzigen finden. Und dem folgen Sie dann, bis Sie zu einem größeren kommen. Und wenn Sie an dem lange genug entlanggehen, dann muß er sich früher oder später mit einer Straße schneiden, das ist alles.«

»Und wenn er das nicht tut?«

»Er muß, wenn Sie dem Wasserlauf lange genug folgen. Alle Wasserläufe hier münden irgendwann im Trinity River, und, um zum Trinity River zu gelangen, müssen sie Straßen schneiden.«

»Aha. Aber woher weiß man, in welche Richtung man einem Wasserlauf folgen muß?«

»Man folgt ihm natürlich in die Richtung, in die er fließt. Ich meine, es ist ganz leicht zu erkennen, in welche Richtung das Wasser fließt. Ein Blinder könnte erkennen, in welche Richtung das Wasser fließt.«

Aline schüttelte den Kopf. »Ich würde es nicht ausprobieren wollen.«

»Aline, ich habe mich mal im Sumpf verirrt, zusammen mit ein paar Freundinnen, als ich gerade mal zehn Jahre alt war. Die Älteste von uns war elf. Und wir sind wieder rausgekommen. Es war ein langer Marsch, und es war heiß, und wir sind drei Meilen weiter von der Stelle entfernt auf die Straße getroffen, als wir eigentlich wollten, und mußten den Weg zurückgehen, aber wir sind ohne Probleme rausgekommen, und wir waren alle zum Abendessen wieder zu Hause. Drei Hektar ist keine so große Fläche. Mossberg hat sich nicht verirrt. Ihm könnte zwar sonst allerhand passiert sein, aber er hat sich nicht verirrt.« Ich drehte mich um.

»Da kommt Clint.«

Clint Barrington hielt mit seinem Wagen genau hinter meinem. Er blickte mich mit ein wenig Mißfallen an. »Wessen Fall ist das hier eigentlich?« fragte er.

»Ja, ich weiß«, sagte ich schuldbewußt, »aber ich mache mir einfach so große Sorgen um das Kind.«

»Mach dir lieber Sorgen um dein eigenes Kind. Du kannst ja vor Müdigkeit kaum noch stehen. Hast du dich wieder übergeben müssen?«

»Wer hat dir erzählt, daß ich –«

»Ungefähr jeder, der weiß, daß ich dich kenne, so einfach ist das. Hast du dich wieder übergeben müssen?«

»Das morgendliche Erbrechen bei Schwangeren«, sagte ich mit so viel Würde, wie ich aufbringen konnte, »endet in der Regel etwa im dritten Monat.«

»Und in welchem bist du?«

Ich mußte kurz nachzählen. »Im sechsten. Ungefähr.«

»Dann bist du also die Ausnahme. Du kannst vor Müdigkeit kaum noch stehen. Du bist einfach nicht vernünftig. Das warst du nie. Wann hattest du deinen letzten freien Tag?«

»Hör auf, mir zu sagen, ich könnte vor Müdigkeit kaum noch stehen! Ich stehe!«

»Nachricht von deinem Captain. Du darfst mir dabei helfen, diesen Pick-up zu durchsuchen. Dann sollst du deinen Hintern nach Hause bewegen, wo er hingehört, und mich an meinem Fall arbeiten lassen. Ich war schon vor dir Cop. Ich habe es vor dir zum Detective gebracht. Ich habe dich *ausgebildet,* verdammt! Ich weiß genausogut wie du, wie man einen Vermißten-Fall bearbeitet.«

»Gar nicht«, sagte ich. »Hast du den Durchsuchungsbefehl dabei? Oder bist du mal wieder einfach los und hast ihn vergessen?«

»Habe ich den Durchsuchungsbefehl dabei! Habe ich den Durchsuchungsbefehl dabei! Ein einziges Mal in meinem ganzen Leben habe ich einen Durchsuchungsbefehl vergessen, und du tust, als ob ich –«, er kramte in seinen Jackentaschen. »Ja, ich habe den Durchsuchungsbefehl. Siehst du? Hier ist der Durchsuchungsbefehl. Steht dick hier oben drauf, Durchsuchungsbefehl.«

»Okay, Clint«, sagte ich, »du hast den Durchsuchungsbefehl dabei. Also machen wir davon Gebrauch.«

So ungefähr an diesem Punkt fiel mir auf, daß Aline uns beide anstarrte.

Auch Clint mußte es aufgefallen sein, denn er sagte: »Nehmen Sie das nicht ernst. Nehmen Sie das einfach nicht ernst. Wir lieben uns, nicht wahr, Deb?«

»Wie verrückt«, stimmte ich zu. »Das hat Aline bestimmt schon bemerkt. So, durchsuchen wir endlich den Pick-up. Ich will nach Hause.«

In dem Wagen war nichts, was nicht hineingehörte. Kein Abschiedsbrief. Keine vergessenen Lunchpakete. Rein gar nichts außer zwei Hamburgerboxen und Colabechern und einer Schachtel Kleenex und der rosa Jacke eines kleinen Mädchens.

Clint schob seinen Hut nach hinten und blickte hinaus auf die weite Fläche mit Bäumen und Gestrüpp und Ranken. »Dann werde ich jetzt mal die Truppe anfordern«, sagte er matt.

»Die Truppe?« fragte Aline mich im Wagen. »Nicht zu fassen! Das hört sich ja an wie aus einem John-Wayne-Film!«

»Das ist bloß eine locker organisierte Gruppe von Freiwilligen, deren Hauptaktivität darin besteht, bei Paraden mitzumachen«, sagte ich. »Aber sie helfen auch aus, wenn wir zusätzlich Leute für Suchmannschaften und dergleichen brauchen.«

»Und was passiert, wenn die sich verirren?«

»Das werden sie nicht. Sie kennen die Gegend.«

»Sie haben auch gesagt, Rick Mossberg kennt die Gegend.«

»Rick Mossberg hat sich nicht verirrt. Das habe ich Ihnen doch schon gesagt. Egal, was passiert oder nicht passiert ist, das jedenfalls nicht. Er hat sich nicht verirrt.«

Aline zuckte die Achseln. »Ich muß bei mir im Büro anrufen wegen der SellAmerica-Jacke. Möchten Sie solange warten, oder wollen Sie mich einfach an meinem Wagen absetzen?«

»Ich muß sowieso noch ins Büro und einen Bericht auf Band diktieren. Er wird zwar vor morgen nicht getippt, aber ich lasse so was nicht gern bis zum nächsten Tag liegen. Sie können also genausogut von meinem Büro aus anrufen.«

»Sie hat was? Okay, wie? Aber –« Aline hörte sehr lange zu, machte sich Notizen auf einem Block, während sie zuhörte. »Okay, soll ich sofort zurückkommen?«

»Was ist denn los?« fragte ich.

Aline machte mir Zeichen, ich sollte ruhig sein, und hörte weiter zu. »Aber das ergibt doch keinen Sinn – okay, okay.«

Und nach einer Weile legte sie auf und wandte sich mir zu. »Mrs. French hat sich heute nachmittag erschossen.«

»Sie hat was?«

»Es wäre naheliegender gewesen, wenn sie Tabletten oder so genommen hätte; der Arzt hatte ihr Schlaftabletten und so Zeugs verschrieben, aber sie hat sich erschossen. Deb, es waren nicht mal irgendwelche Schußwaffen im Haus. Sie ist losgezogen und hat sich eine Pistole gekauft und ist zurück nach Hause und hat sich erschossen. Hat so einen verrückten Brief hinterlassen, in dem steht, es sei alles ihre Schuld und man könne Blut nur mit Blut tilgen.«

»Sieben Kinder«, hörte ich mich sagen.

»Ja«, sagte Aline, »sieben Kinder zu Hause. Jetzt sieben mutterlose Kinder. Offenbar hat niemand dafür irgendeine einleuchtende Erklärung. Ach, verdammt!« Sie setzte sich wieder, barg den Kopf in den Armen, die sie auf Dutchs Schreibtisch gelegt hatte. »Ich bin von Beginn an an dem Fall dran gewesen«, sagte sie mit halb gedämpfter Stimme. »Jedenfalls, seit die Sache gemeldet wurde. Mrs. French wirkte – verängstigt, klar, von Anfang an, aber sie hat einigermaßen die Fassung bewahrt, nur –« Sie blickte wieder auf. »French ist in irgend so einer komischen Kirche, sie haben da keinen Prediger oder so, aber dauernd sind irgendwelche Typen von der Kirche vorbeigekommen, mit kleinen Namensschildchen, auf denen stand, daß sie im Ältestenrat sind, und Mrs. French hat ihnen immer wieder gesagt, sie gehöre nicht dazu, sie sei nicht gut genug, um dazuzugehören, und darauf habe ich mir keinen Reim machen können, und ich glaube, die von der Kirche auch nicht. Und dann sind dauernd ein paar Frauen gekommen und haben ihr was zu essen gebracht und auf die Kinder aufgepaßt, und sie haben dauernd zu ihr gesagt, sie solle nicht so reden und das alles wäre ganz bestimmt nicht ihre Schuld.«

»Ich kann mir darauf auch keinen Reim machen. Mein Sohn gehört jetzt zur selben Kirche, und ab und zu gehe ich mit und –«

»O nein, ich und meine große Klappe –«

»Schon gut«, sagte ich hastig. »Ich weiß, die Kirche wirkt irgendwie komisch, wie Sie es ausgedrückt haben, aber sie –«

»Ich habe es nicht verstanden«, unterbrach Aline mich. »Aber jedenfalls ist sie ziemlich ruhig geblieben, bis man die Leiche dort gefunden hat – bis Sie sie dort gefunden haben. Dann – French war fix und fertig, natürlich, aber sie – ich habe noch nie erlebt, daß jemand so zusammengebrochen ist wie sie, und da hat sie angefangen, davon zu reden, daß es alles ihre Schuld wäre, alles ihre Schuld, alles ihretwegen, es wäre alles ihretwegen passiert, und er hat ihr immer und immer wieder gesagt, das würde nicht stimmen, das würde auf keinen Fall stimmen, und sie hat gesagt, das würde doch stimmen und er würde es nicht verstehen, und wenn er die Wahrheit wüßte, würde er sie hassen –« Aline öffnete ihre Handtasche und nahm einen weißen Briefumschlag heraus. »Sehen Sie sich das an – nein, Moment noch.«

Sie schob mir den Block herüber, und da wurde mir klar, daß sie den Text des Abschiedsbriefes aufgeschrieben hatte, für den Fall, daß wir uns einen Reim darauf machen konnten.

Es war meine Schuld, daß Helen gestorben ist. Es war wegen Sonny. Ich wollte nicht, daß Sonny sterben mußte, aber auch das war meine Schuld. Und Helen ist gestorben, und Patrick ist gestorben, und ich weiß nicht, wer sonst noch, aber vielleicht hört es ja mit mir auf, wie es mit mir angefangen hat. Es war meine Schuld, die die Menschen getötet hat, immer und immer und immer wieder. Blut kann man nur mit Blut tilgen. Jared, es tut mir leid, es tut mir so leid. Ich hätte wissen müssen, daß ich niemals befreit sein würde von dem, was ich getan habe, von dieser Schuld. Kümmere dich um die Kinder, such eine neue Mutter für sie, eine, die rein ist.

Susanna

Aline nahm mir den Zettel aus der Hand und warf Fotos auf meinen Schreibtisch, etliche Bilder von Helen. Gerade auf den Schnappschüssen sah man, was für ein süßes Kind sie gewesen war. Außerdem ein paar gestellte Studioaufnahmen. Ein Gruppenfoto, Jared French, seine Frau, acht Kinder – vier Jungen, vier Mädchen –, zumindest nahm ich aufgrund der blauen Decke an, daß das Baby ein Junge war. Aline deutete heftig auf das Bild. »Selbst jetzt, wo Helen tot ist, sehen Sie sich an, wofür sie hätte leben müssen! Es ergibt einfach keinen Sinn!«

Ich nahm das Gruppenfoto und betrachtete es eingehend. »Susanna«, sagte ich. »Sie hieß Susanna?«

»Ja, warum?«

Ich öffnete einen der einkaufstütengroßen Plastikbeutel, in die wir die Beweismittel von der Farm getan hatten, und fischte einen der kleinen Beweismittelbeutel heraus. Ich öffnete ihn und zog das Foto heraus, das alte Foto von dem Mann und der Frau aus Patrick Kellys Koffer. Ich legte das Bild neben die Studioaufnahme, die Aline auf den Schreibtisch geworfen hatte, und sagte: »Sehen Sie sich das an.«

Aline betrachtete die beiden Fotos; ihre Augen wurden größer. »Aber Sie haben doch gesagt –«

»Ja. Ich habe gesagt, daß das Susie Kelly ist. Das war Patrick Kellys Frau, das war die Frau, deretwegen Patrick Kelly seinen Bruder getötet hat. Susie Kelly ist Susanna French. Ich weiß jetzt, warum sie sich erschossen hat – o Gott, das ist ja entsetzlich!« Und ich spürte, wie sich mir der Magen hob; ich lief, so schnell ich konnte, aus meinem Büro in Richtung Damentoilette, und als Aline mir nachgekommen war, hing ich schon über einer Kloschüssel, würgte und schluchzte aus Mitleid mit – mit jedem, jedem, der in diesen schrecklichen Alptraum verstrickt war, mit jedem einzelnen von ihnen, sogar mit Patrick Kelly.

»Deb, kommen Sie, ich bringe Sie nach Hause«, sagte Aline. »Es war ein langer Tag –«

»Es geht schon wieder.« Aber ich fing erneut an zu würgen.

»Deb, entweder ich bringe Sie nach Hause, oder ich rufe Ihren Mann an, daß er Sie abholen soll. Man läßt seine Freunde nicht fahren, wenn sie – fahruntüchtig sind.«

Darüber mußte selbst ich lachen.

Kapitel 7

Als ich aufwachte, polterte jemand in der Küche herum – Hal, wie ich aus den lärmenden Bemühungen schloß, leise zu sein. Die Kühlschranktür knallte, und Hal sagte: »Hoppla!« Irgend etwas – vermutlich eine Schüssel – schepperte ziemlich laut auf den Tisch.

Die Terrassentür glitt auf, und ich hörte Harry ins Haus kommen. »Gib mir die Grillsoße«, flüsterte er laut.

Die Kühlschranktür öffnete sich und schlug dann wieder zu.

Die Terrassentür glitt wieder zu, wobei sie sich ziemlich laut und quietschend in ihren Aluminiumschienen bewegte. Der Duft von gebratenem Hähnchen und Holzkohle wehte herein.

Offenbar grillte Harry Hähnchen, während Hal den Salat machte. Ganz offenbar machte Hal den Salat. Er ist der einzige Mensch, den ich kenne, der einen Höllenlärm machen kann, wenn er Eisbergsalat mit dem Küchenmesser schneidet.

Aber nicht mal Hal schafft es, allzu laut Tomaten zu schneiden, und ich döste wieder ein, um erschreckt aufzufahren, als ich spürte, wie mir jemand die Finger ableckte.

Es war natürlich Pat, halb Pitbull und halb – so meint zumindest der Tierarzt – Dobermann. Er ist alles andere als ein Schoßhund, obwohl er unverdrossen versucht, sich auf den Schoß von jemandem plumpsen zu lassen, der sich unvorsichtigerweise in den Garten setzt, und wenn er von dem ungehaltenen (und ziemlich mitgenommenen) Opfer entfernt wird, wedelt er mit dem ganzen Hinterleib, um den kaum vorhandenen Schwanz wettzumachen. Daß er nicht ins Haus darf, findet er ebenso demütigend wie unerklärlich, und jedesmal, wenn einer die Terrassentür aufgelassen hat, schießt er in einem unbeobachteten Augenblick hinein und läuft mit unübersehbarer Freude zum erstbesten, der gerade erreichbar ist. Aus diesem Grund wurden meine Hände jetzt abgeleckt, ausgesprochen naß.

»Geh weg, Pat«, sagte ich schläfrig.

Pat winselte und ging natürlich nicht weg. Ich setzte mich auf und fuhr mir mit den Fingern durchs Haar, stand auf und packte Pat am Halsband, um ihn zur Terrassentür zu eskortieren. *»Raus,* du Köter«, sagte ich zu ihm, und er winselte mit gebrochenem Herzen.

Obwohl wir Pat erst seit dem letzten Frühjahr haben, als er durchnäßt und zitternd vor unserer Haustür auftauchte, kann ich nur vermuten, daß er – schon seit seinen frühesten Welpentagen – daran gewöhnt ist, an Halsband oder Leine irgendwohin geschleift zu werden, wo er nicht hinwill. Er ist kein besonders cleverer Hund, wenn man bedenkt, daß ein durchschnittlicher Pitbull einen Pick-up ziehen kann – aber er hat noch nicht gemerkt, daß er nirgendwo mehr hin muß, wo er nicht hin will. Deshalb geht er, wenn man ihn am Halsband packt oder an die Leine nimmt, ergeben überall mit hin, wo er hin soll.

Harry, am Grill, drehte sich um und blickte enttäuscht. »Wir wollten dich überraschen«, sagte er.

»Pat war schneller«, sagte ich und ließ den nicht sonderlich geläuterten Hund im Garten los.

»Ich dachte, Hal hätte die Tür zugemacht.«

»Hat er nicht.«

Ich auch nicht. Ich bugsierte Pat wieder aus dem Haus, schloß die Terrassentür sorgfältiger und setzte mich auf einen Gartenstuhl, um zuzusehen, wie Harry das Hähnchenfleisch etwa neunundvierzigmal wendete. Übrigens, es mußte einfach gut schmecken. Ich hatte Hähnchenbrust ohne Haut und ohne Knochen für irgendein schickes Gericht gekauft, das ich kochen wollte – egal, was für eins; offensichtlich habe ich es nicht gekocht –, und Harry hat das Fleisch zum Grillen genommen. Wen interessiert es schon, daß es fast dreimal so teuer war wie Steaks?

Natürlich aßen wir nicht draußen. Der Gartentisch wird zur Zeit nur für Getränke benutzt, möglichst Getränke, die Pat nicht mag.

Pat *liebt* Hähnchen.

Ich im Augenblick nicht, nicht besonders, aber andererseits glaube ich kaum, daß mir irgend etwas anderes eingefallen wäre, von dem ich viel hätte essen wollen. Ich mußte mit jemandem reden, und ich dachte wehmütig an die Zeit zurück, als ich ein braves kleines Mädchen war und jeden Sonntag zur Kirche ging und einen Pastor hatte, mit dem ich über alles sprechen konnte.

Aber das brachte mich auf einen Gedanken. »Hal«, fragte ich beim Essen, »wenn du mit jemandem von der Kirche über ein Problem sprechen wolltest, zu wem würdest du gehen? Ich meine, wenn es ein richtig ernstes Problem wäre?«

»Pfadfindergruppenleiter«, antwortete er lakonisch. »Kann ich noch was Milch haben? Es bleibt noch genug fürs Frühstück übrig.«

»Das rate ich dir. Und es heißt, *darf* ich, nicht *kann* ich. Hal, ich meine, wenn *ich* mit jemandem sprechen wollte. Ich habe keinen Pfadfindergruppenleiter.«

Er hatte die Kühlschranktür bereits auf. Er bewegt sich so schnell wie Pat, wenn es ums Essen geht. »Ich weiß nicht«, sagte er, den Kopf im Kühlschrank. »Vielleicht mit dem Bischof.«

»Hal, wie lange brauchst du, um eine Packung Milch rauszuholen?«

»Oh. Nicht lange. Hier steht eine Dose Birnen.«

»Ich weiß. Ich habe sie reingestellt.«

»Können wir die zum Nachtisch haben?«

»Ich denke schon. Wer ist der Bischof?«

»Wir haben einen neuen.«

»Ich weiß, daß ihr einen neuen habt. Deshalb frage ich ja, wer es ist.«

Ich sollte wohl erklären, daß die Mormonen die ungewöhnlichste Kirchenorganisation haben, die mir je untergekommen ist. Auf einer Ebene sind sie ähnlich wie die Katholiken strukturiert, allerdings sprechen sie nicht von Pfarren oder Pfarrbezirken, sondern von Gemeinden, und sie haben keine Diözesen, sondern »Pfähle Zions«. Die Gemeindegrenzen sind streng festgelegt, und wer in einer bestimmten Gemeinde wohnt, geht auch zu den Gottesdiensten dieser Gemeinde, ohne Wenn und Aber. Anders als bei den Katholiken finden häufig die Gottesdienste von drei oder vier Gemeinden nach einem gestaffelten Zeitplan in ein und demselben Gebäude statt, was in der Praxis bedeutet, daß Hal, der dieses Jahr von neun Uhr morgens bis mittags zur Kirche geht, im nächsten Jahr von elf bis zwei Uhr nachmittags gehen wird. Aber das wohl ungewöhnlichste Merkmal der Mormonen ist, daß sie keine bezahlten Geistlichen haben. Statt dessen haben sie einen Bischof – der ernannt, nicht gewählt wird –, der als eine Art Pastor fungiert und dem zwei Ratgeber zur Seite stehen.

Na ja, es gäbe noch einiges mehr zu sagen. Zum Beispiel hält der Bischof keine Predigt; jeden Sonntag reden mehrere verschiedene Leute, aber das ist auch so ungefähr alles, was ich rausgekriegt habe. Der letzte Bischof – er war fünf Jahre im Amt, was, glaube ich, die normale Amtszeit ist – war die übrigen sechs Tage in der Woche Auslieferer bei einer Firma für Tiefkühlkost. Ich habe mich oft gefragt, was die in der Firma wohl gedacht haben, wenn Hal dort hin und wieder angerufen hat, um dem Bischof ausrichten zu lassen, er solle zurückrufen, wenn er auf seiner Route zwischendurch mal ins Büro kam, aber ich schätze, sie waren es bestimmt schon gewohnt.

Ich wußte nicht, was der jetzige Bischof für einen Beruf hatte, weil ich nicht wußte, wer der jetzige Bischof war. Hal fiel der Name nicht ein. Schließlich rief ich den alten Bischof an, der nicht zu Hause war, aber seine Frau konnte mir die Nummer des neuen geben, der zu meiner großen Überraschung Sergeant bei der Polizei war. Er hieß Will Linden, und ich kannte ihn ganz gut.

Das war hilfreich; es bedeutete, daß ich mit ihm reden konnte, ohne die Sicherheitsbestimmungen zu verletzen.

Will sagte, er würde vorbeikommen und mit mir reden.

Harry sagte: »Wenn er mich fragt, warum ich nicht in die Kirche gehe, verschwinde ich.«

Hal warf Harry einen vorwurfsvollen Blick zu, und ich sagte: »Ich glaube nicht, daß er das tut.«

Er tat es nicht. Er hörte sich einfach an, was ich zu sagen hatte, und das war hoffentlich etwas zusammenhängender als meine Darstellungen normalerweise sind, und dann sagte er: »Deb, das hört sich nicht so an, als hätte sie irgendeine Schuld auf sich geladen. Höchstens vielleicht Ehebruch, aber der ist zweifellos verzeihlich. Und selbst da bin ich mir nicht sicher. Nach dem, was Sie erzählen, vermute ich, daß in Wirklichkeit nicht mehr passiert ist als ein harmloser Flirt, und selbst den hat sie eindeutig bereut. Sie hatte durchaus keinen Grund, nicht der Kirche beizutreten, und nicht den geringsten Grund, Selbstmord zu begehen. Es ist ein Jammer, daß sie nicht einfach mit ihrem Bischof geredet hat. Verstehen Sie, entscheidend ist, daß sie für das verantwortlich war, was sie getan hat – was auch immer das war –, aber nicht für irgend etwas, das ein anderer getan hat. Ich meine, ich verstehe durchaus, daß sie sich Vorwürfe gemacht hat, aber es gab einfach keinen Grund –« Er schüttelte den Kopf. »Es gab einfach keinen Grund, das ist alles.«

»Und was passiert nun?« fragte ich gereizt. »Ich meine, ihr Mann ist zutiefst religiös. Wird er bis ans Ende seiner Tage denken, daß Susanna in die Hölle kommt oder so? Liegt das im Sinne der Kirche?«

Will schüttelte wieder den Kopf. »Die Kirche – wie übrigens fast jede Kirche, die ich kenne – vertritt die Auffassung, daß Menschen sich nicht töten sollen. Und natürlich auch niemand anderen. Aber wir sind der Meinung, daß die Entscheidung letzten Endes beim Herrn liegt. Und ich vertraue darauf, daß der Herr entscheiden wird, daß Susanna French bereits mehr als genug gelitten hat.«

»Und das wird Frenchs Bischof ihm sagen?«

»Sei doch nicht so mißtrauisch, Deb«, sagte Will. »Das wird der Bischof French sagen. Und das hätte er ihr auch gesagt, wenn sie sich an ihn gewandt hätte.«

»Okay«, sagte ich, nicht sonderlich überzeugt. Er wirkte ziemlich überzeugend, aber das stimmte mich auch nicht fröhlicher. Mein alter Pastor hätte zweifellos gesagt, daß Susanna French in die Hölle käme. Deshalb bin ich nicht mehr zur Kirche gegangen. Sein Gott kam mir gemein und bösartig vor, und ich glaube nicht, daß Gott gemein und bösartig ist.

Ich hoffte natürlich, daß Will recht hatte, daß sein Gott es so sehen würde wie ich. Weil mir das alles an die Nieren ging. Ein Kind war tot, offenbar ohne jeden Grund, und jetzt war die Mutter des Kindes – und sieben anderer Kinder – ebenfalls tot, aus keinem ersichtlichen Grund. Das alles ergab für mich keinen Sinn. Und ich bin mittlerweile in dem Alter, in dem es mir lieber ist, daß die Dinge einen Sinn ergeben, obwohl ich der Ehrlichkeit halber zugeben müßte, daß ich mittlerweile in dem Alter bin, in dem ich weiß, daß die Dinge für gewöhnlich keinen Sinn ergeben.

Will stand auf, um zu gehen. Natürlich lud er mich höflich in die Kirche ein, bevor er ging. Natürlich lud er auch Harry ein, aber so höflich, daß nicht einmal Harry eine Möglichkeit sah, sich bedrängt zu fühlen. Dann ging er, nachdem er Hal daran erinnert hatte, daß er ihn am nächsten Morgen zum Seminar abholen würde.

Mist, dachte ich. Mist, Mist, Mist, Mist, Mist.

Feige überließ ich das schmutzige Geschirr meinem Mann und meinem Sohn, nachdem sie bereits das Abendessen zubereitet hatten, was eigentlich meine Aufgabe gewesen wäre, rief Pat und machte einen langen Spaziergang.

Am nächsten Morgen versammelten wir uns im Einsatzraum der Kollegen vom Streifendienst, nachdem die ihre Einsatzbesprechung beendet hatten, weil wir so viele waren, daß wir in keinen Besprechungsraum der Kriminalabteilung hineingepaßt hätten. Captain Millner erklärte sich zum Versammlungsleiter, und niemand schien geneigt, sich deshalb mit ihm anzulegen, also war Captain Millner offensichtlich der Versammlungsleiter. Zunächst blickte er Otto Castillo an: »Was habt ihr bis jetzt, Castillo?« fragte er.

Castillo, der mit etwa sechs weiteren Postinspektoren zusammensaß, stand auf. Mit einem gelegentlichen Blick auf seine Kollegen, mit einem gelegentlichen Blick auf mich und mit einem gelegentlichen Blick auf sein Klemmbrett sagte er: »Patrick Kelly war Polizeibeamter in Fort Worth, bis er vor zirka 26 Jahren seinen Bruder Harrison Kelly erschoß. Er verbüßte eine zehnjährige Gefängnisstrafe wegen Totschlags und wurde vor 16 Jahren auf Bewährung entlassen. Er fand einen Job als Aushilfskraft in einer Autovertretung; dort arbeitete er 14 Jahre lang, dann machte die Firma Bankrott. Er war etwa zwei Monate arbeitslos. Dann arbeitete er erneut als Aushilfskraft, diesmal für Frenchs Chevrolet-Vertretung, und zwar bis vor zirka fünf Monaten.«

Ich setzte mich kerzengerade auf, als Castillo mir einen vielsagenden Blick zuwarf. Jared French hatte sowohl Castillo als auch mir erzählt, daß er nie von einem Patrick Kelly gehört hatte. Zugegeben, es war eine große Autovertretung, aber wenn Kelly zwei Jahre lang für ihn gearbeitet hatte, hätte French ihn eigentlich kennen müssen. Wieso also kannte er ihn nicht – oder wieso hatte er gesagt, daß er ihn nicht kannte?

Castillo fuhr fort. »Zu der Zeit wurde er 62 und ging in Frührente und kehrte wieder auf die Farm seiner Familie zurück, um von der Rente zu leben. Er hat dort fünf Monate gelebt. Er hatte einen 57er Chevrolet, den er auf der Farm untergestellt hatte, während er im Gefängnis war. Die letzten beiden Jahre, die er in Dallas war, hat er den Wagen wieder aufgemöbelt, womit er noch einige Zeit beschäftigt war, nachdem er hierhergezogen war; es handelt sich dabei offenbar um den Wagen, der in Brand gesteckt wurde. Wir haben sämtliche Leute überprüft, mit denen er bekanntermaßen Kontakt hatte. Bislang konnten wir feststellen, daß er nicht wieder geheiratet hat – Susie, die Frau, deretwegen er seinen Bruder erschoß, ließ sich während des Prozesses von ihm scheiden. Wir können niemanden ausfindig machen, der zugibt, ihn häufiger gesehen oder viel von ihm gehört zu haben, seit er in Rente gegangen war; offenbar hat er sehr zurückgezogen gelebt, war wohl ein ziemlicher Einzelgänger. Jeder, mit dem wir gesprochen haben, gibt an, daß er den tragischen Streit mit seinem Bruder offenbar bereute, daß er die Gefängnisstrafe offenbar akzeptiert hatte und nicht mehr über die ganze Geschichte sprechen wollte. Seine Beziehung zu French haben wir nicht überprüft; dafür ist die Polizei von Dallas zuständig. Das ist der bisherige Stand unserer Ermittlungen, und wir beabsichtigen, jetzt in dieser Richtung weiterzumachen, unter der Annahme, daß jemand, den er kannte, sowohl ihn als auch den Postboten erschossen hat.«

»Okay. Ms. Brinkley.«

Aline stand auf und stellte sich vor, etwas höflicher als gestern. »Wir hatten die Beziehung zu der Autovertretung bereits festgestellt, bevor ich gestern hierherfuhr; sobald wir Kelly identifiziert hatten, haben wir dort die Personalakten überprüft. Alle seine Bekannten in Dallas, mit denen wir gesprochen haben, sagten aus, daß er gut mit anderen Menschen klargekommen ist. Als Aushilfskraft hatte er offenbar keinen persönlichen Kontakt zu French – es ist wirklich eine große Autovertretung –, außer vielleicht auf der Weihnachtsfeier der Firma oder dergleichen, und wir haben keinerlei gegenteiligen Hinweis gefunden. Aber gestern haben Deb und ich etwas festgestellt, das wir erst noch offiziell bestätigen lassen müssen, aber es sieht so aus, als ließe sich damit der Zusammenhang nachweisen und vermutlich das Motiv zumindest teilweise erklären. Deb, bitte –«

Mit einem lächerlichen Gefühl von Befangenheit – wahrscheinlich bildete ich es mir nur ein, aber ich hatte das Gefühl, alle Augen im Raum wären auf meine Umstandshose und -bluse gerichtet und nicht auf mein Gesicht und alle würden sich fragen, was ich hier eigentlich zu suchen hätte, statt meinem Bericht zu lauschen – stand ich auf. »Wir haben in Patrick Kellys Koffer einige Fotos von Personen gefunden, die ich wiedererkannt habe. Eine von denen war seine frühere Frau, deretwegen er Sonny – seinen Bruder – erschossen hat. Ich sollte erwähnen, daß ich die Familie als Kind recht gut gekannt habe. Wie Sie wissen, war der Name seiner Frau Susie. Wenig später dann zeigte mir Aline – Detective Brinkley – ein Foto von Frenchs Frau Susanna. Es ist dieselbe Frau.«

»Sind Sie sich da sicher, Deb?« fragte Millner rasch. »Das ist lange her.«

»Es ist lange her, aber ich bin mir sicher. Natürlich müssen wir das noch urkundlich belegen.«

»Tun Sie das. Heute.«

»Kann ich jemand anders damit beauftragen?« fragte ich hoffnungsvoll. »Aline und ich haben gestern das Haus durchsucht, aber heute wollen wir mit ein paar Helfern wieder da rausfahren und Nebengebäude und Scheune und so weiter durchsuchen.«

»Dann setzen wir Dutch auf die Sache an.«

Ich verkniff mir den Hinweis darauf, daß Dutch mit der Suche nach Candy Mossberg beauftragt war, die von ihrem Vater entführt oder nicht entführt worden war. Es spielte ohnehin keine große Rolle mehr; nachdem der Pick-up aufgetaucht war, hatten die vom County den Fall an sich gerissen, und auf meinen Wunsch hin flog Harry heute in einem Firmenhubschrauber los – er ist Testpilot bei Bell Helicopter –, um sie aus der Luft zu suchen. Also konnte sich Dutch ruhig dem Versuch widmen herauszufinden, wo und wann aus Susie Kelly Susanna French geworden war.

Millner rief einen weiteren Postinspektor auf, einen Mann namens David Lee, den ich flüchtig kannte. »Ich habe das Lösegeld zurückverfolgt«, sagte Lee. »Es wurde auf einer Postamtaußenstelle in einer Seitenstraße von der Alpha Road aufgegeben, hinter dem Valley View Mall in Dallas, und es wurde von einem Postboten namens Cooper zum Briefkasten 220-J gebracht, der nicht existiert – er wurde nur für diesen einen Tag angebracht. In unseren Unterlagen ist noch immer ein 220-J aufgeführt, und zwar unter dem Namen Joe Kelly, aber Joe Kelly ist seit gut 25 Jahren tot, und Patrick Kelly hätte den Briefkasten eigentlich auf seinen Namen umändern lassen müssen, als er die Farm geerbt hat. Aber er hat sich nie die Mühe gemacht, und soweit ich aus unseren Unterlagen ersehen kann, hat niemand dort Post bekommen, seit Joe Kelly beerdigt wurde, bis Patrick vor fünf Monaten da hingezogen ist, es sei denn, Patrick hat vielleicht schon eine Weile dort gewohnt, bevor er seinen Bruder getötet hat.«

»Das hat er«, warf ich ein. »Er hat dort gewohnt, als er mit Susie verheiratet war.«

»Danke. Jedenfalls, falls er dort gewohnt hat – und nach dem, was gerade gesagt wurde, gehe ich davon aus –, dann war der Briefkasten weiter unter dem Namen seines Vater registriert. Patrick Kelly hat, seit er dort hingezogen ist, seine Post an ein Postfach bekommen. Wir haben seine Posteingänge überprüft, und bislang – natürlich gilt das nur für die wenigen Tage seit der Entdeckung seiner Leiche – hat er bloß die Gasrechnung und die Stromrechnung bekommen. Keine Briefe, keine Zeitschriften, rein gar nichts. Von der Sozialversicherung haben wir erfahren, daß sein Scheck direkt an seine Bank geschickt wird – die First Security –, und ich habe mir die gerichtliche Erlaubnis besorgt, Einsicht in sein Girokonto zu nehmen. Er bekommt – das heißt, hat bekommen – einen Rentenscheck, und er hat Schecks an die Elektrizitäts- und Gaswerke und die Tankstelle und den Supermarkt ausgestellt. Ein paar Schecks an eine Autoersatzteilfirma und ein paar an einen Laden für Farmbedarf und einen hohen an eine Brunnenfirma. Ich habe bei der Firma nachgefragt, und sie haben gesagt, sie hätten den Brunnen gereinigt und eine neue Pumpe eingebaut. Das wär' alles, bislang. Nichts Überraschendes oder Ungewöhnliches.«

»Sonst noch was?« fragte Millner. »Sie wissen doch bestimmt alle, daß Deb und Aline den Schuhkarton und das Packpapier gefunden haben, in dem French das Lösegeld verschickt hat, nicht?«

Das wußten sie alle. Sie wußten alle, daß wir kein Geld gefunden hatten.

Millner fragte den einzigen Ranger im Raum, ob er dem noch etwas hinzuzufügen habe, und der schüttelte den Kopf. »Ich habe bisher mit den Postinspektoren zusammengearbeitet.«

Millner nahm seine Brille ab und kratzte sich nachdenklich den Nasenrücken. »Also haben wir ein Motiv dafür – wissen alle, daß Frenchs Frau sich gestern erschossen hat?«

Offenbar wußten es alle.

»Wir haben ein mögliches Motiv dafür, warum Kelly die French-Tochter entführt hat – vielleicht hat er Susanna die Schuld an Sonnys Tod und seiner eigenen Gefängnisstrafe gegeben, obwohl wir niemanden haben, der das bestätigt. Offenbar hat Susanna sich erschossen, weil sie glaubte, das wäre das Motiv für die Entführung gewesen, und weil sie nicht mit den daraus resultierenden Schuldgefühlen leben konnte. Das wäre ja alles wunderbar, wenn Kelly am Leben wäre und wir ihn verhaften und verhören könnten. Aber Kelly ist tot, und derjenige, der ihn getötet hat, hat sehr wahrscheinlich auch Bassinger getötet, und denjenigen müssen wir finden. Also, ich will jetzt wissen, ob wir da irgendwie weitergekommen sind.«

Niemand sagte etwas. Offenbar war niemand irgendwie weitergekommen.

»Deb, Sie haben am Sonntag gesagt, Sie wollten mit Kellys Geschwistern sprechen. Wie weit sind Sie da gekommen?«

»Lantana und Billy Jack. Mehr nicht. Oliver ist tot –«

»Wann ist Oliver gestorben?«

»Oliver ist seit fünf Jahren tot, erinnern Sie sich nicht mehr?«

»Offen gestanden, nein. Und da nicht jeder hier die ganze Familie kennt –« (das war eine Untertreibung, dachte ich) »– erklären Sie uns das doch bitte.«

Es freute mich gar nicht, als einzige wieder aufstehen zu müssen. »Also, Patrick hatte drei Schwestern«, sagte ich. »Audrey und Roma und Lantana. Audrey und Roma haben beide geheiratet und sind weggezogen, und Lantana hat Billy Jack geheiratet. Sie wohnen in der Gegend von Birdville.« Weil ich von alten Zeiten sprach, war mir automatisch die alte Bezeichnung rausgerutscht, und ich mußte mich korrigieren. »Ich meine die Gegend von Haltom City. Und er hatte drei Brüder, Richard und Oliver und Harrison. Oliver ist tot – Captain Millner, Sie müßten sich doch eigentlich dran erinnern, er ist Heiligabend vor fünf Jahren gegen einen Brückenpfeiler gerast und war auf der Stelle tot.«

»O ja, natürlich«, sagte Millner. »Hat einen 57er Chevy zu Schrott gefahren. Wenigstens an den Wagen hätte ich mich noch erinnern müssen, auch wenn ich mich nicht an ihn erinnere.«

Anscheinend war ich die einzige im Raum, die noch immer nicht wußte, was an 57er Chevrolets so besonders war. Ich mußte mir die Zeit nehmen, etwas mehr über diesen Wagentyp in Erfahrung zu bringen. Aber im Augenblick mußte ich über die Brüder Kelly sprechen.

»Okay, also Oliver ist tot, und Harrison ist natürlich auch tot, weil Patrick ihn ja erschossen hat. Und Richard war Berufssoldat, und zuletzt habe ich gehört, daß er als Sergeant in Deutschland stationiert war und kurz vor seiner Pensionierung stand, und daher nehme ich an, daß er inzwischen pensioniert ist, weil das einige Zeit her ist, aber soweit ich weiß, ist er nicht in diese Gegend zurückgezogen.«

»Okay«, sagte Millner, »Sie haben also mit Lantana gesprochen; und Oliver und Sonny und natürlich Patrick sind tot; und damit müssen noch Audrey und Roma und Richard ausfindig gemacht werden. Machen Sie sie ausfindig.«

»Aber –«

»Die Postbehörde überprüft Patricks private Kontakte. Dallas bearbeitet den Teil, der Dallas betrifft. Sie und Aline werden heute vormittag den Rest der Farm durchsuchen, und anschließend kann Aline machen, was Dallas von ihr möchte, und Sie können Audrey und Roma und Richard suchen. Und natürlich Audrey und Romas Ehemänner und Richards Frau. Egal, wie Sie es anstellen, finden Sie sie.«

»Aber das FBI kann Richard sehr viel schneller finden als ich.«

»Das stimmt«, pflichtete FBI-Agent Dub Arnold mir bei. »Ich kümmere mich drum. Sergeant Richard Kelly, soweit bekannt, zuletzt in Deutschland stationiert, Sie wissen wohl nicht, wie lange, und ich nehme auch nicht an, daß Sie seine Dienstnummer kennen?«

»Sie machen wohl Witze.«

»Das habe ich mir gedacht. Wir finden ihn.«

»Sonst noch was, bevor jeder von uns sich an seine Arbeit macht?« fragte Millner.

»Ja«, sagte Aline, »die Jacke.«

»Welche Jacke?«

»Der Karton und das Papier, in dem das Lösegeld verschickt wurde. Als wir den Karton und so fanden, war eine SellAmerica-Jacke drumgewickelt. Gestern abend habe ich mein Büro darauf angesetzt, herauszufinden, wem die Jacke gehörte.«

»Wie soll man das denn rausfinden?«

»Die Jacke gehörte ohnehin wahrscheinlich Patrick«, sagte Castillo.

»Sie haben doch vorhin seine Arbeitsstellen aufgelistet«, sagte Aline, »und SellAmerica war nicht dabei.«

»Was ist denn eigentlich SellAmerica?« fragte Millner.

Aline erklärte es, und Castillo sagte: »Nun, wenn er arbeitslos war, könnte es doch sein, daß er eine Zeitlang da gearbeitet hat, übergangsweise.«

»Vielleicht. Vielleicht aber auch nicht. Jedenfalls, mein Büro versucht, es herauszufinden. Ich rufe mal schnell dort an, bevor wir hier Schluß machen, und frage, ob sie was haben, was vielleicht noch für andere hier von Interesse ist.«

An der Wand des Einsatzraums hängt ein Telefon. Aline stand die nächsten fünf Minuten da und lauschte; dann drehte sie sich um und sagte: »Patrick Kelly hat nie bei SellAmerica gearbeitet, zumindest nicht in Dallas, und es wird ein verdammtes Stück Arbeit herauszufinden, wem die Jacke gehörte. Erstens, SellAmerica hat die Jacken nur ein einziges Mal verteilt, und das war im April und Mai vor drei Jahren. Nach Angaben der Geschäftsführerin – ein Detective von uns hat sich gestern abend mehrere Stunden mit ihr unterhalten – kamen sie in einer Riesenkiste aus New York, wo die Zentrale ist, und dann haben die Geschäftsführer sie als kleinen Anreiz an das Verkaufspersonal verteilt, damit die Leute härter arbeiten. Nehme ich jedenfalls an. Wer am Abend die meisten Zeitschriften verkauft hatte, bekam eine Jacke –«

»Das sollte doch wohl ganz leicht sein«, fiel Millner ihr ins Wort. »Die haben doch bestimmt Unterlagen darüber.«

»Jaja, aber damit nicht genug. Die veranstalten auch so ein blödes Quiz namens ›Wie heißt der Kinofilm‹, was, wenn ich das richtig verstanden habe, so ähnlich gespielt wird wie Galgenmännchen, nur anders, und man muß jedesmal, wenn man eine Zeitschrift verkauft, einen Buchstaben raten, und wer den Filmtitel errät, bekommt eine Jacke. Solche Spiele eben. Und niemand hat darüber Buch geführt, wer alles eine Jacke bekommen hat. Außerdem wechselt das Personal alle naslang – es gibt einen Stamm von Leuten, die eine Zeitlang bleiben, und etwa zwei Drittel des Personals rotieren ständig. Carl sagt, die Geschäftsführerin konnte keine genauere Angabe machen, als daß zu der Zeit, als die Jacken verteilt wurden, teilweise etwa 130 Leute dort beschäftigt waren. Carl hat um eine Liste gebeten, aber das war zwei Geschäftsführer her, und die jetzige Geschäftsführerin ist nicht sicher, ob sie die noch findet. Sie sagt, daß sie die Liste vielleicht in der Zentrale bekommt, wenn sie bei den alten Gehaltsunterlagen liegt, oder sie könnte versuchen, die ehemalige Sekretärin zu erreichen, die vor etwa zwei Monaten aufgehört hat, und fragen, ob sie weiß, wo sie sein könnte.«

In die anschließende Stille hinein brummte einer der Postinspektoren: »Scheiße!«

»Sie sagen es«, erwiderte Millner. »Also, an die Arbeit. Deb, Sie haben gesagt, sie bräuchten ein paar Helfer?«

»Ja, zwei, drei.«

»Ich rufe im Gefängnis an.«

»Moment«, sagte Aline, als die ersten aufstanden und ihre Jacketts nahmen, »da ist noch was.«

»Was denn?« fragte Millner ergeben.

»Es gibt noch eine SellAmerica-Filiale in Arlington. Jemand, der in Dallas oder Fort Worth wohnt, könnte doch wohl ohne weiteres dort arbeiten. Jay hat dort angerufen, und sie haben gesagt, ein Patrick Kelly wäre nie bei ihnen beschäftigt gewesen, aber Jay ist nicht rausgefahren, um festzustellen, wie viele Leute sie hatten, als die Jacken verteilt wurden. Er fährt heute abend hin. Dann hat die Geschäftsführerin in Dallas noch gesagt, sie verteilen neben den Jacken auch Baseballkappen und Schlüsselringe und ähnlichen Kram, und an Leute, die länger bei ihnen beschäftigt sind, verteilen sie auch teureres Zeug. Also –«

»Also, wenn hier einer jemanden vernimmt und ihm dabei irgendwas mit dem SellAmerica-Logo drauf auffällt, dann sollten wir denjenigen besonders unter die Lupe nehmen«, beendete Millner den Satz.

»Genau«, sagte Aline mit leicht verstimmter Miene.

»Captain«, sagte ich, »was ist mit Candy Mossberg?«

»Das County kümmert sich jetzt um die Sache«, erwiderte er. Und mehr konnte er mir natürlich nicht sagen.

Aline und ich fuhren zum Gefängnis.

Die Häftlinge, die uns helfen sollten, waren genau gleich gekleidet, in schmuddeligen weißen Hemden und schmuddeligen weißen Hosen mit grauem Streifen an der Außenseite von jedem Bein. Sie saßen auf der Rückbank des Wagens und blickten zufrieden. Einer von ihnen war ein großer Schwarzer Ende 40; er hieß Leander und hatte uns im ernsten Ton erklärt, daß es ihm eigentlich ganz gut ging, bis sein Nachbar ihn in den Wahnsinn getrieben hat; dann ist er losgezogen und hat sich betrunken und wurde festgenommen und bekam einen Monat Gefängnis wegen Trunkenheit in der Öffentlichkeit, aber immerhin hatte er jetzt einen ganzen Monat Ruhe vor seinem Nachbarn, doch morgen würde er entlassen, und dann müßte er zurück und sich den Radau von seinem Nachbarn wieder anhören. »Haben Sie nie überlegt umzuziehen?« fragte Aline.

»O nein, Ma'am, ich würde nie wieder so'nen Garten kriegen, wie ich jetzt habe.«

Der andere, ein lebhafter blonder 19jähriger namens David, konnte gar nicht verstehen, wieso er im Gefängnis war, sagte er; er hat bei Leuten gewohnt, und die waren richtig nett gewesen, und er hatte versprochen, er würde ihnen Miete zahlen, sobald er einen Job hatte, nur aus irgendeinem Grund waren sie es nach etwa sechs Monaten leid, daß er bei ihnen wohnte, und sie hatten ihm gesagt, er sollte seine Sachen vom Fußboden aufsammeln und ausziehen, und da ist er ausgezogen und hat im Park geschlafen, und das war schließlich allein seine Sache, wenn er Lust hatte, im Trinity Park zu schlafen und bei den Leuten Geld für Zigaretten zu schnorren, nur, irgend jemand hatte ihn angezeigt, und dann wurde er festgenommen wegen Landstreicherei und zu 30 Tagen verknackt, und das war Quatsch, weil er doch auf der Suche nach einem Job war, ganz ehrlich, und er hatte schließlich zwei volle Tage bei Burger King gearbeitet, und die waren doch blöd, ihn gleich zu feuern, bloß weil er und ein Kumpel sich mit Ketchup bespritzt hatten.

Er hatte die High-School abgebrochen und war mit 16 von zu Hause ausgezogen, und anscheinend hatte er sich seitdem herumgetrieben. Aber er war groß, kräftig und vergnügt und freute sich, daß er mal für einen Tag aus dem Gefängnis rauskam. In Anbetracht der zwei Häftlinge auf dem Rücksitz verstummte jedes Gespräch zwischen Aline und mir, so daß die Fahrt schweigend verlief, bis wir auf die Straße bogen, die direkt zur Farm führte. Da sagte Leander auf dem Rücksitz: »Miss Deb, ist das nicht die Kelly-Farm?«

»Ja, genau. Sie waren schon mal hier, was?«

»Klar, Ma'am. Der alte Mister Joe, der hat damals 'nen prima Schnaps gebrannt.« Er lachte wehmütig. »Richtig prima Schnaps.«

»Na, wenn Sie welchen finden, lassen Sie die Finger davon.«

»Klar, Ma'am«, sagte er ergeben.

Interessant, dachte ich. Davon wußte ich nichts. Ich fragte mich, ob meine Eltern es gewußt hatten. Jedenfalls hatte es nichts mit unserem Fall zu tun.

Es gab eine Scheune, die kurz vor dem Einsturz stand, und eine Garage, um die es nicht viel besser bestellt war. Es gab ein Außenklo, das, kaum noch sichtbar, völlig mit Geißblatt überwuchert war. Es gab einen langen Schuppen, in dem ein alter Traktor stand, der Traktormotor lag, in Einzelteile zerlegt, auf einer ausgebreiteten Zeitung auf dem Boden. Ich sah auf das Datum. Erst acht Tage alt. Interessant.

Ein 400-Liter-Faß Benzin – neu – stand in einer Ecke des Schuppens, mehrere Dosen Motoröl daneben.

Anscheinend war das der Traktor, mit dem der Rasen gemäht worden war. Aber wenn er das war, hatte er die Anstrengung nicht sehr gut überstanden. Was, wie ich annahm, erklärte, warum nicht fertig gemäht worden war.

Die Durchsuchung der Nebengebäude war ein langes, ermüdendes, fruchtloses Unterfangen. Mit einer Ausnahme gab es nichts, das irgend etwas mit dem Fall zu tun zu haben schien. Im Außenklo befand sich ein Spinnennest und eine kleine Klapperschlange, die Leander mit einem Knüppel totschlagen wollte, während David sie in Frieden lassen wollte. Ich fand ebenfalls, daß die Schlange niemanden zu stören schien und gefahrlos ihrer Aufgabe als Rattenfängerin von eigenen Gnaden überlassen werden konnte; außerdem, so fügte ich hinzu, falls sie getötet werden müßte, würden Aline oder ich das übernehmen.

»Das meinen aber auch nur Sie«, sagte Aline mit einem leichten Schauder. Offenbar hat sie die gleiche Haltung zu Schlangen wie ich zu Spinnen.

Das Scheunentor war mit rostigen alten Nägeln zugenagelt; ebenso sämtliche Fenster, also mußten wir das Tor von David und Leander aufbrechen lassen. Drinnen war rein gar nichts außer uraltem Heu, das nicht mal mehr als Mulch zu verwenden gewesen wäre, einigen alten Futtertrögen und etlichen sehr fetten Ratten. Offenbar hatte die Klapperschlange ihren Zuständigkeitsbereich noch nicht bis hierher ausgedehnt.

In der Garage befanden sich Einzelteile von 20 bis 30 alten Fahrrädern. Sie enthielt außerdem mehrere Ventilatorflügel, einige zerbrochene Stühle, Teile von vier Motorrädern (das neueste war eine 1949er Harley; ihrem heruntergekommenen Zustand nach zu urteilen, war seit 1950 niemand mehr damit gefahren), drei Benzinkanister mit durchgerosteten Böden, 14 Fliegengitter (zerrissen) in Holzrahmen, einen gelben Resopalküchentisch mit verrosteten Beinen, jede Menge alte Limonadenflaschen, einen Haufen Metallfässer und Kupferrohre, mit denen man mühelos einen Destillierapparat wieder hätte zusammenbauen können, jede Menge zerbrochenes Glas und jede Menge vertrocknetes Laub und abgestorbene Äste, die vermutlich durch das Dach gefallen waren, das seinerseits eingestürzt war. Zwischen den Trümmern fanden wir einen großen, neuen Briefkasten mit der Aufschrift 220-J. Der Briefkasten war unter drei großen Glasballons versteckt, in denen, wie Leander uns erzählte, Joe den Schwarzgebrannten aufbewahrte. Alle drei Gläser waren fest verschlossen und enthielten eine klare Flüssigkeit. Leander betrachtete sie sehnsüchtig, und ich nahm ein Stuhlbein auf und zerschlug alle drei Gläser, nachdem ich festgestellt hatte, daß sie anders nicht zu öffnen waren, um den Inhalt auszuschütten.

Dem Geruch nach zu urteilen, war in zwei von ihnen Schwarzgebrannter. In dem dritten war Terpentin.

In dem langen Schuppen hatte jemand an dem Traktor gearbeitet; daneben war Werkzeug, mehr oder weniger ordentlich in einem metallenen Werkzeugkasten verstaut. Aber da waren noch andere, kleinere Teile, die darauf hindeuteten, daß jemand an einem Auto gearbeitet hatte. Ich nahm mir vor, wenn wir hier fertig waren, mich noch einmal um den ausgebrannten 1957er Chevrolet zu kümmern, um festzustellen, ob es irgendwelche Anzeichen dafür gab, daß es sich möglicherweise um das Fahrzeug handelte, mit dem das Kind entführt worden war.

Würde jemand riskieren, einen so auffälligen Wagen zu benutzen, um ein Verbrechen zu begehen? Falls ja, war er vielleicht irgend jemandem aufgefallen?

Natürlich hatte die Polizei von Dallas die Anwohner in der näheren Umgebung der Schule nicht gefragt, ob sie einen 1957er Chevrolet gesehen hatten; sie hatten bloß nach ungewöhnlichen Fahrzeugen gefragt, und auf einer Straße in einem der vornehmsten Stadtteile von Dallas ist eigentlich so gut wie nichts ungewöhnlich, von einem Model T Ford bis zu einem Rolls Royce Silver Cloud.

Wir brachten die Häftlinge zurück zum Gefängnis, wo David uns eifrig versicherte, wie schön es gewesen sei, uns zu helfen, und wie gern er uns wieder helfen würde, wenn wir ihn irgendwie, egal für was, gebrauchen könnten.

»Wir werden dran denken«, versprach ich ihm feierlich.

Nachdem sich die Tür hinter ihm geschlossen hatte, lachte Aline los. »Er hat das Zeug zu einem ausgemachten Schwindler.«

»Der geborene Hochstapler«, stimmte ich ihr zu. »Ich fahr' jetzt rüber zum Fahrzeugabstellplatz der Polizei, um mir den Wagen anzusehen. Möchten Sie mitkommen?«

»Ja, klar«, erwiderte Aline, »aber vorher muß ich mal kurz wohin.«

Da ich schon den ganzen Tag immer mal wieder kurz wohin gemußt hatte, konnte ich nichts dagegen einwenden. Ich machte einen kleinen Abstecher zu meinem Schreibtisch und fand eine Nachricht, daß ich das FBI anrufen sollte.

»Es geht um diesen Sergeant Kelly, den ich für euch ausfindig machen sollte«, sagte Dub Arnold. »Da gab es nicht viel ausfindig zu machen. Er ist tot.«

»Tot?«

»Ja, ist vor drei Jahren auf dem Armeestützpunkt in Frankfurt gestorben. Herzanfall, etwa sechs Wochen bevor er in Pension gehen sollte.«

»Danke für die Überprüfung, Dub«, sagte ich.

Damit waren nur noch zwei Kellys ausfindig zu machen, Audrey und Roma. Das würde schwieriger sein, denn sie beide waren – zumindest aller Wahrscheinlichkeit nach – verheiratet und hießen daher nicht mehr Kelly. Ich wußte, daß Roma Carl Gilbert geheiratet hatte, aber Audrey? Ich hatte keine Ahnung.

Darum würde ich mich morgen kümmern. Auf einmal war es schon halb vier. Wir hatten gerade noch genug Zeit, zum Fahrzeugabstellplatz zu fahren.

Der Abstellplatz der Polizei liegt im nördlichsten Teil der Stadt, nicht weit vom Fluß entfernt, und das schwarz gewordene Wrack des 1957er Chevrolets war Samstag nachmittag dorthin abgeschleppt worden. Es stand noch immer da; der Innenraum war ausgebrannt, aber Motor und Kofferraum hatten so gut wie gar nichts abbekommen. Motorhaube und Kofferraumdeckel waren entweder von der Hitze der Flammen aufgesprungen oder von Feuerwehrleuten aufgebrochen worden, die sichergehen wollten, daß das Feuer völlig aus war; wie auch immer, sie standen weit offen.

Wenn sie die Sachen aus dem Kofferraum ins Wageninnere gelegt hatten, bevor sie das Feuer entzündeten, war vielleicht nicht alles verbrannt. Die rosa Decke – falls es eine gab – wäre natürlich vernichtet, aber möglicherweise waren noch verkohlte Reste von ihr übrig. Der Haustürschlüssel und die Metallteile der Känguruh-Tasche wären vielleicht sogar dann noch auffindbar, wenn der Rest der Tasche verbrannt wäre.

Aber wir fanden weder einen Schlüssel noch irgendwelche Metallteile der Känguruh-Tasche; dem bißchen nach zu urteilen, was Aline und ich finden konnten, wobei wir uns ordentlich schmutzig machten, war das Wageninnere außergewöhnlich aufgeräumt gewesen. Es gab nur eine einzige Sache, die nicht zum Wagen selbst gehörte.

Eine einzige Sache, in Einzelteilen. Aber diese einzige Sache war sehr, sehr interessant.

Vorne rechts auf dem Boden, die Hülse einer Schrotpatrone, Kaliber .410.

Hinten auf dem Boden, ganz kleine Schrotkugeln, wie Luftgewehrkugeln, die mit großer Wahrscheinlichkeit aus einer Schrotpatrone, Kaliber .410 stammten.

Die Gerichtsmedizin und das Labor hatten festgestellt, daß sowohl Kelly als auch Bassinger höchstwahrscheinlich mit einer Schrotflinte, Kaliber .410, erschossen worden waren.

Auf dieser Grundlage konnten Aline und ich trotz des Feuers die Stellen ausfindig machen, wo die Schrotkugeln in den Rücksitz eingedrungen waren. Die Ladung hatte nicht sehr weit gestreut, aber doch so weit, daß man praktisch mit Sicherheit davon ausgehen konnte, daß die Waffe auf dem Vordersitz abgefeuert worden war, und in dieser Streuung zeichneten sich die Konturen eines Menschen ab, der auf dem Rücksitz gesessen hatte.

»Es war ein Unfall«, sagte Aline. »Er wollte ihn nicht töten. Die Flinte lag auf dem Vordersitz, oder, was wahrscheinlicher ist, sie haben sie von einem Sitz auf den anderen gelegt, und dabei ist sie losgegangen. Das passiert manchmal bei Schrotflinten. Ich hatte mal einen Fall – ach, schon gut, lassen wir die alten Kamellen.«

»Solche Fälle haben wir alle schon mal gehabt«, bestätigte ich und mußte an den verdutzten Ausdruck im Gesicht eines toten Kindes denken, dessen Bruder mit der Schrotflinte des Vaters gespielt hatte. Wir kamen zu dem Schluß, daß einer dem anderen die Flinte zugeworfen hatte und sie in der Luft losgegangen war.

»Ich hatte sowieso allmählich den Eindruck, daß es ein Unfall war«, sagte ich weiter. »Aber wenn es kein vorsätzlicher Mord war, dann war die Entführung unglaublich dumm, weil jeder Patrick Kelly gefunden hätte, und Patrick Kelly – wäre er noch am Leben gewesen – hätte den Rest der Geschichte bestimmt ausgeplaudert.«

»Also wissen wir jetzt, daß wir eine dumme Person suchen«, sagte Aline. »Haben Sie die Laborfritzen angefordert?«

»Ja, müßten schon unterwegs sein. Wir könnten in der Zwischenzeit noch mal den Kofferraum unter die Lupe nehmen.«

Im Kofferraum befand sich genau das, was drin gewesen war, als ich zuletzt hineingeschaut hatte, ein Ersatzreifen und ein Wagenheber. Und er war überhaupt nicht verbrannt. Es gab nichts, wo man eine rosa Decke und eine rote Tasche hätte verstecken können.

»Ich glaube, das bringt nichts«, sagte Aline.

»Ich auch«, stimmte ich zu und drehte mich zur Einfahrt um, weil ich den Wagen vom Labor jeden Augenblick erwartete.

Drehte mich um und drehte mich erneut um, weil ich nachsehen wollte, ob der waldgrüne 1957er Chevrolet noch immer hinter mir stand, noch immer ausgebrannt, denn direkt vor mir, in einer Reihe, die zum hinteren Teil des Abstellplatzes verlief, stand ein zweiter waldgrüner 1957er Chevrolet, völlig intakt. »Was ist denn das?« fragte ich und sah, daß Alines Mund vor Staunen genauso offen stand wie meiner.

Und ich eilte zum Büro.

»Ich weiß nicht genau, wann er hierhergeschleppt worden ist, müßte ich in den Unterlagen nachsehen, vielleicht am Sonntag abend«, sagte der Verwalter des Abstellplatzes fünf Minuten später. »Der zuständige Officer – Moment – ist Shea. Er hat gesagt, der Wagen sei nicht als gestohlen gemeldet und sie hätten den Halter nicht erreichen können, also –«

»Ich hätte es mir denken können«, sagte ich. »Ich bring' ihn um. Ich schwöre, ich bringe Danny Shea um.«

»Diesen Danny Shea muß ich unbedingt kennenlernen«, murmelte Aline höflich, aber mit unverkennbarem Groll in der Stimme.

»Shea hat mir die Fahrzeugidentifizierungsnummer genannt, und ich habe überprüft, ob der Wagen als gestohlen gemeldet ist«, sagte Vinson, »und laut Computer war er das nicht.«

»Autos mit 1957er Baujahr *hatten* keine Fahrzeugidentifizierungsnummern«, sagte Ben Isaacs zu ihm.

»Nicht? Aber ich habe doch die Nummer eingegeben –«

»Was Sie eingegeben haben, war die Motornummer, nicht die Fahrzeugidentifizierungsnummer. Motoren, Vinson, sind austauschbar;

deshalb wurde das FIN-System eingeführt. Haben Sie dran gedacht zu überprüfen, ob die Motornummer registriert ist? Das ist schließlich Standardverfahren, nicht? Oder liest hier eigentlich keiner mehr die Standardvorschriften?«

»Natürlich hab' ich das überprüft! Die Registrierung war gelöscht.«

»Haben Sie den Computerausdruck noch?«

»Natürlich. Das ist schließlich auch Standardverfahren«, erwiderte Greg Vinson leicht gehässig.

»Überprüfen Sie die Registrierung noch einmal.«

Aber das brauchte er nicht. Als Vinson die blaue Vinylmappe hervorholte, in der der Ausdruck lag, stand in der ersten Zeile: »Registrierung gelöscht.« In der zweiten Zeile stand: »Vorherige Registrierung Patrick Kelly, Kelly Road, Fort Worth, Texas.« Dann kam das Autokennzeichen des Nummernschildes, das eigentlich am Wagen hätte sein müssen.

Die Registrierung war am Samstag gelöscht worden, als ein 1957er Chevrolet mit just diesem Kennzeichen ausgebrannt auf einer Landstraße noch innerhalb von Fort Worth, Texas, aufgefunden worden war.

»Das ist doch unmöglich«, murmelte Vinson, der auf die beiden Angaben auf dem Ausdruck starrte.

»Wem sagen Sie das«, brummte Isaacs, der ihm den Ausdruck aus der Hand nahm.

»Hören Sie, der verdammte Wagen kann unmöglich gleichzeitig ausgebrannt und nicht ausgebrannt sein«, sagte Vinson und riß ihm den Ausdruck wieder aus der Hand.

»Allerdings nicht«, stimmte ich zu, während ich ihm über die Schulter schaute. »Was heißt, jemand hat uns ganz schön reingelegt.«

»Mag sein, daß er ihn nicht töten wollte, als er ihn getötet hat«, erklärte Aline, »aber töten wollte er ihn ganz bestimmt. Er konnte nicht anders.«

»Moment, ich überlege gerade«, sagte ich. »Erstens einmal, sie haben *seinen* Wagen benutzt –«

»Wessen Wagen?« schrie Vinson. »Für was benutzt? Worum, zum Donnerwetter, geht's hier überhaupt?«

»Wir wissen nicht, wer«, schrie Aline zurück. »Es geht um die Entführung.« Ich war froh, daß ihr nie jemand beigebracht hatte, daß man zu einem Rollstuhlfahrer nicht grob sein darf. Vinson brauchte manchmal jemanden, der grob zu ihm wurde. Erst recht, wenn er zuerst grob wurde. Aber ich wollte nicht diejenige sein, welche.

»Er – wer immer es ist – hat seinen Wagen für die Entführung benutzt, will ich sagen«, schaltete ich mich ein, »und irgendwie ist die Flinte aus Versehen losgegangen, und er wußte, er würde die Blutspuren nicht loswerden können, also hat er seine Nummernschilder, ich meine, Patricks Nummernschilder, an seinen Wagen geschraubt, damit wir, wenn wir den ausgebrannten Wagen finden, der sein Wagen war, denken sollten, es wäre Patricks. Dann hat er Patricks Wagen in der Stadt abgestellt. Das heißt also, der ausgebrannte Wagen muß seiner sein. Wenn wir jetzt die FIN überprüfen –«

»Er hat keine –«

»Okay, Ben, ich meine seine Motornummer.«

»Ja, aber das ist irgendwie komisch, zwei identische Wagen, so alt«, wandte Aline ein.

»Haben Sie eine bessere Idee?« sagte ich herausfordernd. »Sie sind nun mal da, oder?«

»Ja, das stimmt. Aber wenn er seinen Wagen für die Entführung benutzt hätte, hätten wir Helens Handtasche und die rosa Decke drin finden müssen. Und das haben wir nicht.«

»Nicht unbedingt«, erwiderte ich. »Die Handtasche könnte auf der Straße in Dallas liegengeblieben und einfach von irgend jemandem mitgenommen worden sein.«

»Aber die rosa Decke nicht. Und wir wissen, daß es die rosa Decke gegeben hat. Wir haben sie auf den Fotos gesehen.«

Sie könnten sie weggeworfen haben. Aber das sagte ich nicht; selbst wenn sie sie weggeworfen hatten, müßten im Kofferraum zumindest ein paar rosa Fusseln, vielleicht auch Haare vom Kopf des Kindes sein. Die Kollegen von der Spurensicherung würden sich darum kümmern. Sie waren bereits vor Ort. Und wir brauchten sie lediglich anzurufen, daß sie auch die Motornummer aufschrieben.

Aber ich wollte selbst rausfahren und einen Blick hineinwerfen. Und dazu brauchte ich einen Durchsuchungsbefehl.

Ich würde wieder spät Feierabend machen.

Die rote Känguruh-Tasche mit dem Inhalator lag im Kofferraum von Patrick Kellys Wagen. Ebenso einer von Helens schwarzen Schuhen, noch immer eingewickelt in der rosa Decke, mit der sie ihren armen kleinen Leichnam hätten zudecken können – was sie aber nicht getan hatten.

Also war Helen French nicht in demselben Wagen entführt worden, in dem Patrick Kelly gestorben war.

Aber die Überprüfung der Registrierung für den Motor in dem ausgebrannten 1957er Chevrolet ergab, daß die Registrierung gelöscht worden war, und zwar im Jahre 1961, als der Wagen bei dem Unfall, der seinem Besitzer das Leben kostete, zu Schrott gefahren wurde. Er war zu einem Schrottplatz in Tyler geschleppt worden, wo man ihn vermutlich ausgeschlachtet hatte.

Vielleicht hatte auf der Prüfplakette die ursprüngliche Motornummer gestanden, aber die Prüfplakette war säuberlich abgekratzt worden, bevor der Wagen in Brand gesteckt wurde. Was bedeutete, daß die ursprüngliche Motornummer vermutlich tatsächlich draufgestanden hatte, und damit hätten wir den Besitzer ausfindig machen können.

Ohne die ursprüngliche Motornummer, ohne die Nummernschilder gab es keinerlei verwaltungstechnische Möglichkeit, den Besitzer dieses Wagens zu ermitteln. Das bedeutete, daß wir es auf anderem Wege versuchen mußten. Und ich wußte noch nicht genau, wie dieser andere Weg aussehen sollte.

Eines allerdings wußte ich sehr genau, nämlich daß Aline mit ihrer Äußerung auf dem Fahrzeugabstellplatz falschgelegen hatte.

Wir suchten nicht nach jemandem, der dumm war. Wir suchten nach jemandem, der schlau war.

Sogar verdammt schlau.

Kapitel 8

Wir wären ganz schön reingelegt worden, wenn es geklappt hätte«, sagte ich zu Harry. »Ich muß dauernd darüber nachdenken, wie alles zusammengepaßt hätte. Ich glaube wirklich, sie hätten damit durchkommen können, wenn sie vorsichtiger gewesen wären.«

»Ach ja?« sagte Harry. Er saß am Küchentisch; angeblich half er mir beim Spülen, doch in Wahrheit hatte er beschlossen, mir aus dem Weg zu gehen. Ich konnte es ihm nicht verübeln; ich jagte wie wild durch die Gegend und dachte dabei laut. Außerdem war das buntgestreifte Trockentuch, das ihm jetzt aus irgendeinem Grund um den Hals hing, zu naß, um es zu gebrauchen, und ich hatte mir ein anderes genommen. »Wie ist das Ganze denn deiner Meinung nach gelaufen?« fragte er.

»Erstens haben sie Helen mit Kellys Wagen gekidnappt, nicht mit dem – von wem auch immer. Ich meine, wem auch immer der Wagen gehörte. Ich denke, ich nenne ihn fürs erste X, weil ich ihn irgendwie nennen muß, um über ihn zu reden.«

»Okay, sie kidnappen Helen in Kellys Wagen, nicht in dem von X, und dann?« Ich glaube zumindest, daß Harry das gesagt hat. Wenn ich anfange, laut zu denken, erwarte ich aufmunternde Laute, aber ich bekomme selten mit, was eigentlich gesagt wird.

»Also, an dem Punkt waren sie sich vermutlich ziemlich sicher, daß French so eingeschüchtert war, daß er nicht sofort die Polizei verständigen würde. Sieh mal, Harry, wenn Kelly French nicht richtig gekannt hat, dann muß jemand beteiligt gewesen sein, der ihn kannte, um wissen zu können, wie er sich verhalten würde, weil die meisten Leute die Polizei einschalten würden, sobald ihr Kind vermißt ist, egal, was der Kidnapper verlangt. Aber sie schienen sich sicher zu sein, daß er es nicht tun würde. Ich glaube nicht, daß sie wollten, daß Helen stirbt, aber, tot oder lebendig, es bestand in jedem Fall die

Gefahr, daß irgendwas von ihr in dem Wagen zurückbleiben würde – Haare, Fasern, irgendwas in der Art –, aber sie konnten anscheinend davon ausgehen, daß die Polizei zumindest erst dann eingeschaltet würde, wenn sie das Lösegeld bekommen hatten. Ich weiß nicht, wieso sie davon ausgehen konnten, aber so, wie sie die Sache aufgezogen haben, liegt auf der Hand, daß sie davon ausgegangen sind.«

»Deb«, sagte Harry. »Ich sage es dir nur ungern, aber ich habe nicht den leisesten Schimmer, wovon du redest. Was hat der Umstand, daß die Polizei nicht eingeschaltet wurde, damit zu tun, daß irgendwas von Helen in dem Wagen zurückbleiben würde? Ich glaube, du hast irgendein entscheidendes Verbindungsstück oder so ausgelassen.«

»Nein, hab' ich nicht.« Ich zog einen Stuhl heran und setzte mich ihm gegenüber. »Es gibt alle möglichen Bücher über Kidnapping zu kaufen – ich habe dir doch von dem Fall in Australien erzählt, der am Ende wegen der besonderen Blätter aufgeklärt wurde, die an der Leiche des Jungen gefunden wurden.«

»Klar, die Bücher kann man kaufen, aber wie kommst du darauf, daß sie sie gelesen haben?«

»Wenn du eine Entführung planen würdest, würdest du dann nicht Bücher darüber lesen?«

»Ich würde keine Entführung planen.»

»Aber wenn doch –«

Harry zuckte die Achseln.

»Okay, spielen wir das mal durch. Ja, ich nehme an, ich würde Bücher darüber lesen. Aber du hast mir ja schon erzählt, daß Patrick früher selbst Polizist war.«

»Sicher, er war Polizist zu einer Zeit, als man lediglich einen .38er und einen Polizeiknüppel brauchte, um einer zu sein. Ich kenne ihn. Kannte ihn. Ich habe seine Familie gekannt. Es sind anständige Leute, aber keine schlauen Leute. Und irgend jemand, der bei dieser Sache mitgemischt hat, war schlau. Die Sache war geplant, gut geplant – so gut geplant, daß wir, als wir anfingen, zunächst keinerlei Anhaltspunkte hatten, was für ein Plan dahintersteckte.«

»Wie kommst du darauf, daß –«

Ich sprach einfach weiter, ignorierte Harrys frustrierten Gesichtsausdruck. »Überleg doch mal. Am Ende hätte French die Entführung gemeldet – davon wäre jeder ausgegangen, obwohl sie vielleicht, wenn sie Helen lebend zurückgegeben und überzeugend klingende Drohungen ausgesprochen hätten, entwischt wären, ohne daß er sie gemeldet hätte. Aber wenn sie sich die Sache so ausgerechnet hatten, wie ich es mir vorstelle, hätte er die Entführung erst gemeldet, nachdem Helen wieder da war; daher –«

»Ich versuche mal, deinen Gedankengang weiterzuführen«, sagte Harry. »Okay, Helen wird also lebend zurückgegeben, und French meldet die Entführung und nennt natürlich die Adresse, an die er das Lösegeld geschickt hat, weil die Entführer sich auf keinen Fall darauf verlassen konnten, daß er sie vergißt, selbst wenn er sie sich nicht aufgeschrieben hat. Postwendend würde jemand dort hinfahren und feststellen, wem der Briefkasten 220-J gehört, selbst wenn der Briefkasten mittlerweile verschwunden ist, und –«

»Und wir würden alle zur Farm sausen, und es wäre nichts mehr da«, sagte ich.

»Was?«

»Es wäre nichts mehr da. Klar, da wäre noch ein dunkelgrüner 57er Chevrolet, und Kelly würde sagen: ›Mister, ich weiß zwar nicht, wovon Sie reden, aber Sie können gern in meinen Wagen gucken‹, und wir würden reingucken, und es wäre *absolut nichts drin.*«

»Was?«

»Weil es nicht sein Wagen wäre. Es wäre der Wagen von X mit Kellys Nummernschildern dran. Und Kelly würde so was sagen wie: ›Mister, ich weiß zwar nicht, was für ein Spiel da jemand spielt, aber ich kriege meine Post auf dem Postamt, und da draußen ist nicht mal ein Briefkasten mit der Nummer 220-J. Früher mal, als mein Daddy noch lebte, aber jetzt ganz bestimmt nicht. Mister, da will mich jemand reinlegen.‹ Und wir gehen nachsehen, und er hat recht, da ist kein Briefkasten 220-J.«

»Aber Helen wird euch alles genau erzählen, und ihr besorgt euch einen Durchsuchungsbefehl und durchsucht die ganze Farm und findet den Briefkasten in der Garage und das Packpapier und den Schuhkarton auf dem Speicher. Komm, Deb, du warst schon mal besser.«

»Sie hätten das Zeug nicht dahin getan, wenn alles glattgelaufen wäre. Sie hätten es irgendwo anders entsorgt. Und ich glaube nicht, daß sie Helen überhaupt auf die Farm gebracht hätten, wenn sie nicht gestorben wäre; ich glaube, sie hätten sie ganz woandershin gebracht.«

»Ob sie die Farm gesehen hat oder nicht, sie hat ihre Entführer gesehen. Du hast mir erzählt, sie haben sie vor der Schule fotografiert. Und wohl niemand wird am hellichten Tag maskiert vor einer Grundschule in der Innenstadt von Dallas hocken und Fotos machen.«

»Stimmt, aber sie war noch sehr klein, und sie hätte panische Angst gehabt. Sie hätten bloß andere Sachen anziehen und sich vielleicht die

Haare schneiden lassen oder einen Voll- oder Schnurrbart abrasieren müssen, und sie hätte sie nie erkannt. Harry, kein kriminaltechnisches Labor der Welt hätte beweisen können, daß sie in dem Wagen transportiert wurde, weil sie nicht in ihm transportiert worden ist. Sie wurde in einem anderen Wagen transportiert. Wir hätten nicht beweisen können, daß das Lösegeld zur Farm geschickt wurde, weil jeder den Briefkasten für einen Tag hätte anbringen und ihn dann wieder abnehmen können. Wir hätten uns lediglich auf die Aussage eines kleinen, verängstigten Mädchens stützen können. Sie haben unter Verwendung der richtigen Fährte eine falsche Fährte gelegt, und es hätte wahrscheinlich geklappt, wenn Helen nicht gestorben wäre. Ich glaube sogar, sie hätten es schaffen können, auch nachdem Helen gestorben war, wenn sie nicht so unvorsichtig mit der Schrotflinte gewesen wären, so daß auch Kelly zu Tode kam.«

»Vielleicht«, sagte Harry. Seine Stimme klang höchst skeptisch.

»Aber ich glaube, sie sind total in Panik geraten, als Helen starb«, sagte ich weiter. »Ich meine, im Ernst – Helen ist zwei oder drei Tage vor Patrick gestorben, und sie haben sie einfach in der Vorratskammer liegenlassen. Eine Leiche in der Vorratskammer, Harry, kannst du dir vorstellen, wie es da gerochen haben muß?«

»Ich wünschte, nicht«, sagte Harry. »Ich habe so was zur Genüge in Vietnam gerochen, das reicht mir für den Rest meines Lebens und darüber hinaus.«

»Und es kann nicht lange gedauert haben, bis sie in dem Zustand war. Wenn sie auch nur halbwegs bei Verstand gewesen wären, hätten sie sie irgendwo im Wald vergraben, und sehr wahrscheinlich hätten wir sie nie gefunden. Deshalb denke ich, daß sie in Panik gewesen waren.«

»Na ja, das klingt einleuchtend«, sagte Harry, »aber ich meine trotzdem, daß derjenige, der diesen kniffligen Plan ausgeheckt hatte – falls sie ihn wirklich ausgeheckt hatten –, auch eine Lösung hätte finden müssen, sobald er wieder ruhig geworden war, auch wenn er zunächst Panik hatte.«

»Aber der ganze Plan war völlig aus dem Ruder gelaufen«, wandte ich ein, »weil die Rückbank des Wagens, der eigentlich sauber bleiben sollte, über und über mit Blut und Hirnmasse bespritzt war. An dem Punkt gab es keine Möglichkeit mehr, daß sie beide unerkannt blieben, und da Patrick tot war, konnte es seinem Komplizen natürlich egal sein, ob Patrick unerkannt blieb oder nicht. Und das einzige, was er – X meine ich – tun konnte, war daher, uns auf die Spur der beiden

Leichen zu bringen und seine eigene Spur mit allen Mitteln zu verwischen. Und bislang ist ihm das auch gelungen.«

Harry saß da und starrte auf den Tisch. Dann sagte er: »Deb, du hast eine blühende Phantasie.«

Genau das hätte auch Captain Millner gesagt, wenn ich ihm meine Theorie vorgetragen hätte. Schön, ich habe tatsächlich eine blühende Phantasie. Das ist eine meiner größten Schwächen als Ermittlerin – manchmal schieße ich weit übers Ziel hinaus –, aber es ist auch eine meiner größten Stärken als Ermittlerin, weil ich eins und eins und eins mit der Eins zusammenziehen kann, die wir noch nicht gefunden haben, und dann die Vier präsentiere, die da ist, auch wenn ich dann noch mal zurückgehen muß, um die fehlende Eins zu finden.

Was war diesmal die fehlende Eins? Und war es wirklich eine Eins und keine Zwei oder Drei? War meine Vier wirklich eine Vier, oder lag ich am Ende doch falsch?

Irgendwer hatte heute einen 57er Chevrolet erwähnt. Wer war das gewesen? Ich mußte nachdenken, bevor mir einfiel, daß es Captain Millner gewesen war. Ich hatte mich daran erinnert, daß Oliver Kelly tot war, ich hatte mich daran erinnert, daß er an einem stürmischen Heiligen Abend gegen einen Brückenpfeiler gekracht war, aber Captain Millner hatte sich daran erinnert, daß er einen 57er Chevrolet gefahren hatte. 57er Chevrolets zogen sich durch diesen ganzen Fall wie ein Leitmotiv. Ich fragte mich –

Ich fragte mich so allerhand. Ich stand auf und trocknete das Geschirr zu Ende ab, was nicht nötig war – ich hätte es vom Geschirrspüler erledigen lassen können, aber ich war nervös –, und setzte mich wieder hin. Harry war ins Wohnzimmer gegangen und saß jetzt an seinem Funkgerät und sagte: »CQ, CQ, CQ.«

Hal machte angeblich seine Hausaufgaben. Ich sage, angeblich, weil ich nicht sicher bin, wieviel Hausaufgaben man zu der Musik von Iron Maiden, oder wie immer die gräßliche Gruppe hieß, die er sich dabei anhörte, machen kann. Ich wollte schon schreien, er solle die Musik leiser drehen, aber ich überlegte es mir anders und ging statt dessen duschen. Ich würde nach dem Duschen schreien, er solle die Musik leiser drehen, falls Harry es bis dahin noch nicht getan hatte.

Ich saß an meinem Schreibtisch und stellte eine Liste der Dinge auf, die ich erledigen mußte, während Aline mir dabei unruhig zusah. Bisher stand auf der Liste, Audrey und Roma ausfindig machen und mit ihnen sprechen (ich hielt diesen Punkt für nicht ganz so dringend, aber

Captain Millner schien da anderer Meinung zu sein), Beweise finden, daß Susanna French und Susie Kelly ein und dieselbe Person waren (Dutch kümmerte sich angeblich darum, aber ich wollte den Punkt trotzdem auf meiner Liste haben), die Fahrzeugzulassungsstelle anrufen und einen Computerausdruck mit sämtlichen 1957er Chevrolets anfordern, die noch in Texas fuhren.

Ich lehnte mich zurück, um über 1957er Chevrolets nachzudenken. Liebhaberstücke. Man hatte mir gesagt, es seien Liebhaberstücke. Für Liebhaberstücke gab es meistens einen eigenen Club. Waren Patrick Kelly und X Mitglieder in so einem Club gewesen? Ob dem nun so war oder nicht, sie mußten auf alle Fälle sehr lange befreundet gewesen sein, mußten ziemlich lange zusammen daran gearbeitet haben, damit ihre beiden Wagen einander so verblüffend ähnlich sahen, daß Ihr Plan Aussicht auf Erfolg haben konnte. Wie lange hatte Kelly an seinem rumgebastelt – etwa zweieinhalb Jahre, vielleicht drei? Und er hatte fast die ganze Zeit, na ja, jedenfalls bis vor fünf Monaten, in Frenchs Autovertretung gearbeitet. Höchstwahrscheinlich hatte er einige Ersatzteile über dieses Autohaus bestellt, einige bei anderen Chevrolet-Vertretungen in Dallas, Fort Worth. Vermutlich hatte die andere Person das auch getan, oder hatte Kelly die Teile für beide Wagen besorgt, weil er – vielleicht – Prozente bekam, zumindest während er noch bei French arbeitete.

»Deb«, fragte Aline, »was machen Sie da?«

»Eine Liste.«

»Nein, tun Sie nicht, Sie starren ins Leere. Hören Sie, jemand sollte sich auf den Weg machen und die Listen der Leute abholen, die bei SellAmerica gearbeitet haben, daher denke ich, ich sollte das machen. Soll ich sonst noch was in Dallas oder Arlington machen?«

»Ja«, sagte ich, »reden Sie mit French.«

»Hören Sie, Deb, ich weiß nicht, ob dem Mann sehr nach Reden zumute ist.«

»Ihm wird überhaupt nicht nach Reden zumute sein«, pflichtete ich bei, »aber er muß es trotzdem.«

»Okay, wonach soll ich ihn fragen?« fragte Aline matt.

»Finden Sie raus, ob er weiß, daß Susanna schon mal verheiratet war, bevor sie ihn geheiratet hat. Finden Sie raus, ob sie den Namen ihres früheren Mannes oder ihren Mädchennamen benutzte, als er sie kennenlernte. Finden Sie raus, ob er den Namen ihres früheren Mannes kennt, und finden Sie raus, wo sie geheiratet haben, und finden Sie raus, ob er weiß, wo sie sich von Kelly hat scheiden lassen.«

»Das hat, glaube ich, schon einer der Postinspektoren rausgefunden.«

»Okay, dann finden Sie auf alle Fälle den Rest raus. Außerdem fragen Sie ihn, ob er weiß, daß Kelly den Wagen aufgemöbelt –«

»Deb, Sie selbst haben mir gesagt, er hätte gesagt, daß er Patrick Kelly nicht kennt, also woher sollte er dann wohl wissen, daß –«

»Er hat ihn bestimmt unter irgendeinem Spitznamen gekannt. Ich weiß, daß ein großes Autohaus viele Mitarbeiter hat, aber trotzdem müßte er eigentlich jemanden kennen, der zwei Jahre bei ihm beschäftigt war.«

»Tja –«

»Und finden Sie raus, ob er sonst noch jemanden kannte, der einen Wagen auf die gleiche Weise wieder auf Vordermann gebracht hat. Könnte sein, daß Sie mit der Ersatzteilabteilung sprechen müssen. Und mit –«

»Mit den Leuten, die er dort gekannt hat, okay.«

»Aline, versuchen Sie rauszukriegen, ohne direkt danach zu fragen, ob einer von ihnen überhaupt wußte, daß er früher mit Frenchs Frau verheiratet war.«

»Sie wissen, daß das Tage dauern kann.«

»Machen Sie es auf alle Fälle, so schnell Sie können.«

»Okay, ich schlafe heute nacht zu Hause«, sagte Aline, »und nicht wieder in einem Motel in Fort Worth, und es kann sein, daß ich einen Teil dieser Gespräche erst morgen führen kann. Ich versuche jedenfalls, gegen Mittag wieder hier zu sein. Was haben Sie heute noch vor?«

»Ich nehme mir nachher ein paar Stündchen frei und gehe zu Patricks Beerdigung.«

»Was versprechen Sie sich davon? Wissen Sie denn nicht, die Theorie, daß Mörder immer zur Beerdigung ihrer Opfer gehen, ist längst überholt.«

Ich zuckte die Achseln.

»Diesmal vielleicht nicht. Ich vermute, daß der Mörder von Patrick ihn so gut kannte, daß es zumindest der Familie und den Freunden verdächtig vorkäme, wenn er *nicht* hinginge.«

»Und dann setzt sich der Leichnam auf, fängt wieder an zu bluten und sagt zu ihm: ›Du bist der Mann!‹ –«

»Okay, Aline«, sagte ich, »lachen Sie ruhig, aber ich glaube trotzdem, daß der Mörder von Patrick auf der Beerdigung sein wird. Jedenfalls weiß ich, daß seine Schwestern dasein werden, und –«

Aline zuckte die Achseln. »Machen Sie, was Sie wollen. Ich bin weg.«

Es war kurz vor neun; die Beerdigung war um elf. Ich hatte noch Zeit, bei einer der hiesigen Chevrolet-Vertretungen vorbeizuschauen – ich entschied mich für Carsons Autohaus, weil ich den Chef kannte – und ein paar Fragen zu stellen.

Der Verkauf in der neuen Halle hatte auch schon auf, aber »Kit« Carson war hinten in der Reparaturannahme, wo natürlich schon seit halb sieben gearbeitet wurde. Carson führte sein Geschäft bereits seit fast 50 Jahren, und er mischte gern überall mit. Nachdem er vom Empfang gerufen worden war, erklärte er mir, er habe sich die Wagen angeguckt, die man zur Reparatur gebracht hatte, um zu sehen, welche von anderen Autohäusern verkauft worden waren, weil er vorhatte, diese Informationen bei seiner nächsten Werbekampagne einzusetzen. »Kundendienst ist wichtig«, belehrte er mich, »und viele Leute kaufen ihren nächsten Wagen dort, wo sie am besten bedient werden.«

»Das kann ich bestätigen«, erwiderte ich, »ich hatte mal eine von diesen sogenannten Zitronen – es war ein Gebrauchtwagen, weil ich mir damals keinen anderen leisten konnte –, aber trotzdem hat er mich fast wahnsinnig gemacht, weil ich ihn immer wieder in die Werkstatt bringen mußte, weil niemand ihn richtig reparieren konnte.«

»Was war denn dran?«

»Er hatte ständig einen verstopften Benzinfilter, und jedesmal, wenn der verstopft war, fing der Wagen an zu stottern und ging aus oder fuhr nicht schneller als 20 Meilen die Stunde und führte sich auf, als wäre das Getriebe kaputt. Sie haben den Filter immer wieder ausgewechselt, aber jedesmal, wenn sie ihn ausgewechselt hatten, war er gleich wieder verstopft.«

»Dann war das ein Konstruktionsfehler, wenn sie immer wieder einen neuen Filter eingebaut haben und der gleich wieder verstopft war. Oder aber Sie haben billigen Kraftstoff verwendet. Haben Sie billigen Kraftstoff verwendet?«

»Exxon.«

»Der müßte in Ordnung sein, es sei denn, die Tankstelle hat einen Teil des Kraftstoffs schwarz gekauft. Das ist ein großes Problem, müssen Sie wissen, und in manchen Städten hat die Mafia ihre Finger mit drin. Aber ich weiß nicht, ob hier bei uns auch schon was davon verkauft wird.«

»Ich hoffe nicht«, sagte ich. »Wir haben auch so schon genug Probleme.«

Wir waren jetzt im Ausstellungsraum, hell und behaglich, wo sich die neuen Wagen wirkungsvoll von Pflanzen, grellen Plakaten und Farbskalentafeln abhoben. Einige Verkäufer schlenderten mit geschäftigem und wichtigem Blick herum. Ich nehme an, daß man als Verkäufer geschäftig und wichtig dreinblicken muß, auch wenn man eigentlich nichts zu tun hat.

»Okay«, sagte Carson, als er sich in seinem Büro mir gegenüber an den Schreibtisch setzte, als wollte er mir ein Auto verkaufen, »was kann ich für Sie tun.«

»Kit, was ist ein 57er Chevrolet wert?«

»In welchem Zustand?«

»Egal in welchem Zustand.«

»Himmel, was für ein Frage.« Er grinste mich an, mit seinem weißen Schnurrbart sah er eher aus wie der Mann aus der Werbung für Kentucky Fried Chicken als wie der legendäre Kit Carson. »Wenn er im Hinterhof eines Gebrauchtwagenhändlers steht und seit seiner 50 000-Meilen-Inspektion nichts mehr dran gemacht wurde und er inzwischen 200 000 Meilen auf dem Buckel hat, vielleicht 150, 200 Dollar oder vielleicht auch mehr, weil die Leute ihn kaufen, um – okay, ich muß weiter ausholen, um was für einen 57er Chevrolet geht es? Wenn es nämlich ein Hardtop-Coupé ist, wäre es eine ganze Stange Geld wert, selbst wenn niemand was dran gemacht hat, einfach deshalb, weil es ein guter kleiner Wagen war und die Leute ihn kaufen, um ihn wieder aufzuarbeiten. Aber wenn es sich bloß um eine einfache Limousine handelt, wahrscheinlich nicht mehr als 150, wenn er in wirklich schlechtem Zustand ist. Ich will mal so sagen – wenn jemand heute morgen mit einem Hardtop-Coupé hier ankäme, das ganz schön lädiert aussieht, aber in einem reparablen Zustand ist, würde ich mindestens 500 dafür hinblättern und vielleicht auch mehr, weil ich das Geld auf jeden Fall dicke wieder reinkriege. Hilft Ihnen das?«

»An wen würden Sie ihn verkaufen?«

»An jeden, der ihn kaufen wollte, natürlich. Was ist denn das für eine Frage?«

»Aber würden Sie ihn in die Zeitung setzen oder einen Chevy-Fanclub anrufen oder –«

»So einen Club gibt es. Wollten Sie das wissen? Ich würde Ihnen auch den Namen des Vorsitzenden nennen, nur, leider habe ich ihn vergessen. Bill Conners weiß ihn bestimmt. Der Club trifft sich manchmal in seinem Autohaus.«

»Dann werde ich Bill Conners anrufen. Und was ist, wenn der Wagen in tadellosem Zustand ist, aussieht, als käme er geradewegs aus der Verkaufshalle, ausgestattet mit allem, was man sich wünschen kann?«

Carson beugte sich vor. »Ein Hardtop-Coupé in so einem Zustand? Und Sie wissen, wo ich so einen finden kann?«

»Wir haben einen bei uns auf dem Abstellplatz stehen.«

»Sie machen Witze.«

»Ich mache keine Witze. Wir haben einen auf dem Abstellplatz. Wir müssen herausfinden, wem er gehört, weil er bei einem Mordfall eine Rolle gespielt hat.« Genaugenommen wußten wir, wem er gehörte, Patrick Kelly. Es war der Ausgebrannte, dessen Besitzer wir aufspüren mußten. Aber darauf wollte ich jetzt nicht näher eingehen, und für Carson wäre es ohnehin nicht wichtig gewesen.

»Die Kelly-Sache? Kelly hatte doch so einen Wagen. Aber ich dachte, in der Zeitung hätte gestanden, er ist in Brand gesteckt worden.«

»Ist er auch. Der, den ich meine, sieht allerdings genauso aus wie Kellys. Wir glauben, daß der Besitzer dieses Wagens Kellys Wagen in Brand gesteckt hat.«

»Genauso wie Kellys, haargenau? Es macht mich ganz krank, daß jemand so einen Wagen in Brand steckt.«

Schon wieder, drei Menschen tot, und die Rede war nur von dem Wagen. An dem 1957er Chevrolet mußte tatsächlich etwas dran sein, was ich offenbar nicht verstand. »Soweit wir es beurteilen können, ja, haargenau wie Kellys.«

»Schätzchen, für den würde ich, ohne mit der Wimper zu zucken, 30.000 Dollar hinblättern, weil ich weiß, daß ich das Geld mit Zinsen wieder reinkriege.«

»Das ist mehr, als mein erstes Haus gekostet hat.«

»Das ist mehr, als das erste Haus der meisten Leute gekostet hat, es sei denn, sie sind unter 30. Der Wagen ist gut gelaufen. Der Wagen sah gut aus. Tut er immer noch. Nur, früher war er ein Verkehrsmittel, heute ist er ein Spielzeug. In den meisten Fällen ein Spielzeug für Reiche, aber nicht immer. Glauben Sie, er wird verkauft werden? Vielleicht versteigert, wenn der Besitzer nicht zu finden ist?«

»Er wird nicht versteigert werden. Wir müssen den Besitzer finden. Wie ich schon sagte, er hat bei einem Mordfall eine Rolle gespielt.«

»Welche Rolle?« sagte Carson grinsend. »Das werden Sie mir wohl nicht sagen können, was?«

»Das kann ich wirklich nicht. Wissen Sie noch von einem anderen Wagen wie dem von Kelly?«

»Sie meinen, genau wie Kellys? Gleiche Farbe und alles?«

»Genau wie Kellys.«

»Nee. Dieses dunkle Waldgrün war nicht sonderlich beliebt. Die beliebtesten Farben waren ein hübsches Himmelblau und dieses Erdbeerrot. Ich glaube, die in Erdbeerrot haben sich am besten verkauft, aber wir haben auch viele in Blau und etliche in Pink verkauft. Ich denke, in Grün habe nicht mehr als acht oder zehn verkauft, aber du meine Güte, darüber habe ich keine Unterlagen mehr. Ich rede aus dem Gedächtnis, und wissen Sie, wie viele Jahre das her ist?«

»Mehr, als mir lieb ist. Der erste, den ich gesehen habe, gehörte meinem Geschichtslehrer in der Unterstufe der High-School.« Wieso nur erinnerte ich mich jetzt daran? Ich erinnere mich normalerweise nicht an Autos. Mit dem Wagen mußte es irgend etwas Besonderes auf sich gehabt haben, sonst wäre er mir nicht so lange im Gedächtnis haftengeblieben. »Und einen anderen in Dunkelgrün haben Sie nie gesehen?«

»Das habe ich nicht gesagt. Ich habe bloß gesagt, verkauft habe ich –«

»Ich meine, in letzter Zeit. Sagen wir, in den letzten fünf Monaten oder so.«

»Soweit ich mich erinnern kann, nein. Das Grün ist schnell verblaßt, wissen Sie. Viele mußten neu lackiert werden.«

Farbe. Natürlich, Farbe. Wenn man Grün überlackieren kann, dann kann man auch ohne weiteres eine andere Farbe überlackieren. »Erinnern Sie sich noch an andere Leute, die so einen Wagen wie er haben, nur in anderen Farben?«

Carson schloß die Augen. »Schätzchen, wie soll ich mich denn daran erinnern? Ich bin 75 Jahre alt.«

Ich hasse es, Schätzchen genannt zu werden, egal, von wem, und schon gar nicht von flüchtigen Bekannten, aber die Informationen, die ich brauchte, waren mir wichtiger als der Wunsch zu widersprechen. »Okay, angenommen, ich hätte einen und wäre dabei, ihn wieder aufzumöbeln, könnte ich über Ihr Ersatzteillager die entsprechenden Ersatzteile bekommen?«

»Könnten Sie, aber dann wären Sie verdammt blöd.«

»Wieso das?«

»Es gibt Kataloge, Spezialkataloge, für Leute, die so was machen. Sie kriegen die Ersatzteile zum Großhandelspreis und verkaufen sie etwas über dem Großhandelspreis. Wir verkaufen sie zum Einzelhandelspreis. Und ich werde mich hüten, Ihnen zu sagen, wie hoch die Gewinnspanne bei Autoersatzteilen ist. Könnte ja sein, daß Sie mal irgendwann welche bei mir kaufen möchten.«

»Wird man mir bei Ihnen in der Ersatzteilabteilung sagen können, ob jemand in letzter Zeit Ersatzteile für einen 57er Chevrolet bestellt hat?«

»Würde mich wundern. Ich bringe Sie hin.«

Aber – wie Kit Carson prophezeit hatte – konnte sich niemand in der Ersatzteilabteilung an irgend jemanden erinnern, der Ersatzteile für einen 1957er bestellt hatte. Wilma Fox, die Leiterin der Abteilung, meinte, sich an eine solche Bestellung zu erinnern, wußte aber nicht mehr, wer sie aufgegeben hat. Sie sagte, sie würde die Rechnungen durchsehen lassen, wenn ich darauf bestünde, aber es handele sich um die Rechnungen der letzten fünf Monate, und das müßten sie neben ihrer sonstigen Arbeit machen –

Ich sagte, vorläufig wäre das noch nicht nötig. Und es wäre wahrscheinlich ohnehin nicht der Mühe wert.

»Nun, eine hat es gegeben«, sagte Wilma weiter, »aber das wissen Sie ja bestimmt schon.«

»Von wem? Und weshalb sollte ich das wissen?«

»Na, weil sie von Billy Jack Turner aufgegeben wurde, und ich kann mir denken, daß sie bestimmt mit Lantana, die ja eine Kelly ist, gesprochen haben, und Billy Jack ist ihr Mann.«

Was mir sagte, daß Wilma Fox aus demselben Stadtteil stammte wie ich. »Nein, das wußte ich nicht. Ich meine, ich kenne Billy Jack, klar, aber ich wußte nicht, daß er – das wußte ich nicht. Danke, Wilma.«

Billy Jack. Ich hatte zwar sowieso vorgehabt, heute nachmittag noch einmal mit Lantana zu sprechen, um herauszufinden, wohin es Roma und Audrey verschlagen hatte, aber jetzt war es sogar noch dringender. Wenn Billy Jack einen 57er Chevrolet hatte – oder erst recht, wenn er *keinen* 57er Chevrolet hatte, den ich mir ansehen könnte –

Aber wie hätte Billy Jack soviel Zeit in dieses zwangsläufig zeitaufwendige Verbrechen stecken können, ohne daß Lantana davon gewußt hätte? Und ich würde meine Hand dafür ins Feuer legen, daß Lantana nichts gewußt hatte.

Es würde nichts bringen, jetzt mit Billy Jack sprechen zu wollen. Er machte sich bestimmt gerade für eine Beerdigung fertig. Da ich wußte, wie sehr die Kellys der alten Südstaatentradition verhaftet waren, die sich wahrscheinlich auch auf die angeheirateten Kellys erstreckte, war er vermutlich bereits im Bestattungsinstitut oder in der Kirche.

Die Kirche. Shiloh-Baptistenkirche. Das kleine, weiße, asbestverkleidete Gebäude. Die Kellys waren sehr eng mit dieser Kirche verbunden – sie waren alle dort getauft worden, sie waren alle dort zur Kirche gegangen, zur Sonntagsschule und in den Ferien zur Bibelschule und mittwochs zum Abendgebet und sonntags zum Abendgottesdienst und im Herbst zu Erweckungsversammlungen in Zelten vor dem Gebäude, und was auch immer stattfand, sie waren dort gewesen, und Patrick Kelly hatte Sonny Kelly vor der Kirche erschossen, aber der Beerdigungsgottesdienst für Sonny hatte trotzdem in der Kirche stattgefunden.

Und irgendwo in der Nähe dieser alten Kirche waren Rick Mossberg und seine Tochter Candy – lebend oder tot.

Wahrscheinlich tot, denn wenn sie noch am Leben gewesen wären, gäbe es keinen Grund, warum sie seit mittlerweile fünf Tagen vermißt waren. Fünf Tage im Herbst, und es hatte geregnet, und die Nächte wurden langsam kälter.

Harry war in der Luft gewesen, aber inzwischen wohl nicht mehr, denn er hatte mir heute morgen beim Frühstück – leicht verlegen – eröffnet, daß er vorhabe, auch zu der Beerdigung zu gehen. Also würde ich ihn wohl dort treffen.

Ich hatte heute nicht wie sonst meinen Hosenanzug angezogen; ich hatte ein Kostüm angezogen – immer einen Blazer, selbst bei Umstandskleidung, denn ein Blazer verbarg mein Schulterhalfter, aber für gewöhnlich trug ich einen Hosenanzug. Solange ich meinen Blazer nicht auszog, würde ich den ganzen Tag lang wie eine erfolgreiche Geschäftsfrau aussehen. Das kommt bei mir selten vor. Aber in einem marineblauen Kostüm konnte ich auf eine Südstaatenbeerdigung gehen und würde akzeptabel aussehen, obwohl ein blaues Rüschenkleid mit adrettem, weißem Kragen natürlich sehr viel besser wäre. Man kann aber kein Schulterhalfter tragen, wenn man ein blaues Rüschenkleid mit adrettem, weißem Kragen trägt. Und ich käme ganz schön in Schwierigkeiten, wenn ich jemanden in diesen verfluchten, entsetzlich hochhackigen Schuhen verfolgen müßte. Selbst wenn ich in Topform bin, sind mir hochhackige Schuhe ein Greuel, und jetzt stellte ich fest, daß sie mich fürchterlich aus dem Gleichgewicht brachten.

Die Kirche steht auf einem Hügel. Sie ist alt, wahrscheinlich alt genug, um eine Hinweistafel als historische Sehenswürdigkeit zu verdienen, wenn jemand sich darum kümmern würde, und die Asbestverkleidung ist weiß. Das Portal ist grau gestrichen, diese wetterfeste graue Außenfarbe, die in Texas weitaus häufiger für Scheunen verwendet wird als Rot. Die zwei kleinen Räume, die vom Foyer abgehen, einer auf jeder Seite, werden in der Regel für die Sonntagsschule benutzt, aber sie lassen sich öffnen, wenn auf großen Hochzeiten und Beerdigungen mehr Sitzplätze gebraucht werden.

Heute würde das nicht nötig sein.

Der Fußboden bestand aus lackiertem Kiefernholz, damit es wie Hartholz aussah, doch der Lack war fast abgetreten, und stellenweise lugten weiche, graue Späne hervor. Die Bänke waren aus braungestrichenem Holz ohne Kissen. Ich gesellte mich zu Harry im hinteren Teil, nicht, weil ich hoffte, unbemerkt zu bleiben – man würde uns ganz sicher bemerken –, sondern weil ich weder Lantana bei ihrer aufrichtigen Trauer stören wollte noch sonst jemanden, der den Tod von Patrick Kelly vielleicht wirklich zutiefst betrauerte.

Ich war mir wie eine Heuchlerin vorgekommen, als ich mich in der kleinen Eingangshalle, die nur aus Höflichkeit Foyer genannt wurde, ins Gästebuch eingetragen hatte. Und trotzdem war es nicht ganz geheuchelt; ich war nicht bloß als Polizistin hier. Ich kannte die Kellys schon mein Leben lang; meine Mutter und Patricks Mutter waren befreundet gewesen (und ach, da war ja auch meine Mutter, sie saß stocksteif in der vierten Reihe). Als Polizeibeamtin konnte ich Patrick Kellys Verhalten in der Vergangenheit und Gegenwart ganz und gar nicht gutheißen, und trotzdem, wenn ich gewußt hätte, daß Patrick nach Fort Worth zurückgekommen war, wenn er sich nichts mehr hätte zu schulden kommen lassen und ich ihn eines Tages auf der Straße getroffen hätte, hätte ich ihn ganz selbstverständlich begrüßt. Ich hatte das Entsetzen, das sich in unserem kleinen Winkel der Stadt breitgemacht hatte, als Patrick Sonny erschoß, noch lebhaft in Erinnerung – Patrick war beliebt gewesen, aber Sonny eben auch.

Es waren nicht viele Leute da, die ich nicht wiedererkannte. Der Pastor – ich hatte ihn Bruder Green genannt, als ich klein war – schien sich wenig verändert zu haben, außer daß er kaum merklich älter geworden war.

Nach einem langen Gebet sang die Gemeinde »Wenn wir einst am Fluß uns treffen«. Dann begann die Beerdigungspredigt mit einer Lesung von Erster Thessalonicher 4, 13. »Brüder, wir wollen euch über die Verstorbenen nicht in Unkenntnis lassen, damit ihr nicht trauert wie die anderen, die keine Hoffnung haben.« Diese Stelle nahm

Bruder Green stets für eine Beerdigungspredigt; diesmal klang sie erbärmlich unpassend. Er erging sich darüber, daß »Gott durch Jesus auch die Verstorbenen zusammen mit ihm zur Herrlichkeit führen« wird. Konnte man von einem Mann sagen, der seinen Bruder erschossen und später ein kleines Mädchen umgebracht hatte, indem er es im Kofferraum eines Wagens einsperrte, daß Gott ihn zur Herrlichkeit führen wird? Ich glaubte das nicht. Ich stellte meine Ohren auf taub und blickte mich um.

Die einst große Familie Kelly war arg geschrumpft. Da waren Lantana und Billy Jack mit ihren drei anämisch aussehenden Kindern. Da war Audrey, die sich so sehr verändert hatte, daß ich sie fast nicht wiedererkannt hätte. Da war Roma. Sie hatte einen stattlich aussehenden Mann bei sich sitzen und zwei Kinder, einen Jungen von etwa zwölf und ein Mädchen von etwa 14. Zwei, drei ältliche Tanten erkannte ich am Gesicht, aber ihre Namen fielen mir nicht ein. Ein paar Lehrer von früher. Ein paar alte Männer, die vermutlich aus respektvoller Erinnerung an Kellys Eltern erschienen waren. Ein paar alte Frauen, die zu jeder Beerdigung gingen. Drei pensionierte Polizeibeamte von Fort Worth, die sich wohl an den Ex-Cop Patrick Kelly erinnerten und es geflissentlich vorzogen, seine jüngere Vergangenheit zu vergessen.

Neben meiner Mutter saß Schwester Dakle, meine alte Lehrerin in der Sonntagsschule und wahrscheinlich auch Patricks, denn sie hatte über 60 Jahre in der Sonntagsschule unterrichtet. Soviel ich weiß, hat sie nie eine Beerdigung ausgelassen. Neben ihr saß Schwester Green, die Frau des Pastors. Auch sie ließ keine Beerdigung aus, obwohl sie bestimmt jede Predigt in den letzten 30 Jahren hätte mitbeten können, und wahrhaftig sah sie im Moment so aus, als würde sie gleich einschlafen.

Es waren noch ein paar andere Männer da, die alle so aussahen, als würden sie viel mit den Händen arbeiten, die alle so aussahen, als würden sie sich im Anzug ausgesprochen unwohl fühlen, die alle von Frauen flankiert wurden, die überwiegend in adretten dunkelblauen Rüschenkleidern gekleidet waren.

Die Predigt ging schließlich zu Ende. Ein weiteres Kirchenlied und ein weiteres Gebet folgten, und alle marschierten hintereinander hinaus zu den Wagen. Es gab nicht genug Freunde und Verwandte von Patrick, um den Sarg zu tragen, und die Männer vom Bestattungsinstitut übernahmen die Aufgabe.

»Meinst du, wir sollten mit zum Grab fahren?« fragte ich Harry.

Harry zuckte die Achseln. »Wir sind nun mal hier, also können wir mitfahren. Aber ich hatte vergessen, wie sehr ich Beerdigungen hasse.« Wir gingen zu unserem Wagen.

»Wenigstens war der Sarg nicht offen.« Ich hasse Beerdigungen, bei denen der Sarg offen ist, noch mehr, als Harry Beerdigungen im allgemeinen haßt.

»Nach dem, was du mir erzählt hast, wäre das ja wohl auch nicht möglich gewesen.«

»Leichenbestatter können mit Make-up wahre Wunder bewirken«, sagte ich düster. »Ich habe offene Särge nach Autounfällen erlebt, wo man die Insassen in dem Schrotthaufen nicht mehr voneinander unterscheiden konnte.«

»*Blech*«, sagte Harry. »Wenn du mich im offenen Sarg aufbahrst, schwöre ich, daß ich als Gespenst wiederkomme und bei dir herumspuke.« Er reihte den Wagen in die feierliche Prozession ein, schaltete die Scheinwerfer an. »Deinen Polizeiwagen holen wir später«, sagte er.

War Patrick Kellys Mörder in der Kirche gewesen? Ich konnte es nicht sagen. Fast jeder hatte bedrückt ausgesehen. Niemand hatte besonders schuldig ausgesehen.

Aber irgendwie hatte ich so das Gefühl, daß jemand da drin schuldig war, ich wußte bloß nicht, wie ich herausfinden konnte, wer.

Was hülfe es dem Menschen, wenn er die ganze Welt gewänne und nähme doch Schaden an seiner Seele?

Irgend jemand hatte 250 000 Dollar, die er nicht einmal ausgeben konnte, denn wenn er anfangen würde, sie auszugeben, müßte er erklären, woher er das Geld hatte, und egal, was für eine Geschichte er sich ausdenken würde, irgendwer würde – irgendwann – stutzig werden.

Und Verdacht schöpfen.

Kapitel 9

Soviel zu Ihrem Plan, zu der Beerdigung zu gehen«, sagte Captain Millner, nach einem Blick in mein Gesicht. »Haben Sie irgend jemanden gesehen, den Sie dort nicht erwartet hätten?«

»Nein«, gab ich zu, »aber die Person, nach der wir suchen, ist nun mal höchstwahrscheinlich jemand, den wir auf Patrick Kellys Beerdigung erwarten würden.«

»Wen haben Sie denn gesehen? Farmer? Alte Männer? Glauben Sie wirklich, einer von denen ist der Mörder?«

»Patrick Kelly sah wie ein Farmer aus, und er war ein Mörder.«

»Stimmt«, räumte Millner ein. »Aber Sie reden jetzt nicht über jemanden, der auf offener Straße mit einem .38er losballert. Sie reden über einen Supergangster, der zu ausgeklügelter Planung fähig ist. Deb, ich sage nicht, daß Farmer dumm sind. Das sind sie nicht. Das können sie nicht sein, bei all dem, die sie wissen müssen. Aber ich sage, es ist ein gewaltiger Unterschied, ob man weiß, wie man pflanzt und düngt und erntet und den Traktor repariert, oder ob man weiß, wie man ein größeres Verbrechen plant und noch dazu mit der halbwegs realistischen Aussicht, nicht erwischt zu werden. Das sind völlig verschiedene Denkstrukturen, und das wissen Sie so gut wie ich.«

Ich zuckte die Achseln. »Jedenfalls hat Billy Jack Turner Ersatzteile für einen 1957er Chevrolet gekauft.«

»Wann haben Sie das rausgefunden?«

»Heute morgen. Vor der Beerdigung.«

»Dann reden Sie noch mal mit Billy Jack Turner – oho. Wir bekommen Besuch.«

Ich drehte mich um und ging rasch auf Deborah Mossberg zu. »Mrs. Mossberg, was ist –«

»Haben sie meine Kleine gefunden?« fragte sie. »Deshalb bin hier. Haben sie meine Kleine schon gefunden?«

»Sie suchen noch, Mrs. Mossberg«, sagte ich, so besänftigend ich konnte.

Das war nicht die aufgedonnerte, auf vornehm getrimmte Barkellnerin, die ich beim ersten Mal kennengelernt hatte; Deborah Mossberg, ohne Make-up, ohne raffinierte Frisur, ohne verführerische Kleidung, war eine junge, ganz hübsche Frau, die sehr durcheinander und sehr besorgt war. Sie hatte nicht getrunken, aber sie hatte offenbar auch nichts gegessen, und ich steuerte sie zu einem Stuhl, bevor sie umfiel. Sie beugte sich über den Schreibtisch, weinend.

»Aber wieso können sie die beiden nicht finden? Und wieso sind sie nicht wieder aus dem Wald rausgekommen? Rick würde sich nicht verirren! Rick kennt den Wald, er weiß –«

»Wir wissen nicht, warum sie nicht wieder rausgekommen sind. Das wissen wir erst, wenn wir sie gefunden haben.«

»Aber Sie glauben doch, daß ihnen nichts passiert ist?« Es war ein gequältes Jammern, und Dutch, der gerade mit einem Pappbecher Cola in der Hand hereingekommen war, blickte verwirrt und reichte den Becher dann der Frau.

Sie trank mechanisch, was mir eine kleine Atempause verschaffte, in der ich überlegte, was ich sagen sollte. Eine beruhigende Lüge, so sehr sie sich auch anbot, war immerhin eine Lüge, und ich war ganz sicher, daß Deborah sie als Lüge durchschauen würde. »Ich wünschte, ich könnte Ihnen eine Antwort geben, aber wir wissen es einfach nicht, noch nicht.«

»Es ist alles meine Schuld –«

Jetzt geht das wieder los, dachte ich resigniert; sehr wahrscheinlich waren Audrey und Roma schon wieder abgereist, bevor ich mich hier loseisen konnte.

Ich wollte nicht hier rumstehen und mir anhören, wie Deborah Mossberg sich in Selbstvorwürfen erging, aber irgend jemand mußte Deborah Mossberg zuhören, und obwohl Dutch jetzt offiziell für den Fall zuständig war, eignete ich mich besser dafür, einer hysterischen jungen Frau zuzuhören. »Deborah«, sagte ich in dem besänftigendsten Tonfall, den ich zustande brachte, »diese ganze Weinerei hilft doch niemandem. Ich weiß, es ist schrecklich, einfach nur dazusitzen und zu warten, aber wir haben eine Menge Leute da draußen, die nach ihnen suchen – mein Mann sucht jetzt gerade aus der Luft, in einem Hubschrauber –, und sie werden ganz sicher auftauchen.«

»Ja«, schluchzte Deborah, »ja, klar werden sie das, aber sind sie dann am Leben? Es ist alles meine Schuld –«

Laß sie, soll sie ruhig alles rauslassen, dachte ich. Vielleicht hört sie dann ja auf zu weinen. »Wie kommen Sie nur darauf, daß es Ihre Schuld ist?«

»Ich habe –«, heftiges Schluchzen – »in die Zeitung geguckt. Mir die Stellenanzeigen angesehen. Sonntag. Und Montag. Und gestern. Rick hatte recht. Er konnte wirklich keinen Job finden. Sehen Sie, er kann richtig schwer arbeiten, niemand arbeitet schwerer als Rick, aber er kann nun mal nicht alles. Wissen Sie, was da für Jobs angeboten werden?«

»Nein. Was für welche?«

»Die suchen Schreibkräfte. Und die suchen Versicherungsvertreter. Und die suchen Autoverkäufer. Und die suchen Computerprogrammierer. Das kann Rick alles nicht! Rick arbeitet mit den Händen.«

»Verstehe.«

»Aber –« Wieder ein tiefes Schluchzen. »Ich habe ihm nicht glauben wollen. Weil – weil –« Jetzt sprudelten die Worte nur so aus ihr heraus. »Wir waren damals acht Kinder zu Hause und hatten nur ein Schlafzimmer und kein Badezimmer, wir hatten ein Außenklo – ich wette, Sie haben bestimmt nicht gewußt, daß es so was überhaupt noch gab, nicht – aber bei uns war das so. Wir hatten nichts – wir waren so arm, und wir lebten von der Sozialhilfe, und wir hatten alte Sachen zum Anziehen, die wir von anderen Leuten bekommen haben, und ich mußte im Speisesaal in der Schule die Tische abwischen, um was zu essen zu kriegen, und ich habe mir geschworen, daß ich, wenn ich groß bin, nie, nie, nie, nie wieder arm sein würde – und wir hatten nicht sehr viel Geld, als Rick in der Armee war, wir haben nicht gehungert, das will ich damit nicht sagen, wir hatten genug zu essen und eine Wohnung und waren krankenversichert und alles, aber es reichte so gerade, und es blieb nichts übrig, um mal was Schönes zu machen, um was Hübsches zum Anziehen zu kaufen, und als Rick dann die Armee verließ und bei der Bohrfirma anfing, Deb, da hat er 21 Dollar in der Stunde verdient! Und das ist eine Stange Geld, und es war wunderbar, und sogar als er Kurzarbeit machen mußte und nur noch vier Tage in der Woche arbeiten konnte, war es noch immer mehr Geld, als wir beide je gehabt hatten, und ich konnte für Candy all die hübschen Sachen kaufen, die ich mir als Kind immer gewünscht hatte und nie bekommen habe, und wenn wir wollten, hatten wir jeden Tag Fleisch auf dem Tisch, und dann wurde er entlassen. Und ich wollte doch nie wieder arm sein, und ich hatte panische Angst, und er ist ständig auf Jobsuche gewesen, und er ist immer nach

Hause gekommen und hat gesagt, er hätte keinen Job gefunden, und dann ist das Arbeitslosengeld eingestellt worden, und ich habe gedacht, er würde es nicht richtig versuchen, ich habe gedacht, er wollte einfach keinen Job mehr wie mein Daddy, weil mein Daddy nie arbeiten wollte, der hat bloß in der Schaukel auf der Veranda gelegen und das ganze Geld von der Sozialhilfe versoffen, und wir haben Mais und Kohl angebaut, damit wir was zu essen hatten, und ich dachte, Rick würde auch so werden, und da habe ich mir überlegt, daß ich mir einen Job suche, und das habe ich gemacht, ich habe den Job im Rig bekommen, und der wurde gut bezahlt, und ich konnte weiter für Candy hübsche Sachen kaufen, und Milch, aber Rick ist wütend geworden, und er hat gesagt, in so einem miesen Laden sollte ich nicht arbeiten, und es würde nicht mehr viel fehlen, und ich wäre eine Nutte, aber das stimmte nicht, das stimmte überhaupt nicht, ich hätte nie –«

»Natürlich nicht«, sagte ich leise. Ricks Bemerkung war absolut unangebracht; eine Barkellnerin läuft sich die Füße wund.

»Aber er ist wütend geworden, und er wollte nach Dallas ziehen, und ich hatte Angst, weil ich nicht sicher war, daß er in Dallas einen Job finden würde, oder ich einen, und er wollte, daß wir in dem Pick-up schlafen, während er auf Jobsuche geht, und man kann sich in einem Pick-up nicht um ein kleines Kind kümmern, und er hat gesagt, Candy ist gar nicht mehr so klein, und ich habe gesagt, ist sie doch, eine Sechsjährige ist noch ein kleines Kind, und solange ich den Job hatte, konnte ich das Haus behalten, und ich konnte Candy hübsche Sachen kaufen, und ich war bloß eine Kellnerin, mehr nicht, und Rick hatte keinen Grund, so wütend zu werden –«

»Natürlich nicht.«

»Und ich habe gesagt, Rick könnte allein nach Dallas gehen, und er hat gesagt, er hätte Angst, daß ich mich, wenn er das täte, nicht um Candy kümmern würde, und mir braucht niemand zu sagen, wie ich mich um meine Kleine zu kümmern habe, und da bin ich auch wütend geworden, und ich habe gesagt, wenn ihm mein Job nicht passen würde, könnte er meinetwegen ausziehen, weil er sowieso nichts tun würde, aber das stimmte überhaupt nicht, und es war mies von mir, so was zu sagen, nämlich, als ich mich um den Haushalt und um Candy gekümmert habe, hatte ich alle Hände voll zu tun, und wieso habe ich dann, als Rick sich um den Haushalt und um Candy gekümmert hat, gedacht, er würde nichts tun? Er hat genauso viel getan wie ich damals, als ich –«

Mittlerweile weinte sie so gut wie nicht mehr. Gott sei Dank, dachte ich. »Manche Leute kommen mit Rollentausch nun mal nicht besonders gut klar.«

»Was heißt Rollentausch?«

»Wenn Ehepartner die Arbeiten übernehmen, von denen wir meinen, der jeweils andere müßte sie eigentlich tun.«

»Ach so. Tja, ich schätze, Rick und ich sind wohl mit dem Rollentausch nicht besonders gut klargekommen. Er war nämlich wütend, weil ich das Geld verdiente und er zu Hause war, und ich war wütend, weil er zu Hause war und ich das Geld verdiente, also habe ich gesagt, er soll ausziehen, und da ist er ausgezogen, und dann habe ich gesagt, er dürfte Candy nicht sehen, und das war wirklich mies von mir, nicht?«

»Ich fürchte, ja.«

»Er und Candy hatten nämlich immer viel Spaß zusammen, und vielleicht war ich auch eifersüchtig, was meinen Sie?«

»Könnte sein.«

»Und er wollte wieder zurück zur Armee, und ich habe gesagt, ich würde nicht mehr von meiner Mutter wegziehen, wenn er also in die Armee gehen würde, würde ich hierbleiben. Und er hat gesagt, das wäre keine richtige Ehe, und ich habe gesagt, wir hätten sowieso keine richtige Ehe, und ich habe gesagt, er soll ausziehen, und er hat gesagt, er wäre doch schon ausgezogen, was ich denn noch wollte, und ich habe gesagt, ich will mich scheiden lassen. Deb, wenn er gesund wiederkommt und Candy gesund ist, verspreche ich, ich werde nie wieder wütend.«

»Jeder wird mal wütend. Vielleicht sollten Sie lieber versprechen, daß Sie, wenn Sie wütend werden, erst nachdenken, bevor Sie losbrüllen.«

»Gut, dann verspreche ich eben das, ich liebe nämlich meine Kleine, und ich liebe Rick wirklich, und ich will diese Scheidung nicht mehr, und ich möchte noch ein Kind, auch wenn Rick in der Armee ist, und es ist mir egal, wo wir leben, und ich hasse diesen gräßlichen Job, die Hälfte von den Ölburschen haben einfach überall Hände, Sie wissen schon, was ich meine, und ich sage denen immer wieder, so was kommt für mich nicht in Frage, ich will bloß nach Hause zu meiner Kleinen, und sie lachen und finden das komisch, und dann kriegt Carol mehr Trinkgeld als ich, weil sie kichert, wenn sie sie angrapschen, aber ich brauche das Trinkgeld viel nötiger als Carol, und – und –« Sie schluchzte wieder. »Es ist alles meine Schuld, weil, wenn ich nicht gesagt hätte, er könnte Candy nicht sehen, dann wären sie bestimmt nicht einfach so im Wald verschwunden.«

»Sie haben mir doch gesagt, daß die beiden gern campen fahren.«

»Ja, schon, aber –«

»Dann sind sie bestimmt bloß campen gefahren und hatten vielleicht irgendwelche Schwierigkeiten und konnten nicht so schnell wieder zurück, wie sie vorhatten.«

»Das ist noch nie passiert. Kann ich nicht irgendwie bei der Suche helfen?«

Wohl kaum. Das allerletzte, was der Suchtrupp gebrauchen konnte, war eine verzweifelte Mutter, die im Wald herumstapfte und sich auch noch verirrte. Ich überlegte schnell.

»In welcher Kirche sind Sie?«

Erneutes Schluchzen. »In der k-katholischen.«

»Ist Rick auch katholisch?«

»Nein. Und der Pfarrer war böse auf uns, als –«

»Also, ich denke, Sie sollten jetzt zu dem Pfarrer gehen und ihm genau das erzählen, was Sie mir erzählt haben«, sagte ich, »vielleicht hat er ja eine Idee. Und Sie könnten –«, ich durchforstete mein Gehirn nach dem wenigen, was ich über den Katholizismus wußte, »Sie könnten vielleicht eine Novene abhalten.«

Das Schluchzen erstarb. »Ja, das könnte ich machen. Aber was, wenn ich eine Novene abhalte und sie dann noch immer nicht wieder da sind?«

»Ich glaube bestimmt, daß sie dann wieder da sind.« Tot oder lebendig, dachte ich. Wenn sie überhaupt in der Gegend sind, müßten wir sie – tot oder lebendig – gefunden haben, lange bevor diese neuntägige Andacht vorüber ist.

»Meinen Sie wirklich, ich sollte mit meinem Pfarrer sprechen?«

»Ich meine, ja. Dann fühlen Sie sich wahrscheinlich sehr viel besser, und vielleicht hat er ja irgendwelche Vorschläge, auf die ich nie kommen würde.«

»Okay.« Deborah nahm ein Kleenex aus ihrer Handtasche und stockte plötzlich, erschrocken von dem Einwegspiegel, der Gegenüberstellungen von Raum zu Raum ermöglichte, ohne daß die Verhafteten den Betrachter sehen konnten. Ohne auch nur zu argwöhnen, daß es sich um etwas anderes als einen Spiegel handeln könnte, beugte sie sich vor und betrachtete prüfend ihr Gesicht. »Ich sehe schrecklich aus. Dagegen muß ich was tun. Rick regt sich immer so auf, wenn ich schrecklich aussehe.«

»Sprechen Sie mit Ihrem Pfarrer«, riet ich ihr. »Über Ihr Aussehen können Sie sich später noch Gedanken machen.«

»Sie haben recht. Ja, Sie haben recht. Danke. Sie geben mir doch Bescheid, wenn – wenn –«

»Sie werden sofort benachrichtigt«, versprach ich und sah zu, wie Deborah, noch immer ein wenig schluchzend, ging. Dann drehte ich mich um, nahm meine Autoschlüssel und folgte ihr durch die Tür.

Lantana Turner bedachte mich mit einem fast feindseligen Blick. »Wieso könnt ihr uns nicht in Frieden lassen?« fragte sie. »Mein Bruder ist gerade erst unter der Erde. Wieso müßt ihr uns ausgerechnet jetzt belästigen?« Sie stellte ihre Handtasche auf den Tisch und setzte sich; sie hatte fast unmerklich geschwankt, als sie den Raum auf ungewohnt hochhackigen Schuhen durchquerte.

»Ich war bei der Beerdigung«, sagte ich, »und ich weiß, was ihr zur Zeit durchmacht. Aber wir haben ein paar weitere Beweise gefunden –«, das war eigentlich nicht gelogen, dachte ich –, »und wir glauben, daß jemand Patrick hereingelegt hat.«

»Meinst du, er hat es nicht getan?«

»Doch, doch, er hat es getan. Aber wir halten es für möglich, daß irgend jemand ihn mit einem Trick in eine Sache reingezogen hat, die längst nicht so weit hätte gehen sollen, wie sie dann gegangen ist, und ihn anschließend getötet hat. Wir müssen herausfinden, wer dieser Jemand ist. Und dazu muß ich mich noch einmal mit dir unterhalten.«

»Hör mal, Deb, ich hab' wirklich schon alles gesagt, was ich weiß.«

»Lantana, ich glaube doch gar nicht, daß du mir irgendwas nicht erzählt hast, wenn du auch nur den geringsten Grund hattest, es für wichtig zu halten. Ich habe bloß so ein Gefühl, daß mir vielleicht irgend etwas nicht erzählt worden ist, weil keiner auf den Gedanken kommt, es könnte wichtig sein, und vielleicht muß ich gerade das wissen.«

Lantana zuckte die Achseln. »Möchtest du einen Tee?«

»Im Moment vertrage ich keinen Tee mehr«, sagte ich. »Vielleicht ein Glas Wasser?«

»Ich habe immer Tee trinken können«, sagte Lantana. »Aber Kaffee, ich sage dir, der hat wirklich scheußlich gerochen.« Sie holte mir ein Glas Wasser und ging dabei um Billy Jack herum. Er hatte noch kein Wort gesagt; er saß mit ernster Miene rittlings auf einem Stuhl, das Kinn auf die Hände gestützt, die auf der Rückenlehne ruhten, und starrte mich an. Selbst in dem schäbig aussehenden schwarzen Anzug, den er bestimmt nicht häufig trug, hatte er in den Hautfalten seiner Knöchel noch immer tief eingegrabenes Öl.

»Okay, wenn du schon mal hier bist, kannst du eigentlich auch bleiben«, sagte Lantana weiter. »Stimmt's, Billy Jack?«

Billy Jack gab einen unverständlichen Laut von sich, der möglicherweise seine Zustimmung ausdrücken sollte, vielleicht aber auch nicht. Ich beschloß jedenfalls, ihn als Zustimmung aufzufassen.

»Zunächst einmal muß ich wissen, wo ich Audrey und Roma finden kann. Ich möchte mich nämlich mit ihnen unterhalten. Ich möchte mich mit jedem aus der Familie unterhalten, weil schließlich nicht ausgeschlossen ist, daß Patrick zu irgendwem irgendwas gesagt hat –«

»Wenn Patrick Audrey oder Roma erzählt hätte, daß er sich auf so eine Sache einlassen will«, fiel mir Lantana ins Wort, »hätten sie das gleiche gemacht, was ich gemacht hätte. Sie hätten ihm einen ordentlichen Tritt in den Hintern gegeben.«

»Das weiß ich, Lantana. Ich habe immer gesagt, daß ihr alle anständige und gottesfürchtige Menschen seid. Aber ich bin fast sicher, daß er von jemandem getötet worden ist, den er kannte, und es wäre möglich, daß er diese Person irgendwem gegenüber erwähnt hat. Ich will damit eigentlich nur sagen, auch wenn ich mich nicht gerade geschickt dabei anstelle, daß er irgendwas erwähnt haben könnte, das für euch vielleicht völlig unwichtig war, aber für uns sehr wichtig wäre.«

»Oh. Okay. Also, Audrey wohnt in Garland.«

»Garland? Das ist eine Hilfe; das ist nicht sehr weit von hier.« Garland liegt, von Fort Worth aus gesehen, hinter Dallas. »Wie ist ihr Ehename?«

»Na ja, sie ist Witwe.«

»Ja?« sagte ich und fragte mich, was das mit ihrem Namen zu tun hatte.

»Sie war mit einem gewissen Joe Hickson verheiratet, und der ist vor ein paar Jahren gestorben. Lungenkrebs. Hatte geraucht, seit er zehn war. Mein Daddy hätte mir den Hintern versohlt, wenn ich das versucht hätte. Aber jedenfalls, sie arbeitet in einer Kindertagesstätte in Garland. Ich kann dir ihre Telefonnummer geben.« Sie wandte sich um und zog ein Adreßbuch aus einem Regal hinter sich.

»Danke, das wäre eine große Hilfe. Kannst du mir auch gleich die von Roma geben?«

»Ja, kann ich, aber die von Roma kannst du auch im Telefonbuch finden.«

»Ich dachte, Roma wäre weggezogen.«

»Ist sie auch. Sie ist nach Houston gezogen. Aber dann ist sie wieder zurückgekommen. Carl – das ist ihr Mann, Carl Gilbert – hat dort einfach keine anständige Arbeit finden können, und deshalb sind sie vor ein paar Jahren wieder nach Fort Worth gezogen. Er ist Versicherungsvertreter, deshalb steht er auch bestimmt im Telefonbuch.«

»Ja, ich erinnere mich an Carl, aber ich wußte nicht, daß sie wieder hergezogen sind. Vielen Dank. Nur noch eine Frage, und dann seid ihr mich wieder los. Patrick hatte einen 1957er Chevrolet, ein Hardtop-Coupé, hübscher Wagen. Er hatte einen Freund, der auch so einen hatte, und ich muß wissen, wer das ist.«

»Lady, *ich* habe so einen«, sagte Billy Jack. Seine Stimme war überraschend tief. »Möchten Sie ihn sehen?«

»Sehr gern.«

»Dann kommen Sie.«

Billy Jack löste sich von dem Stuhl und führte mich zur Hintertür hinaus, ein kleiner Mann, der leicht O-beinig ging. Wir spazierten durch den gepflegten Garten hinter dem Wohnwagen, durch ein kleines Tor auf einen Sandweg, der über den Wohnwagenplatz führte, zum hinteren Ende des Geländes und dort in einen langen Schuppen, der mit irgendwelchen Ranken überwuchert war.

»Da ist er«, sagte Billy Jack stolz. »Jahrelang hab' ich mir so einen gewünscht, seit Patrick und Oliver sich beide einen angeschafft haben. Ich hab' versucht, Patrick zu überreden, mir seinen zu verkaufen, als er im Gefängnis war, aber er hat gesagt, vergiß es. Letztes Jahr hab' ich dann den hier im hintersten Winkel bei einem Gebrauchtwagenhändler in Hughes Springs entdeckt, alle vier Reifen waren platt und der Motorblock gerissen, und ich hab' den Typ auf 150 Dollar runtergehandelt und den Wagen hierher abgeschleppt. Es wird noch eine ganze Weile dauern, bis er so gut aussieht wie der von Patrick, aber egal, so habe ich wenigstens was zu tun, wenn ich sonst nichts zu tun habe.«

Der Chevrolet – wieder ein Hardtop-Coupé – war erdbeerrot. Und er war in seine Einzelteile zerlegt; der Motorblock lag in einer Ecke der Garage, und Unkraut wuchs durch ihn hindurch; ein Kotflügel war abmontiert, und alle vier Reifen fehlten.

»Da haben Sie noch ein schönes Stück Arbeit vor sich«, sagte ich, »aber die Mühe wird sich lohnen.«

»Und ob die sich lohnt.« Billy Jack lächelte das Wrack stolz an. »Sie können sich nicht vorstellen, wie gut das Schätzchen in fünf Jahren aussehen und laufen wird.«

»Es wird wirklich verdammt viel Arbeit, schätze ich.«

»Aber den hier haben Sie nicht gesucht, stimmt's?«

»Stimmt. Der, den ich suche, sieht so aus wie Patricks, gleiche Farbe und alles. In tadellosem Zustand. Haben Sie ihn gesehen?«

»Nee, Lady, ich glaub' nicht. Der von Patrick war der einzige grüne, der mir einfällt. Grün war eigentlich keine gute Farbe für diese Schätzchen, die gab's in so 'nem schönen Himmelblau, und in dem Rot hier wie bei meinem –«

Diese Information hatte ich bereits bekommen.

Billy Jack sagte weiter: »Sie können ja mal Carl fragen. Das ist mein Schwager, der Mann von Roma, wo Sie vorhin nach gefragt haben. Der ist viel mit Patricks gefahren. Wenn es hier in der Gegend noch einen gibt, weiß der das vielleicht. Er und Patrick haben sich gut verstanden.«

»Sie und Patrick nicht?«

Billy Jack lachte leise in sich hinein. »Lady, ich werd' nun mal leicht nervös bei einem, der eine Knarre rausgezogen und seinen Bruder erschossen hat. Ich und Lantana, wir waren da schon verheiratet –«

Daran erinnerte ich mich nicht. Lantana konnte damals noch keine 16 gewesen sein. Aber ich erinnerte mich daran, daß sie schließlich von der Schule abgegangen war.

»Ich hab' Susie gekannt«, fuhr Billy Jack fort. »Sie war kein schlechter Mensch, sie war bloß ein bißchen leichtsinnig, und sie hat Patrick bestimmt nicht betrogen. Sie und Sonny haben doch bloß ein bißchen rumgeknutscht. Wenn Lantana das gemacht hätte, hätte ich ihr eins. auf den Hintern gegeben und fertig, aber Patrick hat eine Knarre gezogen und Sonny abgeknallt, und dabei war Sonny bestimmt nicht böse. Er hatte so seine Fehler, wie jeder Mensch, den der liebe Herrgott auf die Welt kommen läßt, aber er war im Grunde ein anständiger Kerl. Und wo Patrick nun schon wütend auf Sonny geworden war und ihn erschossen hatte, woher sollte ich dann wissen, daß Patrick nicht eines Tages auch mal auf mich wütend werden würde? Nee. Ich hab' mich nicht mit Patrick gestritten, aber besucht hab' ich ihn auch nicht gerade oft.«

»Kann ich verstehen«, sagte ich. »Na, wahrscheinlich hat jede große Familie ein schwarzes Schaf. Es muß hart für Lantana gewesen sein.«

»Das können Sie laut sagen. Patrick war ihr großer Bruder, und ich schätze, Mädchen werden das Gefühl nie richtig los, daß ihr großer Bruder nichts Unrechtes tun kann. Sie weiß es vom Kopf her, aber vom Bauch her bestimmt nicht.«

»Okay. Danke für die Unterhaltung, Billy Jack. Tut mir leid, daß es unter diesen Umständen sein mußte.«

»Schon gut. Kommen Sie ruhig mal wieder vorbei. Lantana freut sich immer, alte Bekannte zu sehen.«

Ich fuhr in mein Büro und machte wieder eine Liste.

Bill Conners anrufen und nach dem Oldtimer-Fanclub fragen, wie immer der auch hieß.

Susan anrufen.

Dann mußte ich innehalten und überlegen. Die Dinge hatten sich derart überschlagen, daß ich mich nicht erinnern konnte, ob ich Susan von dem zweiten grünen Wagen erzählt hatte oder nicht. Das könnte für die Schlüsse, die sie zog, von nicht unerheblicher Bedeutung sein. Und ich hatte es ihr nicht erzählt. Ich konnte es ihr unmöglich erzählt haben, weil ich nicht mehr mit Susan gesprochen hatte, seit wir ihn gefunden hatten.

Oder zumindest, seit ich davon erfahren hatte. Ich schwelgte kurz und lustvoll in meinem Abscheu vor Danny Shea, und dann rief ich Susan an.

Susan war im Gespräch mit einem Patienten und konnte nicht gestört werden.

Ich hinterließ eine Nachricht, die, wie ich hoffte, verständlich war, bezüglich des zweiten dunkelgrünen 1957er Chevrolets, und dann rief ich Bill Conners bei Conners Chevrolets an. Bill Conners war nicht ganz so schwer zu erreichen wie der Präsident der Vereinigten Staaten – vermutlich.

Während ich in der Warteschleife hing – das dritte Mal bei ein und demselben Anruf –, fiel mir ein, daß ich einmal eine Telefonnummer gesehen hatte, die auf eine Wand gekritzelt war. Es war eine Telefonnummer in England, komplett mit sämtlichen Vor- und Durchwahlnummern, und es sollte sich um die Privatnummer der Königin von England handeln. Ich habe sie nie gewählt, um rauszufinden, ob sie es wirklich war; aber ich frage mich, wie viele Leute das wohl gemacht haben. Ich frage mich, ob es die Nummer war. Wahrscheinlich nicht. Und allmählich fragte ich mich mit ziemlicher Verwunderung und ebenso großem Ärger, oder vielleicht sogar mit etwas mehr Ärger, weil ich ja eigentlich mit niemandem in England sprechen mußte, ob ich je in meinem Leben mit Bill Conners sprechen würde.

Doch noch während ich mich das fragte, meldete sich eine joviale Gebrauchtwagenhändlerstimme am anderen Ende. »Conners.«

Ich stellte mich vor, wobei ich es plötzlich irgendwie leid war, den Klang meiner eigenen Stimme zu hören, die meinen eigenen Namen sagte, und erkundigte mich nach Oldtimer-Clubs.

Ja, es gäbe einen, gab Conners zu, aber der sei eigentlich mehr in Dallas. Sie würden jedes Jahr eine hübsche Ausstellung auf der Automesse veranstalten, und es sei ein Jammer, daß ich sie gerade verpaßt hätte.

Conners gab mir einen Namen, und, nach kurzem Zögern, währenddessen er offenbar auf seinem Schreibtisch herumsuchte, eine Telefonnummer.

Natürlich wählte ich sie. Natürlich meldete sich dort niemand. Conners hatte gesagt, er könne mir die Büronummer der Person nicht geben, weil er sie nicht wisse, leider. Und natürlich wäre das die Nummer gewesen, unter der ich diese Person hätte erreichen können, um diese Uhrzeit an einem Werktag.

Ich würde es nach Feierabend wieder versuchen, dachte ich mir und rief dann erneut bei Susan an. Susan hatte noch immer Sprechstunde und konnte nicht gestört werden.

Mist, dachte ich und rief bei der Kraftfahrzeugstelle an, um einen Computerausdruck anzufordern.

Sieh an, sieh an, ich hatte Glück. In der Kraftfahrzeugstelle sagte man mir, sie würden mir einen Computerausdruck machen, und wenn ich zur nächsten Highway-Polizeiwache führe, läge er dort für mich bereit. Wann ich ihn abholen könne, fragte ich, und die nette Stimme am anderen Ende sagte, so ungefähr jederzeit, wenn ich direkt zu ihm käme, weil ihm meine Stimme gefalle.

Sieh an, sieh an, nette Baritonstimme, ich bin 42, verheiratet und schwanger. Aber ich komme gern vorbei und hole mir den Ausdruck ab.

Die Stimme lachte, sagte mir, sein Name sei Mark Hudson, und es wäre einen Versuch wert, auf diese Weise habe er schon jede Menge netter Frauen kennengelernt.

Ich fuhr zur Highway-Polizeiwache, holte den Ausdruck ab und beschloß, gleich weiterzufahren. Ich war nicht weit von der Braun-Clinic entfernt; da ich Susan offenbar nicht ans Telefon bekam, würde ich einfach zu ihr fahren und mich in ihrem Wartezimmer niederlassen, und früher oder später würde sie sich die Zeit nehmen, mit mir zu sprechen.

Ich wußte nicht, daß ich in ihrem Wartezimmer einschlafen würde. Aber egal. Es dauerte eine Weile, bis sie frei war.

Susans Büro ist genau wie sie: professionell und nicht- (nicht un-) professionell zugleich. Es hat Bücherregale voller Bücher und einen Schreibtisch, der mit allem möglichen Krimskrams übersät ist, mit dem nervöse Leute – Patienten, Angehörige von Patienten und jeder, der in den Einzugsbereich einer psychiatrischen Klinik gerät – herumspielen können. Auch Susan spielt gern damit herum.

Wie auch mit allem anderen. Susan ist ein sehr nervöser Mensch.

»Es ist eine Lebensregel, nicht unbedingt eine Binsenwahrheit, daß es keine richtigen Unfälle gibt«, sagte sie zu mir, wobei sie sorgfältig ihren Schreibtischblock, drei Stifte und etliche große Büroklammern in einer ordentlichen, geraden Reihe wie Autos auf einem Eisenbahnzug hinlegte. »Na ja, natürlich stimmt das nicht. Es gibt richtige Unfälle, obwohl sie sehr viel seltener sind, als die breite Öffentlichkeit annimmt. Aber ein Mensch, der zu Unfällen neigt, ist mit großer Wahrscheinlichkeit ein Mensch, der zumindest auf einer gewissen Ebene einen Unfall haben will.«

»Wieso sollte jemand einen Unfall haben wollen?«

»Weil er dadurch etwas gewinnt. Abstand von einem verhaßten Job, Mitgefühl und Zuwendung von seiner Familie, eben alle möglichen Belohnungen. Es ist wie mit meinem Haar.«

»Was ist mit deinem Haar?«

Susan fing an, systematisch die Haarnadeln zu entfernen, die unsicher eine widerspenstige Flechte festhielten. »Ich bin wie die Weiße Königin in Alice' Abenteuern. Ich ordne an, und ich ordne an, aber es hilft nichts. Doch unbewußt gefällt es mir bestimmt, daß mein Haar immer wieder herunterfällt –«, sie steckte gerade wieder die Haarnadeln fest und sprach mit zusammengepreßten Zähnen um die Nadeln herum, die sie mit dem Mund festhielt –, »damit ich was zum Fummeln habe, denn wenn es mir nicht gefallen würde, würde ich sie mir doch wohl einfach abschneiden lassen!« Triumphierend steckte sie die letzte Haarnadel fest, und die Flechte fiel gleich wieder herunter. »Siehst du, was ich meine?« fragte sie und zog erneut Haarnadeln heraus.

»Ja. Es ist wie bei Harry, wenn er Windeln gewechselt hat. Er hatte keine Lust dazu, und deshalb hat er die neue Windel so locker befestigt, daß sie gleich wieder runterfiel, wenn das Baby aufstand. Aber mir ist nicht klar, was das mit diesem Fall zu tun hat.«

»Daß die arme Kleine – Helen French – gestorben ist, war ein Unfall. Sie wollten sie nicht töten, sie haben sie bloß eine Weile in den Kofferraum gesperrt, damit sie ruhig blieb und vielleicht damit sie niemand sehen konnte, bis sie weit genug von der Schule weg waren; sie wußten nicht, daß sie Asthma hatte. Patrick Kellys Tod war ein Unfall; sein Freund war bloß etwas unvorsichtig mit der Schrotflinte, er wußte nicht, daß sie losgehen würde ... verstehst du, was ich meine?«

»Ich glaube, ja«, sagte ich langsam. »Sie wußten, wie das Kind aussieht. Er wußte, daß sie als einzige in der Schule zum Mittagessen nach Hause ging. Also –«

»Also hat er doch gewußt, daß sie Asthma hatte«, beendete Susan den Satz für mich. »Er wußte es mit an Sicherheit grenzender Wahrscheinlichkeit. Er hat einfach zugelassen, daß er es vergißt, und selektives Vergessen geschieht fast immer in gewisser Weise gezielt.«

»Willst du damit sagen, daß er Helen French und Patrick Kelly absichtlich getötet hat, obwohl deren Tod seine Pläne gründlich durcheinandergebracht hat?«

»Er glaubt zweifellos und wird es bis an sein Lebensende glauben, daß der Tod der beiden ein Unfall war. Genauso, wie er zweifellos glaubt, daß all die anderen Pläne, die er in seinem Leben gemacht hat, durch unglückliche Umstände oder durch eine Laune der Natur oder durch eine Unwägbarkeit der wirtschaftlichen Entwicklung zunichte gemacht worden sind. Also – du suchst einen Mann, der zu Unfällen neigt, dem ständig Unglück widerfährt, der ständig erfolglos ist.«

»Okay«, sagte ich.

»Mit erfolglos«, fuhr Susan fort, »meine ich nicht bloß erfolglos in wirtschaftlicher Hinsicht. Manche Leute sind in wirtschaftlicher Hinsicht recht erfolglos und dafür in anderen Bereichen ungeheuer erfolgreich. Aber er ist sehr wahrscheinlich überall erfolglos. Seine zwischenmenschlichen Beziehungen scheitern. Sein Familienleben liegt ständig im argen. Wenn er einen Garten hat, vergißt er die Pflanzen zu gießen – da haben wir wieder die Sache mit dem Vergessen. Er vergißt, bei seinem Wagen einen Ölwechsel zu machen, und kann sich nicht erklären, warum der Motor kaputtgeht. Er vergißt, zu den Veranstaltungen in der Schule seiner Kinder zu gehen. Er vergißt seinen Hochzeitstag und kann sich nicht erklären, warum seine Frau sauer auf ihn ist.«

»Aber unterbewußt will er, daß sein Wagen kaputtgeht und seine Kinder enttäuscht sind und seine Frau sauer auf ihn ist?«

»Genau. Und das ist noch nicht alles. Nach dem, was du mir erzählt hast, hat er Patrick bewußt nachgeeifert. Mit an Sicherheit grenzender Wahrscheinlichkeit hat er sich seinen dunkelgrünen 57er Chevrolet –

eine unbeliebte Farbe, wohlgemerkt – geraume Zeit später angeschafft als Patrick seinen. Er mußte lange suchen, bis er so einen Wagen wie den von Patrick gefunden hatte. Also kann man davon ausgehen, daß er sich mit Patrick identifiziert hat.«

»Er hat sich mit Patrick identifiziert, und er hat Patrick getötet.«

»Genau. Er hat sich mit Patrick identifiziert, und er hat Patrick getötet. Wen hat er, soweit wir wissen, noch getötet? Helen French. Und wer war Helen French? Ein sehr kränkliches Kind. Also ist es sehr wahrscheinlich, daß er sich auch mit Helen French identifiziert hat und daß er sich selbst als kränkliches Kind sieht – gesehen hat.«

»Was haben wir also in der Hand?« sagte ich zusammenfassend: »Jemand, der unvorsichtig ist, zu Unfällen neigt, erfolglos ist. Wenn er sich mit Patrick identifiziert hat, gab es in seiner Ehe vermutlich ernsthafte Probleme –«

»Für die aller Wahrscheinlichkeit nach er verantwortlich ist«, unterbrach Susan mich. »Daraus, daß er sich mit Patrick identifizierte, ist nicht unbedingt zu folgern, daß er eine untreue Frau hat.«

»Was das angeht, wissen wir ja nicht einmal mit Sicherheit, daß Patrick eine untreue Frau hatte«, erwiderte ich.

»Nein, aber ich kann dir versichern, er glaubt, daß Patricks Frau untreu war«, sagte Susan.

»Er ist bestimmt selbstmordgefährdet«, sagte ich. »Wenn wir ihn schnappen, werden wir ihn rund um die Uhr unter Beobachtung halten müssen.«

Susan nickte mit zufriedenem Blick. »Ja, da ist sehr viel Selbsthaß im Spiel. Sehr wahrscheinlich Selbsthaß verschleiert als Selbstmitleid, Fixierung auf sich selbst, und ich vermute, daß es zum Teil daher rührt, daß er ein kränkliches Kind war.«

»Aber nicht alle kranken Kinder –«

»Nein. Nicht alle kranken Kinder gehen in diese Falle. Aber manche. Es hat zweifellos nicht nur gesundheitliche Probleme gegeben. Ich würde vermuten, daß er sich schon immer selbst gehaßt hat – dazu gebracht wurde, sich selbst zu hassen. Was noch? Tja, er ist sehr wahrscheinlich verheiratet, er hat sehr wahrscheinlich Kinder. Wenn sie robust sind, verachtet er sie unverhohlen dafür, daß sie das sind, was er nicht ist, wenn sie kränklich sind, verachtet er sie heimlich dafür, daß sie so sind, wie er ist, wenn er sich nicht mag und deshalb nicht zuläßt, daß andere ihn mögen.«

»Das ist ein gutes, klares Bild«, sagte ich. »Die Sache hat nur einen Haken.«

»Und der wäre?«

»Es paßt auf niemanden in diesem Fall.«

»Weil du ihm noch nicht begegnet bist«, sagte Susan überzeugt. »Aber das wirst du. Bestimmt. Und wenn du ihn findest, wirst du ihn auf der Stelle erkennen.«

»Ach ja?«

»Es wird jemand sein, der Patrick Kelly seit langer, langer Zeit kannte. Es wird jemand sein, der Susie Kelly kannte.«

»Willst du damit sagen, daß sie recht hatte, daß es alles ihretwegen war?«

»Nicht so, wie sie es gemeint hat«, sagte Susan. »Sie hat sich selbst zum Sündenbock gemacht. Aber es gab noch jemanden, der sie zum Sündenbock gemacht hat. Und diesen Jemand suchst du.«

Kapitel 10

Die Einsatzbesprechung am Donnerstag morgen hatte im Grunde nichts wirklich Neues ergeben. Ich wartete an meinem Schreibtisch, weil Neal Ryan angerufen hatte, um zu sagen, daß er vorbeikommen und mir eine Liste von der Abteilung für öffentliche Sicherheit bringen würde. Ich hatte keine Ahnung, um was für eine Liste es sich dabei handeln konnte; die einzige Liste, die ich meiner Erinnerung nach angefordert hatte, war die, die ich bereits hatte, von den 1957er Chevrolets, die noch im Verkehr waren. Aber ich hatte mittlerweile von so vielen Leuten so viele Listen angefordert, daß ich nur eine ziemlich verschwommene Vorstellung davon hatte, wer mir was bringen sollte.

In der Zwischenzeit leerte ich natürlich meinen Eingangskorb, der sich in meiner Abwesenheit wie gewöhnlich auf unerklärliche Weise bis zum Rand gefüllt hatte und überquoll. Ich bin der festen Überzeugung, daß jedesmal, wenn ich nicht im Büro bin, alle anderen ihren Eingangskorb in meinen leeren. Ich war sicher, daß ich einige von diesen Memos bereits zwei- oder dreimal gelesen hatte.

Aber gewissenhaft versah ich jedes einzelne in der oberen linken Ecke mit meinen Initialen, um zu belegen, daß ich es gesehen hatte, und warf es dann in Dutchs Eingangskorb.

Ich brauche wohl kaum zu erwähnen, daß Dutch nicht da war, um sein Territorium zu verteidigen.

Neal Ryan kam hereingelatscht; wie gewöhnlich waren es nur seine handgearbeiteten Lederstiefel, die der herkömmlichen Definition des Wortes Ranger entsprachen. »Da ist Ihre Liste«, sagte er und warf sie kurzerhand vor mir auf den Schreibtisch. »Brauchen Sie sonst noch was?«

»Nicht, daß ich wüßte«, sagte ich und blickte leicht entsetzt auf einen Computerausdruck, der augenscheinlich mit dem identisch war, den ich gestern nachmittag in aller Eile von der Kraftfahrzeugstelle geholt hatte.

»Tja, Castillo will die auch haben, und ich krieg' sie nicht zweimal, also geben Sie sie ihm, wenn Sie damit durch sind, ja?«

»Eigentlich kann ich sie ihm – äh – jetzt gleich geben«, sagte ich.

»Wieso das?«

Ich erklärte es, und Neal zuckte die Achseln. »Dann bring' ich sie selbst zu ihm rüber.«

Während ich auf Aline wartete, die doch erst gegen Mittag kommen wollte, dachte ich, ich könnte ja schon mal einen Blick auf die Liste werfen. Ich hätte nie gedacht, daß noch so viele 1957er Chevrolets auf texanischen Straßen rollten. Und ich hätte eigentlich erwartet, daß die Liste alphabetisch nach den Namen der Halter geordnet war. Sie war es nicht. Sie war alphanumerisch nach den Autokennzeichen geordnet.

Die Überprüfung konnte ja heiter werden. Ich würde mich mit jeder Person auf der Liste in Verbindung setzen müssen, wenn mir nicht eine andere Methode einfallen würde, da auf der Liste nicht die Farbe der Wagen angegeben war, und bei jedem Namen auf der Liste konnte es sich ohne weiteres um den Halter bzw. die Halterin des Wagens handeln, der jetzt bei uns auf dem Abstellplatz stand. Bei einigen war die Wahrscheinlichkeit natürlich größer als bei anderen – ich konnte mir nicht vorstellen, daß Schwester Mary Francis, wohnhaft Pfarrhaus, an einer Kindesentführung beteiligt gewesen war –, aber gänzlich ließ sich niemand ausschließen. Der Wagen von Schwester Mary Francis hätte durchaus gestohlen worden sein können.

Ich fing an, die Liste durchzugehen, wobei ich alle Einträge rot markierte, die im Großraum Dallas-Fort Worth wohnten, so daß sie Patrick Kelly gekannt haben konnten. Aber eigentlich besagte das nicht viel. Die betreffende Person mußte ihm nicht in Dallas oder Fort Worth begegnet sein. Das Verbrechen war vielleicht von langer Hand geplant worden. Vielleicht war es jemand, den Patrick im Gefängnis kennengelernt hatte.

Susan glaubte das nicht. Susan glaubte, daß es jemand war, den Patrick bereits kannte, bevor er ins Gefängnis kam. Susan ist eine ausgezeichnete Psychiaterin. Aber eine Theorie ist und bleibt nun mal eine Theorie.

Captain Millner war irgendwohin gefahren, ich wußte nicht, wohin. An diesem Donnerstagmorgen hatten nicht viele Detectives Dienst; Donnerstag ist meistens der ruhigste Tag der Woche, was Verbrechen angeht, und das spiegeln die Einsatzpläne für gewöhnlich wider. Und ich wußte nicht, wo irgendeiner von den Leuten war, die eigentlich Dienst hatten. Wenn das Klicken der Schreibmaschinen – Verzeihung, der Computer – der Sekretärinnen nicht gewesen wäre, hätte ich das Gefühl haben können, ganz allein auf dieser Etage im Polizeipräsidium zu sein.

Das war mir ganz recht, solange es im Raum ruhig blieb. Es gelang mir, in den nächsten zwei Stunden Berichte und Anschlußberichte zu diktieren, die allesamt etwas überfällig waren, und ich wollte gerade zum Mittagessen gehen, als Aline hereingeschlendert kam. »Ich war in beiden SellAmerica-Büros«, verkündete sie ohne Einleitung, »und ich habe die Listen mit den Leuten, die dort gearbeitet haben, als die Jacken verteilt wurden. Eine ist 162 Namen lang, und die andere ist nicht ganz so schlimm, sie ist bloß 73 Namen lang.«

»Ist ja prächtig«, sagte ich. »Ich habe gestern die Liste von der Kraftfahrzeugstelle besorgt, aber das ist auch in etwa alles, was ich erledigt habe. Das und Berichte.«

»Ach ja, Berichte. Ich glaube, ich habe mittlerweile an die 50 nachzuholen.«

»Ist Ihre Liste alphabetisch?«

»Sie machen wohl Witze.«

»Das hatte ich befürchtet. Diese hier auch nicht. Kommen Sie, wir gehen zuerst was essen und machen uns dann hier ans Listenvergleichen.«

»Wozu vergleichen wir Listen?« fragte Aline.

Ich dachte, das wäre eigentlich klar. Aber wohl doch nicht. »Weil unser Verdächtiger mit an Sicherheit grenzender Wahrscheinlichkeit einen 1957er Chevrolet besitzt – wenn er einen gestohlen hätte, wäre der Diebstahl mittlerweile gemeldet worden –, und wir haben allen Grund zu der Annahme, daß unser Verdächtiger sehr wahrscheinlich irgendwann in der Vergangenheit, vermutlich als die Jacken verteilt wurden, bei SellAmerica gearbeitet hat. Wenn wir also jemanden finden, der auf beiden Listen steht –«

»Das klingt plausibel.«

Das Mittagessen bestand aus einem schnellen Hamburger. Zu mehr hatten wir keine Zeit.

Als ich wieder ins Büro kam, lag eine Nachricht für mich vor, ich sollte Harry anrufen. Zu Hause. Wieso zu Hause? fragte ich mich. Er war – so dachte ich – mit dem Hubschrauber unterwegs, um nach Rick und Candy Mossberg zu suchen.

Das war er auch gewesen. Und er hatte sie gefunden.

Sie hatten an einem kleinen Bach gecampt, unter einer großen Immergrünen Eiche, so daß sie aus der Luft nicht zu sehen gewesen waren, bis Harry genau aus der richtigen Richtung herangeflogen war. Sie waren am Leben – sie hatten Krebse aus dem Bach gegessen, Sonnenblumenwurzeln und was ihnen sonst noch einfiel, um zu überleben, während sie darauf warteten, daß man sie fand. Sie hatten das Feuer mit Reisig in Gang gehalten.

Aber es waren Krebse, die Candy gefangen hatte, Sonnenblumenwurzeln, die Candy ausgegraben hatte, Reisig, das Candy gesammelt hatte. Rick war am Samstag nachmittag ausgerutscht und in eine Wasserrinne gefallen und hatte sich dabei den linken Fußknöchel gebrochen. Mit Candys Hilfe hatte er es zurück zum Zelt geschafft. Aber weiter war er nicht gekommen.

Candy war wohlauf. Sie war bloß müde und hungrig und verdreckt.

»Ich habe ihm erzählt, was für schreckliche Sorgen seine Frau sich macht«, sagte Harry zu mir, »und er hat mich gebeten, ihn zuerst nach Hause zu bringen, noch bevor ich ihn ins Krankenhaus brachte. Das hättest du sehen sollen, Deb. Diese Scheidung wird mit Sicherheit nicht von Dauer sein.«

»Also gibt's hin und wieder doch mal ein Happy-End«, sagte ich zu Aline.

»Ja, aber verdammt selten«, erwiderte sie und blickte finster auf die Listen in ihrer Hand.

»Das wird nicht einfach werden«, sagte ich. »Ich würde sagen, wir gehen folgendermaßen vor – ich nenne einen Namen, und Sie sehen nach, ob er auf Ihrer Liste steht, und dann nennen Sie einen Namen, und ich sehe nach, ob er auf meiner Liste steht. So überanstrengen wir jedenfalls beide unsere Augen gleich stark.«

»Fangen wir an«, sagte Aline. »Ich habe schon ungefähr die Hälfte der ersten Seite meiner Liste mit Ihrer verglichen, während Sie telefoniert haben, also habe ich einen kleinen Vorsprung. Alton Sanders.«

Ich sah in meiner Liste nach. »Nee. Dan Wentworth.«

»Nee. Crystal Boston.«

Ich sah wieder in meiner Liste nach. »Nee. Judy Tyler.«

»Nein. Vielleicht ist es besser, Sie sagen die Namen und ich schaue nach, weil Ihre Liste fast zehnmal so lang ist wie meine.«

»Okay«, sagte ich. »Robin Carlyle.«

»Nee.«

»Valentine Smith.«

»Soll das ein Scherz sein?«

»So steht's hier.«

»Ein bekannter Name in der Literatur, aber nicht auf meiner Liste.«

»Carl Gilbert«, las ich, und dann blickte ich auf.

»Kennen Sie einen Carl Gilbert?« fragte Aline, die in mein Gesicht blickte.

»Kennen wäre zuviel gesagt. Aber – er ist Patrick Kellys Schwager.«

Aline sah wieder auf ihre Liste, glitt mit dem Finger langsam die Namensliste hinab. »Carl Gilbert«, sagte sie und legte die Liste auf den Tisch. »Es erübrigt sich wohl, nach weiteren Übereinstimmungen zu suchen, nicht?«

»Ja«, sagte ich, »eigentlich schon. Susan hat gesagt, es wäre jemand, den ich erkennen würde.«

»Susan?«

»Eine Freundin von mir. Sie ist Psychiaterin. Ich habe sie gebeten – eine Art Psychogramm des Täters zu entwerfen.«

»Sie meinen, so was Ähnliches, wie das FBI macht? Oder zumindest behauptet?«

»In etwa. Nur, Susan ist tatsächlich Psychiaterin. Keine Finanzbeamtin, die einen ein- oder zweimonatigen Lehrgang in Psychologie absolviert hat.«

»Ich glaube, Ihre Susan hatte recht.«

»Ich glaube, ich sollte Castillo anrufen.«

»Weswegen wollen Sie ihn anrufen?«

»Aline, er hat einen Postboten umgelegt. Deswegen sind die Bundesbehörden hinter ihm her. Wir sind hinter ihm her wegen Kidnapping in Tateinheit mit Mord. Aber ich wette, die anderen wollen ihn dringender als wir.«

»Ich wette dagegen. Aber Sie haben recht. Castillo sollte dabei sein.«

Ich rief Otto Castillo an, hoffte teilweise, ungeachtet dessen, was ich zu Aline gesagt hatte, daß ich ihn nicht erreichen würde. Aber natürlich erreichte ich ihn, und er brauchte genau sechs Minuten von seinem Büro im Bundesgebäude bis zu meinem Büro im Polizeipräsidium. Das ist eine Entfernung von etwa zehn Häuserblocks. Eine Fahrt durch die verstopfte Innenstadt mit einem Parkhaus an jeder Querstraße.

Es sei denn, er hatte seinen Wagen mitten auf der Straße stehenlassen, und es gibt einige Straßen, wo man seinen Wagen besser nicht in der Mitte stehenläßt, wenn man möchte, daß er noch da ist, wenn man wiederkommt. Es war mir ein Rätsel, wie er das gemacht hatte.

Aber Otto hatte seinen Wagen mitten auf der Straße stehenlassen, und als Aline und ich losfuhren, klemmte er sich direkt hinter mich. Er wollte mich vorausfahren lassen, weil ich mich in der Gegend sehr viel besser auskannte als er, aber er wollte nicht mehr als eine Wagenlänge hinter mir bleiben.

Roma Gilbert war allein zu Hause; die beiden Kinder waren zur Schule geschickt worden, und ihr Mann war wieder arbeiten. »Hast du was dagegen, wenn wir reinkommen und dir ein paar Fragen stellen?« fragte ich.

»Nein, absolut nicht.« Ob Carl irgend etwas zu verbergen hatte oder nicht, Roma jedenfalls nicht. Sie blickte gerade mal etwas verdutzt, als drei verschiedene Polizeibeamte von drei verschiedenen Polizeibehörden vor ihrer Tür standen.

»Was für eine Arbeit macht dein Mann?« fragte ich.

»Er ist Versicherungsvertreter«, sagte Roma. »Es ist in Houston geschäftlich nicht so gut für ihn gelaufen, und da haben wir schließlich beschlossen, nach Fort Worth zurückzukommen, weil die Lebenshaltungskosten hier nicht so hoch sind, so daß wir dachten, es würde sich irgendwie ausgleichen.«

»Und, hat es?«

»Na ja, irgendwie schon, ich meine, wir sind weiß Gott nicht reich, aber wir kommen besser zurecht. Wieso erkundigst du dich nach meinem Mann? Ich dachte, ihr wärd dabei herauszufinden, was mit Patrick passiert ist.«

»Das sind wir auch«, sagte Otto, »aber wir versuchen möglichst alles über seine Freunde herauszufinden. Wir hoffen, daß wir dadurch Licht in die ganze Sache bringen. Patrick hatte ziemlich engen Kontakt zu Carl, nicht wahr?«

»O ja«, sagte Roma, »und darüber war ich sehr froh, weil die übrigen Männer in der Familie ihn einfach abgeschrieben haben. Richard hat ihn nicht einmal besucht, nachdem diese schreckliche Sache passiert war, und Oliver wollte nichts mehr mit ihm zu tun haben, und Billy Jack nicht, und Audreys Mann ist sowieso kaum mal nach Fort Worth gekommen, aber ich habe nie erlebt, daß er zu dem armen Patrick auch nur mehr als Hallo und Tschüs gesagt hätte. Anscheinend mußten sie sich auf die Seite von jemandem schlagen, und alle haben sich auf die Seite von Sonny geschlagen. Na ja, natürlich hat Carl die Sache mit Sonny leid getan, aber er wußte, daß es bei Patrick auch so war, und wenn die anderen Männer nicht mehr viel mit ihm zu tun haben wollten, na, dann war Patrick sehr viel dringender auf Freunde angewiesen. Und eigentlich war es ja gar nicht Patricks Schuld.«

»Eigentlich?« fragte ich.

»Eigentlich hat Susie ihn dazu angestiftet. Sie hat so Sachen gesagt wie, wenn er sie wirklich lieben würde, dann würde er um sie kämpfen, so was eben.«

»Das höre ich zum ersten Mal.«

»Aber es stimmt«, sagte Roma. »Carl hat mir das erzählt. Sie war wirklich eine schreckliche Frau. Sie hat entsetzliche Sachen gemacht.«

»So stellt Lantana das aber nicht dar, und Billy Jack auch nicht«, sagte ich. »Seltsam, daß die beiden das so ganz anders erzählen.«

Sie lächelte. »Oh, Billy Jack war selbst ein bißchen in Susie verschossen. Aber davon hat Lantana natürlich nichts gewußt.«

»Aber das alles hat dir Carl erzählt, und nicht Patrick oder Billy Jack, stimmt's?« sagte ich laut und fragte mich dann, warum ich so laut sprach. Dachte ich wirklich, ich könnte so ihren Schädel durchdringen?

»Ja, natürlich, weil Patrick nicht vor mir darüber reden wollte, aber er hatte keine Probleme, Carl davon zu erzählen, und Carl hat es natürlich mir erzählt, damit ich es verstehen konnte.«

»Wann kommt Carl nach Hause?« fragte Otto.

»Normalerweise gegen fünf.«

Ich sah auf meine Uhr. Halb vier.

»Ich kann ihn anrufen und bitten, früher nach Hause zu kommen«, bot Roma an.

»Das wird nicht nötig sein«, sagte ich hastig und bemerkte aus den Augenwinkeln Ottos entsetzten Gesichtsausdruck. »Es macht uns nichts aus zu warten.«

»Tja, wie wär's denn dann mit einer Tasse Kaffee«, schlug Roma vor.

Otto und ich sagten »Nein, danke« fast wie aus einem Munde, aber Aline sagte: »Eine Tasse Kaffee würde mich jetzt wirklich wieder auf die Beine bringen.«

»Dann setzen Sie sich doch hierher zu mir an den Tisch«, sagte Roma. »Deb, es macht dir doch nichts aus, wenn du dich mit deinem – deinem Bekannten da drüben auf die Couch setzt, oder? Ich könnte euch ein Glas Eiswasser bringen, aber das ist wirklich das einzige, was ich im Moment im Haus –«

»Alles bestens«, sagte ich. Je weiter ich von Kaffee entfernt war, desto besser. Ich fand seit neuestem, daß er einfach schrecklich roch.

Und dann nahm Aline eine kleine Silberschüssel vom Tisch. »Die ist hübsch«, sagte sie. »Deb, kommen Sie doch mal und schauen Sie sich diese Schüssel an, in der Mrs. Gilbert Bonbons aufbewahrt, ja?«

»Äh –«

»Ach bitte, kommen Sie doch mal.« Alines Stimme war ein wenig zu einschmeichelnd, aber Otto hörte den Unterton Sekunden früher als ich heraus.

»Ich gucke sie mir auch mal an«, sagte Otto. Er schlenderte zum Tisch hinüber, und Aline hielt ihm zur Begutachtung eine kleine, altertümlich aussehende Schüssel aus poliertem, silbrigem Metall hin. Auf einer Seite war eine Umrißkarte der Nachbarstaaten eingeprägt, und auf der Karte waren die Buchstaben SA.

»Wirklich hübsch«, stimmte ich zu. »Woher habt ihr die?«

»Von der Firma, wo Carl früher mal gearbeitet hat«, sagte Roma. »Es war ein Teilzeitjob; er hat in erster Linie als Versicherungsvertreter gearbeitet, aber wie gesagt, damit hat er nicht genug verdient, und deshalb hat er nebenbei bei dieser anderen Firma gearbeitet, ich habe vergessen, wie sie heißt, direkt nachdem wir wieder nach Fort Worth gezogen sind. Er hatte vorher schon in Houston für sie gearbeitet.«

»Gab's die Schüssel als Prämie, wenn man die meisten Zeitschriftenabos oder so verkauft hat?« fragte ich.

»O nein, die hat er bekommen, weil er fünf Jahre da gearbeitet hat. Aber er hat manchmal tatsächlich eine Prämie bekommen, wenn er an einem Abend die meisten Abos verkauft hatte und so.« Sie sah mich an, verwirrt. »Woher wußtest du, daß die Firma Zeitschriftenabos verkauft?«

»Ich habe das Logo schon mal gesehen«, sagte ich hastig. »Was für Prämien –«

Und dann unterbrach Otto mich. »Das hier ist im rechtlichen Sinne zwar nicht ungesetzlich, aber im eigentlichen Sinne sind wir hart an der Grenze zur Ungesetzlichkeit. Mrs. Gilbert, ich muß Sie darauf hinweisen, daß wir Ihren Mann verdächtigen, an mehreren schweren Verbrechen, darunter Kindesentführung und Mord, beteiligt gewesen zu sein, und daß Sie nicht verpflichtet sind, irgendwelche Fragen von uns zu beantworten. Sie haben das Recht zu schweigen –«

Roma Gilbert blickte verblüfft. »Ich weiß nicht, wovon Sie reden«, sagte sie mit plötzlich ausdrucksloser Stimme. »So was würde Carl nicht machen. Ich glaube, Patrick hätte so was auch nicht gemacht. Ich glaube, irgend jemand hat ihn reingelegt und ermordet, und jetzt versucht ihr, Carl die Sache anzuhängen –«

»Roma, wir wollen niemandem etwas anhängen«, sagte ich sanft. »Du kennst mich seit 40 Jahren; du müßtest eigentlich wissen, daß ich niemandem was anhänge. Wir wollen denjenigen schnappen, der es wirklich getan hat. Aber denjenigen wollen wir unbedingt. Und wenn sich herausstellt, daß Carl es war –«

»Aber Carl kann es nicht gewesen sein!« Sie fing an zu weinen, schwach, zog ein Kleenex aus einer Packung und drehte es mit den Händen zusammen. »Carl kann es nicht gewesen sein. Carl und Patrick waren Freunde, Carl hätte Patrick nicht umgebracht, und er hätte nie im Leben ein Kind umgebracht, er ist ein guter Mann, und wir haben selbst zwei Kinder, und du solltest mal sehen, wie geduldig er mit ihnen umgeht, wenn sie krank sind, ihr liegt falsch, er kann es nicht –«

»Dann haben Sie wohl nichts dagegen, wenn wir Ihnen ein paar Fragen stellen«, sagte Aline behutsam.

»Stellen Sie so viele Fragen, wie Sie wollen!«

»Ihr Mann hat früher mal für SellAmerica gearbeitet, stimmt's? Das ist doch der Name der Firma, an den Sie sich nicht erinnern können, nicht wahr?«

»Ja, richtig, SellAmerica.«

»Hat er dort mal eine rote Nylonwindjacke bekommen?«

»Aber ja, ich glaube, ja.«

»Würden Sie sie bitte holen?«

»Und ob. Ich habe Ihnen doch gesagt, wir haben nichts zu verbergen.« Sie ging in den hinteren Teil des Hauses; gleich darauf konnten wir hören, wie sie hektisch in einem Schrank herumwühlte.

»Sie hat nicht die leiseste Ahnung«, sagte ich. »Die arme Frau –«

»Ja, die arme Frau«, sagte Otto ungehalten, »aber dann denken Sie mal auf der anderen Seite an Jared French, der jetzt sieben Kinder ganz allein großziehen muß.«

Sie kam zurück, mit erhobenem Kopf und trotzigem Blick. »Ich kann sie nicht finden. Er hat sie wahrscheinlich im Wagen, wenn ich's recht überlege, war es heute morgen ein wenig kühl.«

»Als ich aufgestanden bin, hatten wir 22 Grad«, sagte Aline.

»Also, bei uns hier war es kühl.«

»Schön, sprechen wir über was anderes«, sagte Otto. »Besitzt Ihr Mann einen grünen 57er Chevrolet?«

»Na ja, er hatte mal einen, aber jetzt nicht mehr.«

»Was hat er denn damit gemacht?«

»Er hat ihn einem anderen Autoliebhaber geliehen, der ihn vielleicht kaufen will. Ich hoffe es jedenfalls; ich meine, ich bin bestimmt keine Frau, die was dagegen hat, daß ihr Mann seine Hobbys pflegt, aber er hat soviel Zeit und Geld da reingesteckt, und ich bin sicher, wenn er ihn verkauft, kriegt er ein hübsches Sümmchen dafür, und wir können das Geld im Moment weiß Gott gebrauchen. Er hat mir gestern abend 200 Dollar gegeben und gesagt, die hätte der Mann ihm allein für das Vorkaufsrecht bezahlt, und ich sage Ihnen, die waren sofort wieder weg.«

»Ach ja? Dann haben Sie also Schulden?« fragte Otto.

»Wer hat denn heutzutage keine?«

»Das stimmt«, pflichtete ich bei.

Und dann saßen wir alle still da. Ich fragte mich, ob ich sie fragen sollte, wo ihr Mann am Samstag gewesen war, wo ihr Mann an dem Tag gewesen war, als Helen French entführt wurde, und ich fragte mich, wie weit ich noch gehen konnte. Ich hatte den Mund schon geöffnet, um zu fragen, als die Haustür aufging und der stattlich aussehende Mann, den ich zuletzt beim Beerdigungsgottesdienst gesehen hatte, mit einem Aktenkoffer in der Hand hereinkam, jäh stehenblieb und sagte: »Oh, verdammt.«

»Carl!« sagte Roma. »Wie redest du denn! Was sollen denn die Leute von dir denken?«

»Roma, sag mir, wer diese Leute sind und was sie in meinem Haus zu suchen haben.« Aber seine Augen verrieten, daß er sich das sehr wohl denken konnte, auch ohne es gesagt zu bekommen.

Otto stand auf und sagte: »Mr. Gilbert, ich bin Otto Castillo. Ich bin Postinspektor der Vereinigten Staaten, und ich untersuche den Mord an einem Postboten, der letzten Samstag ein paar Meilen von hier erschossen worden ist.« Er holte seinen Ausweis hervor, während er sprach; ich öffnete unauffällig mein Schulterhalfter, und ich konnte sehen, daß Aline, auf der anderen Seite von Otto, das gleiche tat. »Ich möchte Ihnen ein paar Fragen stellen, aber zuvor muß ich Sie darauf hinweisen –«

Roma weinte leise, während Otto Carl Gilbert seine Rechte vorlas.

»Haben Sie diese Rechte verstanden, so, wie ich sie Ihnen vorgetragen habe?«

»Spielt das eine Rolle?« Der Mann stellte den Aktenkoffer auf den Couchtisch.

»Möchten Sie auf Ihr Recht zu schweigen verzichten?«

»Ich denke, auch das spielt jetzt keine Rolle mehr, oder?«

»Eigentlich nicht«, sagte Otto. »Aber Sie haben trotzdem das Recht dazu.«

Carl Gilbert schob den Aschenbecher an den Rand des Couchtisches, damit er Platz hatte, um den Aktenkoffer zu öffnen. »Hier ist das Geld. Das meiste davon. Ein bißchen habe ich ausgegeben. Ich – wir wollten nicht, daß jemand stirbt. Ich hoffe, Sie glauben mir.« Er sah Roma an. »Es tut mir leid, Roma. Wirklich. Aber diese Schlampe von Susie hat die ganze Familie ruiniert, und ich fand, daß sie uns was schuldig war. Wir wollten niemandem was zuleide tun. Jared French ist in Ordnung. Ich habe ihm mal eine Versicherungspolice verkauft. Aber ich wußte, daß er einen Haufen Geld hatte, es würde ihm nicht weh tun, und Susie – wir wollten, daß Susie wußte, daß Patrick es getan hatte, und dann würde sie nicht zulassen, daß French die Sache der Polizei meldet. Aber das hätte er sowieso nicht getan. Er hat es mir erzählt – als wir über die Versicherungspolice sprachen, kamen wir auf Verbrechen zu sprechen, und er hat gesagt, wenn eins seiner Kinder entführt würde, würde er jede Summe zahlen, damit ihnen nichts passiert. Er hat gesagt, er würde die Cops nicht einschalten, weil die Cops die Zeitungen informieren würden. Ich habe nicht geahnt, daß die Kleine sterben könnte. Wir haben das nicht gewollt. Sie hatte jede Menge Luft da drin, Patrick hat sogar ein Loch gebohrt, um ganz sicherzugehen, und wir haben einen kühlen, bewölkten Tag ausgewählt, damit es nicht zu heiß da drin würde. Wir wollten sie bloß so lange in dem Kofferraum lassen, bis wir aus Dallas raus waren, und sie dann rausholen und auf die Rückbank legen, und als ich sie rausholen wollte, war sie tot. Wir konnten uns nicht erklären, warum sie gestorben ist.«

»Hat sie geweint, Gilbert? Haben Sie sie weinen hören?« fragte Otto brutal.

Roma Gilbert weinte.

Immer müssen die falschen Leute weinen.

»Wir haben sie kurz weinen hören. Ich habe ihr zugerufen, sie soll aufhören zu weinen und daß wir sie bald rausholen und ihr eine Limo kaufen. Da hat sie aufgehört zu weinen. Sie sollte nicht sterben. Niemand sollte sterben.«

»Sie hatte Asthma. Sie wußten das, nicht wahr?« fragte ich.

»Ja. Aber ich hatte es vergessen.«

Da schrie Roma auf. »Carl, wie konntest du das vergessen, wo du doch selbst Asthma hast?«

Wenn Susan hier gewesen wäre, hätte sie triumphierend geguckt. Aber Susan war nicht hier, und Carl Gilbert redete jetzt wie unter Zwang.

»Wir haben überlegt, was wir mit ihr machen sollen, und wir hatten meinen Wagen genommen, weil wir die Nummernschilder austauschen wollten, damit es so aussieht, als wäre Patricks Wagen mein Wagen und mein Wagen Patricks Wagen, wissen Sie, und wir wollten sie rausschaffen und mit dem Traktor eine tiefe Furche graben und sie mit Erde bedecken und darauf Winterroggen pflanzen, damit niemand es je herausfindet, und wir kriegten den Traktor nicht in Gang, und Patrick meinte, wir bräuchten irgend so ein Ersatzteil, und wir sind los, um es zu besorgen, und wir bekamen es nicht auf den Rücksitz, und der Kofferraumdeckel klemmte aus irgendeinem Grund und ging nicht auf, und da haben wir es auf den Vordersitz gelegt, und Patrick hat hinten gesessen. Und dann ist die Schrotflinte, die wir auf dem Vordersitz hatten –«

»Wieso hatten Sie eine Schrotflinte auf dem Vordersitz?« unterbrach Otto ihn.

Er zuckte die Achseln. »Damit – falls wir angehalten würden. Das ist alles. Ich weiß nicht, warum. Wir dachten einfach, es wäre vielleicht nicht schlecht, das ist alles. Jedenfalls ist die Flinte auf dem Vordersitz ständig hin und her gefallen und gegen das verdammte Traktorersatzteil geschlagen, und Patrick hat gesagt, ich soll sie ihm rüberreichen, und ich wollte sie ihm gerade nach hinten reichen, da ist so ein blödes Reh über die Straße gelaufen, und als ich in die Bremsen stieg, ist die Flinte – einfach – losgegangen. Das ist alles. Es war ein Unfall. Wirklich.«

»War Bassinger auch ein Unfall?« fragte ich. »Und Bill Livingston?«

»Livingston?«

»Livingston. Der Polizist, dem Sie am Farmhaus eins über den Kopf geschlagen haben.«

»Ach. Der. Nein, das war bloß – ich mußte das Geld holen. Ich hatte es im Haus gelassen. Also habe ich – gewartet. Bis ich dachte, die Cops wären weg, und dann bin ich durch die Hintertür rein, und da habe ich gemerkt, daß der Cop noch da war, im Hof herumspazierte, also habe ich – gewartet, bis er wieder auf die Veranda kam und sich hingesetzt hat, und dann habe ich ihm einen leichten Schlag auf den Kopf verpaßt. Das ist alles. Er ist doch nicht gestorben, oder? Das habe ich nicht gewollt.«

»Nein«, sagte ich, »er ist nicht gestorben. Er wird wieder gesund, aber es wird eine Weile dauern. Wieso haben Sie denn gedacht, er wäre weg? Haben Sie seinen Wagen nicht gesehen?«

»Doch, aber ihn selbst habe ich nicht gesehen. Also dachte ich, er wäre vielleicht einfach gegangen und hätte den Wagen stehenlassen und irgend jemand hätte ihn vielleicht mitgenommen. Einfach alles, was ich anfange, geht schief. Wie die Sache mit Bassinger. Das tat mir verdammt leid. Ich wollte ihn nicht töten. Ich kannte den alten Mann. Aber er kannte mich auch. Und er hat mich gesehen – sehen Sie – es war – alles voll – das kann sich keiner vorstellen – die ganze Rückbank. Ich mußte den Wagen verbrennen. Selbst Patrick hätte mir zugestimmt, daß ich den Wagen verbrennen mußte. Es war nicht meine Schuld, daß Bassinger aufgetaucht ist –«

»Nein. Es war nicht Ihre Schuld«, sagte ich. »Sie sind nie an irgend etwas schuld, nicht wahr? Wissen Sie, daß Susie Selbstmord begangen hat?«

»Susie – hat was?« Er blickte entgeistert.

»Sie hat sich umgebracht, Gilbert«, sagte Aline. »Sie hat sich umgebracht. Susie Kelly – Susanna French – hat sich erschossen. Und sieben Kinder zurückgelassen.«

Roma schrie einmal auf. Nur einmal, und dann legte sie die Hand vor den Mund, um nicht noch einmal zu schreien, und dann nahm sie die Hand vom Mund und sagte: »Carl. An jenem Abend. Auf der Party. Bevor – bevor das alles passiert ist. Da bist *du* reingekommen und hast Patrick erzählt, daß Sonny und Susie in der Gartenlaube waren. Das weiß ich noch genau. Wieso hast du das getan, Carl? Wo du doch wußtest, wie wütend Patrick werden konnte? Wieso hast du das getan?«

Und dann erinnerte ich mich ... erinnerte ich mich an die letzte Einzelheit, die ich aus meinem Kopf verbannt hatte, von dem entsetzlichen Picknick mit der Sonntagsschule, als ich 16 war. Ich erinnerte mich an Susie. Ich erinnerte mich daran, daß Susie auf die beiden zugerannt war und versuchte hatte, es zu verhindern; ich erinnerte mich wieder, daß Susie so nah dran gewesen war, als Patrick schließlich feuerte, daß sie mit Sonnys Blut bespritzt wurde, und ich erinnerte mich, wie Susie stehenblieb und schrie, dastand, Gesicht und Arme und Haare und ihr hübsches gelbes Sommerkleid über und über mit Blut bespritzt, die arme, dümmliche, hübsche Susie stand ganz allein da und schrie, schrie, schrie, während meine Sonntagsschullehrerin mich wegbrachte, und all die anderen Frauen Susie mit vorwurfsvollen Blicken anstarrten – *es war bestimmt deine Schuld – es war deine Schuld.*

Irgendwer muß sich schließlich um Susie gekümmert haben. Aber ich konnte mich nicht erinnern, wer. Und ich konnte mich nicht erinnern, wann. Ich erinnerte mich bloß daran, daß sie geschrien hat, sehr lange, mit trockenen Augen, denn sie stand zu sehr unter Schock, um zu weinen, und ich erinnerte mich an den Rest. An den gnadenlosen Blick des Pastors, als er zu Susie sagte, dafür werde sie in die Hölle kommen, während Susie weiterschrie.

Gilbert schüttelte den Kopf und vergaß, mit dem Schütteln aufzuhören. »Das hab' ich nicht gewollt. Das hab' ich nicht gewollt. Nichts, was ich anfange, läuft so, wie ich es will. Das war schon immer so. Immer. Nein, ich wollte nicht, daß es passiert. Nichts von alledem. Arme kleine Susie. Tot? Wirklich tot? Das hab' ich nicht – sie war kein schlechter Mensch. Sie war einfach nur ein bißchen dümmlich, das ist alles. Sie hat es nicht mit Sonny getrieben. Das hätte sie nie gemacht. Sie hat sich bloß ein bißchen amüsiert. Ich habe – irgendwas erfunden. Was ich Patrick erzählen wollte. Was ich Patrick einreden wollte. Patrick hatte keine Phantasie. Aber ich habe nicht gewollt, daß irgend jemand getötet wird. Sonny nicht, das kleine Mädchen nicht, Patrick nicht, Susie nicht. Ich wollte bloß – das Geld – das Geld. Und ich wollte es Susie heimzahlen – sie hat immer mit Sonny geredet, aber nie mit mir –, und dann später hat sie in dem großen, alten Haus gewohnt, ist in die große alte Kirche gegangen und hat gedacht, sie wäre zu fein dafür, sich mal mit uns gewöhnlichen Sterblichen abzugeben –«

Irgendwann, während er sprach, war ich zu Roma gegangen, und ich hatte meine Arme um Roma gelegt, und sie weinte jetzt leise an meiner Schulter, aber ich mußte einfach immer wieder an Susie denken – Susie, mit Blut an den Händen –, bestimmt hatte sie sich nie wieder sauber gefühlt.

Carl Gilbert redete immer noch. »Roma, ich wollte nicht, daß du Krach anfängst, weil ich soviel mit Patrick zusammen war. Deshalb habe ich dir irgendwas erzählt. Es war nicht wahr. Nichts davon. Ich habe es erfunden. Ich war es – einfach – satt, arm zu sein. Immer nur arm zu sein. Ich wollte doch nur ein bißchen Geld. Ich wollte niemandem etwas zuleide tun. Ich wollte niemandem etwas zuleide tun.«

Auf dem Weg nach Hause schaute ich bei den Mossbergs vorbei. Ich hatte Rick noch nie gesehen. Ich wollte ihn sehen, falls er zu Hause war, falls sie ihn nicht über Nacht im Krankenhaus behalten hatten.

Er kam mit einem Gehgips zur Tür gehumpelt. »Ja bitte?« fragte er.

»Ich bin eine Bekannte von Deborah«, sagte ich. »Ich wollte nur mal nachfragen, ob alles in Ordnung ist.«

Er deutete zur Couch, wo Deborah Mossberg und ein kleines Mädchen eng zusammengekuschelt schliefen. »Ja«, sagte er, »es ist alles in Ordnung. Alles ist gut.«

»Ich komme ein anderes Mal wieder, wenn sie wach ist.«

»Warten Sie nicht zu lange damit«, sagte er. »Sobald ich den Gips abhabe, gehen wir nach Deutschland.«

»Alle zusammen?«

»Alle zusammen. Deborah sagt, vielleicht wäre es ja ganz lustig, deutsch kochen zu lernen.« Er grinste. »Ich habe gesagt, sie soll bloß aufpassen, daß sie nicht dick wird.«

»Ich komme später noch mal vorbei«, wiederholte ich. »Sagen Sie – ihr bloß, daß Deb Ralston da war.«

»Deb Ralston. Okay. Ich werd's nicht vergessen.«

Manchmal gibt es tatsächlich ein Happy-End.

Sogar in meinem Job.

Nachwort

Wie schon in »Das Komplott der Unbekannten« (DuMont's Kriminal-Bibliothek Band 1055) stößt die bei der Polizei von Fort Worth in Texas angestellte Detektivin Deb Ralston in ihrer spärlichen Freizeit auf ihren neuen Fall – der letzte hatte sich sogar aus einer privaten Einladung ergeben (»Tod einer Diva«, DuMont's Kriminal-Bibliothek Band 1061). Sie hat einmal einen Nachmittag wirklich frei und ist der Einladung ihres Mannes gefolgt, sein Hobby zu teilen und ein wenig mit ihm zu fliegen, bis ihr halbwüchsiger Adoptivsohn Hal von den Mormonen-Pfadfindern, denen er sich seit kurzem angeschlossen hat, nach Hause kommt.

So wie für ihren Mann, einen Hubschrauber-Testpiloten, das Fliegen seines eigenen Flugzeugs etwas ist, was man im Englischen »a busman's holiday« nennt, die Fortsetzung des Berufs in der Freizeit, so auch dieser harmlose Ausflug für Deb: Aus der Luft nimmt Harry Ralston einen Brand wahr; und als sie näher heranfliegen, entdeckt seine Frau durch den Feldstecher neben einem brennenden Wagen ein Postauto, dessen Fahrer mit einem großen Blutfleck auf der Brust reglos auf dem Vordersitz liegt. Um eventuell noch Erste Hilfe leisten zu können, landet Harry auf Debs Kommando hin auf der kaum hierzu geeigneten kleinen Straße – daß er es in der Eile vor statt hinter den Autos tut und so auf der zu einer kleinen Farm führenden Zufahrtsstraße für die über das Funkgerät im Flugzeug herbeigerufene Feuerwehr, die Ambulanzen und die weiteren Polizeifahrzeuge den Einsatzort blockiert, wird zum *running gag*. Für den 72jährigen Briefträger Roy Bassinger, der als Pensionär immer noch für jüngere Kollegen eingesprungen ist, kommt jede Hilfe zu spät – offenbar als Zufallszeuge einer Brandstiftung ist er aus nächster Nähe mit einer Schrotflinte erschossen worden. Der Fall aber, und alles, was damit zusammenhängt, ist damit nach dem Standardverfahren der Polizei von Fort Worth Debs Fall – der erste Detective am Tatort wird automatisch zum leitenden Ermittler. Zugleich aber ist sie auch persönlich betroffen – die kleine Farm, zu der die Straße führt, gehört einer Familie Kelly, mit der schon Debs Mutter befreundet war und mit deren Kindern Deb aufgewachsen ist.

Der Anfang ist repräsentativ für die originelle Position, die Lee Martin im weiten Feld des modernen Detektivromans einnimmt: Ihr ist es zum einen gelungen, ihren Seriendetektiv – bzw. ihre Seriendetektivin – mit einem glaubwürdigen Privatleben auszustatten, was unter Kennern mit als das Schwierigste in diesem Genre überhaupt gilt. Deb Ralston ist jenseits der Vierzig, mit einem ehemaligen Berufssoldaten verheiratet, und das Ehepaar, das offensichtlich keine eigenen Kinder bekommen konnte, hat nach und nach drei Kinder adoptiert, von denen nur der Sohn Hal noch im Haus lebt. Seit dem zweiten Buch der Serie, »Das Komplott der Unbekannten«, ist Deb überraschend schwanger, was sie überglücklich macht, ihr Leben als berufstätige Frau und Mutter aber zusätzlich verkompliziert. Weder sie noch der Leser wissen so recht, ob sich ihr Familienleben in den Pausen ihrer Fälle abspielt oder ob die Fälle in die Pausen ihres komplizierten Privatlebens fallen.

Während sie so durchaus Züge einer Privatdetektivin aufweist, ist sie als Polizeidetektivin einer Großstadt mit einer auch für die USA extrem hohen Kriminalitätsrate mit ausgesprochen ›modernen‹, d. h. ausgesprochen brutalen Verbrechen konfrontiert, in diesem Fall mit einer sorgfältig geplanten Kindesentführung, die jedoch, wie einst die des Lindbergh-Babies, von Anfang an schiefging und den Tod eines Komplizen wie den eines Zufallszeugen mit sich brachte. Zugleich aber reichen die Wurzeln dieser aktuellen Verbrechen zurück bis in die Jugend Deb Ralstons, bis hin zu einer Familientragödie bei den Kellys, deren Zeugin sie sogar wurde.

Der besondere Werdegang der Autorin ist es, der sie in den Stand setzt, ihre in der orthodoxen Tradition des Verbrechensrätsels stehenden Plots mit allen Merkmalen des Polizeiromans zu verbinden, wie ihn in den fünfziger Jahren Ed McBain erfunden hat: Er zeichnet sich vor allem durch drei Merkmale aus – die Vielzahl der Fälle, die eine Polizeistation oder ein Department zu bearbeiten hat, die selbstverständliche Teamarbeit und den Einsatz der modernsten Methoden der Kriminologie. Am deutlichsten werden diese Züge vielleicht, wenn man den wirklichen Polizeiroman mit den angeblichen Polizeiromanen Simenons um Kommissar Maigret vergleicht: Maigret bearbeitet jeweils nur einen Fall, die Inspektoren seines Teams leisten bestenfalls

Hilfsdienste, und moderne Verfahren der Kriminalistik und die Möglichkeiten des Polizeiapparats treten gegenüber den dominierenden konventionellen Zeugenbefragungen durch Maigret fast völlig zurück. Daß Lee Martin hingegen alle diese Merkmale überzeugend in ihre Romane einbringt, liegt daran, daß sie in ihrem wirklichen Leben als Ann Wingate lange Jahre als Detective gearbeitet hat, u. a. als erster weiblicher Fingerabdruckexperte des Staates Georgia und später in Fort Worth, wo jetzt Deb Ralston wirkt. So kennt sie aus erster Hand und eigener Anschauung, was andere Autoren mühsam recherchieren müßten – und zwar nicht nur die modernsten Polizeimethoden, wie sie etwa Gerichtsmedizin oder Datenverarbeitung eröffnen, sondern auch die komplexen Strukturen der spezifischen US-Polizeiarbeit. Zum einen wird diese dadurch geprägt – und erschwert –, daß bei jedem Schritt, den ein Detective tut, ständig ein wucherndes Richterrecht zu beachten ist. Jeder Fehler hier kann monatelange Arbeit zunichte machen: Ein Verhafteter, der nicht mit der neuesten Formel über den Verhaftungsgrund, seine Rechte und alles mögliche belehrt wurde, kann nicht angeklagt werden, ein Beweismittel, das nicht unter Berücksichtigung der neuesten Rechtsprechung beigebracht wurde, kann vor Gericht nicht verwandt werden.

Als genauso komplex – und bisweilen genauso hinderlich – erweisen sich die Rivalitäten der verschiedenen Polizeiorgane untereinander, und zwar in der Regel in der Weise des ›positiven Kompetenzkonflikts‹, wie es auf Deutsch heißt: Jeder möchte zuständig sein und möglichst allein. Grundsätzlich liegt die Polizeigewalt bei den Gemeinden und beim einzelnen Bundesstaat. Um überhaupt über den Einzelstaat hinausreichende Kriminalität bekämpfen zu können, wurde relativ spät erst in diesem Jahrhundert als Bundespolizei das FBI gegründet, das dann immer mehr Kompetenzen an sich zog, unter anderem nahezu generell in Entführungsfällen.

Allerdings nicht in diesem, da bei der Entführung der kleinen Helen French eindeutig keine Staatsgrenzen überschritten wurden. Zuständig ist deshalb die Polizei von Fort Worth, wo die Leichen gefunden wurden, die der Nachbarstadt Dallas, wo das Kind lebte und wo es entführt wurde – und eine weitere Bundesbehörde: die Post. Was im Deutschen als »Postinspektor« durch den Roman geistert, ist keineswegs ein Beamter des gehobenen Postdienstes, sondern ein ›postal inspector‹ und als solcher unübersetzbar, da es die Sache im Deutschen nicht gibt. »Postinspektor« Otto Castillo – der Vorname gilt in Amerika wegen des Bismarck-Kults der Deutschamerikaner als der deutscheste schlechthin – ist Mitarbeiter einer eigenen Post-Polizei, die im Grunde von noch universellerer Kompetenz ist als das FBI: Sie ist zuständig bei allen mit Hilfe der Post oder durch die Post oder gegen die Post begangenen Verbrechen. Allein schon der Versand eines Erpresserbriefes oder der Transport des Lösegelds auf dem Postweg – wie in diesem Fall – macht sie zuständig; faktisch beschränkt sie sich jedoch auf spezifische Postverbrechen wie Kettenbriefe oder den Versand von Pornographie oder Verbrechen gegen die Post, wie hier die Tötung eines Briefträgers im Dienst.

So sind zum Schluß, wenn der Täter überführt und verhaftet wird, den Vorschriften entsprechend Vertreter von drei Polizeidienststellen zugegen: Otto Castillo von der Postpolizei, Aline Brinkley aus Dallas und Deb Ralston für Fort Worth. Die Lösung aber hat natürlich Lee Martins Seriendetektivin gefunden, durch ebenso kreative wie routinierte Polizeiarbeit und durch ihre spezifische Methode, die sie mit allen großen Detektiven teilt und die sie in unserem Roman sehr anschaulich beschreibt: »Es ist eine meiner größten Stärken als Ermittlerin, weil ich eins und eins und eins mit der Eins zusammenziehen kann, die wir noch nicht gefunden haben, und dann die Vier präsentiere, die da ist, auch wenn ich dann noch mal zurückgehen muß, um die fehlende Eins zu finden.« In all dem hat Lee Martin eine Gestalt geschaffen, die die »Washington Post« »eine erfrischend neuartige Polizistin« genannt hat, »die zugleich ein interessantes und sympathisches menschliches Wesen ist«.

Volker Neuhaus

Band 1034	John Dickson Carr	**Fünf tödliche Schachteln**
Band 1035	Charlotte MacLeod	**Madam Wilkins' Palazzo**
Band 1036	Josephine Tey	**Wie ein Hauch im Wind**
Band 1037	Charlotte MacLeod	**Der Spiegel aus Bilbao**
Band 1038	Patricia Moyes	**»… daß Mord nur noch ein Hirngespinst«**
Band 1039	Timothy Holme	**Satan und das Dolce Vita**
Band 1040	Ellery Queen	**Der Sarg des Griechen**
Band 1041	Charlotte MacLeod	**Kabeljau und Kaviar**
Band 1042	John Dickson Carr	**Der verschlossene Raum**
Band 1043	Robert Robinson	**Die toten Professoren**
Band 1044	Anne Perry	**Rutland Place**
Band 1045	Leslie Thomas	**Dangerous Davies … Bis über beide Ohren**
Band 1046	Charlotte MacLeod	**»Stille Teiche gründen tief«**
Band 1047	Stanley Ellin	**Der Mann aus dem Nichts**
Band 1048	Timothy Holme	**Morde in Assisi**
Band 1049	Michael Innes	**Zuviel Licht im Dunkel**
Band 1050	Anne Perry	**Tod in Devil's Acre**
Band 1051	Phoebe Atwood Taylor	**Mit dem linken Bein**
Band 1052	Charlotte MacLeod	**Ein schlichter alter Mann**
Band 1053	Lee Martin	**Ein zu normaler Mord**
Band 1054	Timothy Holme	**Der See des plötzlichen Todes**
Band 1055	Lee Martin	**Das Komplott der Unbekannten**
Band 1056	Henry Fitzgerald Heard	**Das Geheimnis der Haarnadel**
Band 1057	Sarah Caudwell	**Adonis tot in Venedig!**
Band 1058	Phoebe Atwood Taylor	**Die leere Kiste**
Band 1059	Paul Kolhoff	**Winterfische**
Band 1060	**Mord als schöne Kunst betrachtet**	
Band 1061	Lee Martin	**Tod einer Diva**
Band 1062	S. S. van Dine	**Der Mordfall Canary**
Band 1063	Charlotte MacLeod	**Wenn der Wetterhahn kräht**
Band 1064	John Ball	**In der Hitze der Nacht**
Band 1065	Leslie Thomas	**Dangerous Davies … Auf eigene Faust**
Band 1066	Charlotte MacLeod	**Eine Eule kommt selten allein**
Band 1067	Lee Martin	**Mörderisches Dreieck**
Band 1068	Paul Kolhoff	**Menschenfischer**
Band 1069	Ellery Queen	**Das ägyptische Kreuz**

Band 1053
Lee Martin
Ein zu normaler Mord

Die Polizistin Deb Ralston soll den grausamen Mord an vier Erwachsenen und einem Kleinkind aufklären. Am Tatort wird Olead festgenommen, der einzige Überlebende der Familie. Er beteuert zwar seine Unschuld, doch sprechen alle Indizien wie seine frühere Gewalttätigkeit und der Verdacht auf Schizophrenie gegen ihn. Auch Deb Ralston glaubt an seine Schuld, doch sie läßt sich von Olead zu genaueren Nachforschungen überreden – und sei es nur, um für den Mordprozeß noch handfeste Beweise ans Tageslicht zu bringen. Ihre Ermittlungen werfen schon bald ein düsteres Licht auf die Ermordeten …

Band 1055

Lee Martin

Das Komplott der Unbekannten

Deb Ralston entdeckt beim Joggen die Leiche einer hochschwangeren Frau in einem Wassergraben. Da sie die erste Detektivin am Ort ist, wird sie mit der Lösung des Falles beauftragt. Sie stellt bald fest, daß es schon seit einiger Zeit in ihrem und den benachbarten Countys und Staaten eine ganze Reihe von Vermißtenmeldungen schwangerer Frauen gibt, die ebenso wie ihre Babys verschollen bleiben. So setzt sich in ihr der Verdacht fest, daß dieser Mord ebenso wie das Verschwinden der Schwangeren etwas mit dem schwunghaften Handel mit illegalen Adoptivkindern zu tun haben könnte. Aber bald nehmen die Mörder auch sie und ihren Sohn aufs Korn…

Band 1061

Lee Martin

Tod einer Diva

Deb Ralston – Polizistin, Adoptivmutter und bereits Großmutter – ist mit 42 Jahren erstmals schwanger. Statt Mordfälle zu lösen, erholt sie sich deshalb bei der Mutter einer Schulfreundin, einst eine gefeierte Leinwand-Diva. Doch die früher von ihr geradezu angehimmelte Schauspielerin erweist sich zuerst als sehr anstrengend, dann als tot. Der Ex-Star hatte sich schnell als psychisch schwer geschädigtes alkoholisiertes Wrack erwiesen, das unter Verfolgungsängsten litt. Motive findet Deb im Laufe ihrer Ermittlungen mehr als genug – aber den Täter zu finden wird durch vergiftete Drinks, geheimnisvolle Stichwunden und zahlreiche (falsche)Testamente nicht leichter.

Band 1068

Paul Kolhoff

Menschenfischer

Endlich Jahrmarkt in Port Tristan! Doch bald überschlagen sich die Ereignisse mehr, als den Bewohnern lieb ist: Ein Selbstmörder, der nach seinem Sprung von einer Brücke im Koma liegt, ein Verkehrsunfall mit Todesfolge, ein elternloses, unbekanntes Kind, eine ermordete »Katzenfrau« vom Jahrmarkt und ein Mann, der ein sadistischer KZ-Wächter gewesen sein soll, versetzen das beschauliche Städtchen in Aufruhr. Der Kleinstadt-Reporter Mark Coogle und die schöne Lois Tangle, Journalistin bei der Konkurrenz, fühlen sich wie die Polizei durch die Vielzahl von Fällen überfordert, deren einzige Gemeinsamkeit ihre Verbindung zu einem psychiatrischen Krankenhaus ist …